# 人间要好诗

周文彰 主编

图书在版编目（CIP）数据

人间要好诗/周文彰主编.—北京：大有书局，
2024.6
ISBN 978-7-80772-107-9

Ⅰ.①人… Ⅱ.①周… Ⅲ.①古典诗歌–诗歌欣赏–中国 Ⅳ.①I207.2

中国版本图书馆CIP数据核字（2022）第235750号

| | | |
|---|---|---|
| 书　　名 | 人间要好诗 | |
| 作　　者 | 周文彰　主编 | |
| 责任编辑 | 张媛媛　叶敏娟 | |
| 责任校对 | 李盛博 | |
| 责任印制 | 袁浩宇 | |
| 出版发行 | 大有书局 | |
| | （北京市海淀区长春桥路6号　100089） | |
| 综 合 办 | （010）68929273 | |
| 发 行 部 | （010）68922366 | |
| 经　　销 | 新华书店 | |
| 印　　刷 | 中煤（北京）印务有限公司 | |
| 版　　次 | 2024年6月第1版 | |
| 印　　次 | 2024年6月第1次印刷 | |
| 开　　本 | 710毫米×1000毫米　1/16 | |
| 印　　张 | 20.75 | |
| 字　　数 | 293千字 | |
| 定　　价 | 65.00元 | |

本书如有印装问题，可联系调换，联系电话：（010）68928947

# 编 委 会

**主 编**
周文彰

**总审稿**
星　汉　周啸天　钟振振

**编 委**
星　汉　周啸天　钟振振　曹辛华　段　维
褚宝增　刘兴超　刘勇刚　黄全彦　江合友

**参 编**
张　静　蒋立甫　朱杰人　梅国春　孙震宇
王　毅　栗江漫　邹　露　朱雯婷　周子健
李俊儒

# 序

《人间要好诗》这个书名,来源于唐代大诗人白居易的诗《读李杜诗集因题卷后》,诗云:

翰林江左日,员外剑南时。不得高官职,仍逢苦乱离。
暮年逋客恨,浮世谪仙悲。吟咏留千古,声名动四夷。
文场供秀句,乐府待新词。天意君须会,人间要好诗。

白居易的这句"人间要好诗"道出了千古至理,无论哪个国家、哪个民族、哪个时代,也无论何人,都喜欢好诗,不要坏诗。问题在于,什么样的诗才是好诗,判断诗之好坏的标准是什么?

多少年来,人们一直在追寻这个问题的答案。中华传统诗词史上人们在讨论,在中国才有一百多年历史的现代诗界也在讨论。明代"前后七子"李梦阳、王世贞等十四人提出"文必秦汉,诗必盛唐"的口号,主张诗必以盛唐时期的诗为标准。而明代文学反对复古运动的主将袁宏道,则坚决反对"文必秦汉,诗必盛唐"的风气,提出"独抒性灵,不拘格套"的"性灵说",这也是明末公安派的核心理论主张。明代学者谢榛提出"四好"标准,他在《四溟诗话》中说:"凡作近体,诵要好,听要好,观要好,讲要好。"通过诵,看其是否行云流水;通过听,看其是否金声玉振;通过观,看其是否文辞优美;通过讲,看其是否条理清晰。他强调:"此诗家四关。使一关未过,则非佳句矣。"近现代学者王国维推崇"境界说",他在《人间词话》中说:"词以境界为最上,有境界则自成高格,自有名句。"他阐释说:"境非独谓景物也,喜怒哀乐,亦人心中之一境界。故能写真景物、真感情者,谓之有境界。否则谓之无境界。"① 有境界的作品,言情必沁人心脾,写景必豁人耳目,即形象鲜明,又富感染力。

　　当代关于好诗标准亦时有涉及。有人说,是不是好诗要从思想内容和艺术形式两个方面去判断。有人说,好诗是立足现实、情感真挚和语言简约三个方面的统一。有人提出好诗的"四动"标准,好诗能让人感动(心灵的深处)、撼动(精神的世界)、挑动(思维的惯性)、惊动(梦寐的蛰伏)。台湾学者提出诗美十大标准:境界、情操、感怀、语言、形象、音韵、结构、气势、风味、创意。这些观点有的是谈现代诗的,也适用于传统诗。由于对好诗的标准众说纷纭、莫衷一是,于是有人认为,好诗实际上没有标准,只有好诗。

　　说没有标准是托词,实际上是主张看读者的主观感受。好诗就好在:眼,为之一亮;心,为之一震。好诗就是令人心动的语言。著名诗词大家叶嘉莹先生在《什么样的诗才是好诗》的短文中说:"中国诗歌最重要的质素,就是那份让人兴发感动的力量。"评价诗的好坏,是不以外表是否美丽为标准的,外表很美,但只有文字和技巧,没有内心的感动,不算好诗。杜甫在一些诗中用了许多"丑"字,他说"麻鞋见天子,衣袖露两肘",又说"亲故伤老丑",然而这是好诗,因为他所经历的艰难困苦的生活,只有这些朴拙、丑陋的用字才能适当地表现那种生活,所以能够让人"兴发感动"。由此先生指出,写诗不是要找美的字,而是要找合适的字。

　　我们这里不是讨论好诗的标准,只是想告诉读者,对于什么样的诗是好诗,人们有过这些说法。本书的目的是真心诚意地想为读者提供一集好诗。因此,本书又不能没有自己的选编标准。

　　本书的选编标准是什么呢?大致说来,是由三个方面构成的。第一,

---

① 王国维:《人间词话》,山西古籍出版社2001年版,第1、3页。

从思想内容角度考虑，我们以"励志"为选编标准。选编的是能够激发志向、激励意志、鼓舞斗志、鼓励奋进、涵养情怀、点燃激情的中华传统诗词。囿于这一标准，选入本书的仅仅是中华好诗词的极少部分，海量的好诗词在本书之外。

第二，从诗词历史角度考虑，我们以"传承"为选编标准。这里的"传承"是指那些历来为诗人、学者代代相传的励志诗词。从古到今，励志诗词无数，但被诗人、学者们传承的诗词，只是那些经过时间和时势变迁而经久不衰的诗词。到哪里去挑选这些诗词呢？我们走了一条捷径，就是从被人们认可的诗词选编、集成、诗词鉴赏辞典等书中去挑选，这些选编都是被今人公认的优秀选编或权威选编。

第三，从社会生活角度考虑，我们以"脍炙人口"为选编标准。无论在哪个时代，"脍炙人口"都是好诗词的标准之一。清人蘅塘退士选编《唐诗三百首》的标准之一，就是大众喜闻乐见，专选"唐诗中脍炙人口之作"，而且"择其尤要者"。他说《千家诗》恰恰忽视了这一点，而是"随手掇拾，工拙莫辨"。今天，我们比以往任何时候都更有条件去挑选那些被人们爱不释手、津津乐道的诗词。

古代诗词都产生于特定的阶级社会，因此都带有诗人所属的阶级的烙印、所处的时代的烙印，都带有阶级和时代的局限性。我们今天无论是选编和阅读，都是取其所内含的至今仍然具有正能量的共同价值。这是需要特别说明的。

我们所说的古代诗词，是指从《诗经》到清代结束前的所有诗词，这与中国历史的分期有所不同。中国历史分期以1840年鸦片战争为界，此前为古代，此后为近代。1917年俄国十月社会主义革命开辟了人类历史的新纪元。十月革命一声炮响，给中国送来了马克思列宁主义。以1919年五四运动为标志，中国进入了现代社会。1921年，中国共产党成立，中国人民在中国共产党的领导下，浴血奋战、百折不挠、自力更生、发愤图强，解放思想、锐意进取，自信自强、守正创新，迎来了从站起来、富起来到强起来的伟大飞跃，实现中华民族伟大复兴进入了不可逆转的历史进程。党的伟大领袖、老一辈无产阶级革命家和革命烈士写下了许多光辉的励志诗篇，是伟大建党精神的艺术表现，对我们具有巨大的励志作用。在本书所选编的147首诗词中，他们的诗词占有25篇。请读者认真学习和领会。

按照诗词的中心内容，全书分为8个专题：家国情怀（25首）、壮志凌云（19首）、诚心正意（15首）、明理修身（15首）、安闲自得（14首）、好学不倦（19首）、拼搏进取（20首）、以身报国（20首）。在一个专题中，每位诗人的诗词限选3首以内（含3首）；诗词按诗人出生年代排序。每一首诗词均列出了"主题诗句"，便于读者阅读领会。所谓"按照诗词的中心内容"划分专题，都是相对的，没有绝对的分野。许多诗词既可以纳入这个专题，也可以纳入那个专题。读者可以而且应该多维度地去阅读领会每一首诗词。

委实说来，诗词内容也好，专题分类也罢，都是我们编者的主观认定。诗词文本的实际意义或价值，取决于读者与诗词文本的对话。每一首诗词的实际意义，都是读者对诗词文本的解读或阐释。读者的"主体认识图式"不同，从同一首诗词中获得的价值或意义就不同。

但愿每一位读者都能从这本书中汲取"励志"的营养！

周文彰

2022年9月19日

于北京寓所

# 目　录

## 家国情怀

少年行　王维 / 2

出塞二首（其一）　王昌龄 / 4

逢入京使　岑参 / 6

塞上曲二首（其二）　戴叔伦 / 8

游子吟　孟郊 / 10

少年行四首（其三）　令狐楚 / 12

南园十三首（其五）　李贺 / 14

观雨　陈与义 / 16

金错刀行　陆游 / 18

夜泊水村　陆游 / 20

示儿　陆游 / 22

南安军　文天祥 / 24

马上作　戚继光 / 26

忆母　倪瑞璿 / 28

别老母　黄景仁 / 30

己亥杂诗（其五） 龚自珍 / 32

己亥杂诗（其一百二十五） 龚自珍 / 34

吟剑 洪秀全 / 36

自题小像 鲁迅 / 38

和郭沫若同志《登尔雅台怀人》 朱德 / 40

元旦口占用柳亚子怀人韵 董必武 / 42

广州起义三十周年纪念 董必武 / 44

盐阜区参议会揭幕感赋，兼呈参议员诸公 陈毅 / 46

中秋二首（其一） 陈毅 / 48

无题 李少石 / 50

## 壮志凌云

龟虽寿 曹操 / 54

重赠卢谌（节选） 刘琨 / 56

致酒行 李贺 / 58

感愤 王令 / 60

北邻卖饼儿每五鼓未旦即绕街呼卖虽大寒烈风不废而时略不少
　　也差因为作诗且有所警示秬秸 张耒 / 62

六幺令·次韵和贺方回金陵怀古，鄱阳席上作 李纲 / 64

满江红（怒发冲冠） 岳飞 / 66

贺新郎·同父见和再用韵答之 辛弃疾 / 68

破阵子·为陈同甫赋壮词以寄之 辛弃疾 / 70

雨伞 萨都剌 / 72

水调歌头·秋兴 陶安 / 74

念奴娇·渡江雪霁  吴易 / 76

精卫  顾炎武 / 78

赠友人  朱德 / 80

口占一绝  李大钊 / 82

改西乡隆盛诗赠父亲  毛泽东 / 84

沁园春·长沙  毛泽东 / 86

送蓬仙兄返里有感三首（其一）  周恩来 / 88

江南第一燕  瞿秋白 / 90

## 诚心正意

诗经·邶风·柏舟 / 94

赠从弟三首（其二）  刘桢 / 96

效阮公诗十五首（其一）  江淹 / 98

终南别业  王维 / 100

芙蓉楼送辛渐  王昌龄 / 102

日出入行  李白 / 104

将赴成都草堂途中有作先寄严郑公五首（其四）  杜甫 / 106

左迁至蓝关示侄孙湘  韩愈 / 108

寄洪与权  王令 / 110

病牛  李纲 / 112

夏日绝句  李清照 / 114

书愤五首（其二）  陆游 / 116

出塞曲二首（其一）  张琰 / 118

望阙台  戚继光 / 120

野营　陈毅 / 122

**明理修身**

登鹳雀楼　王之涣 / 126
望岳　杜甫 / 128
戏为六绝句（其二）　杜甫 / 130
不寝　许浑 / 132
天道　冯道 / 134
秋日　程颢 / 136
墨梅　王冕 / 138
沁园春·寄内兄周思谊　高启 / 140
石灰吟　于谦 / 142
古树　杜濬 / 144
满庭芳·用坡公韵　王士禄 / 146
苔　袁枚 / 148
题王石谷画册玉簪　蒋士铨 / 150
对酒　秋瑾 / 152
青松　陈毅 / 154

**安闲自得**

归园田居（其三）　陶渊明 / 158
归园田居（其五）　陶渊明 / 160
拟行路难十八首（其六）　鲍照 / 162

快活　白居易　/ 164

失题二首　杨行敏　/ 166

游钟山　王安石　/ 168

六月二十日夜渡海　苏轼　/ 170

定风波（莫听穿林打叶声）　苏轼　/ 172

水调歌头·黄州快哉亭赠张偓佺　苏轼　/ 174

和孚先兄安贫乐道以书史自娱嘉叹成咏　李光　/ 176

和杜柳溪韵　黄庚　/ 178

鹧鸪天（谁伴闲人闲处闲）　段成己　/ 180

清平乐（繁华敢望）　刘敏中　/ 182

孤松　贝琼　/ 184

## 好学不倦

劝学　颜真卿　/ 188

奉赠韦左丞丈二十二韵（节选）　杜甫　/ 190

柏学士茅屋　杜甫　/ 192

戏为六绝句（其六）　杜甫　/ 194

劝学　孟郊　/ 196

题弟侄书堂　杜荀鹤　/ 198

小松　杜荀鹤　/ 200

白鹿洞二首（其一）　王贞白　/ 202

劝学诗　赵恒　/ 204

和董传留别　苏轼　/ 206

题胡逸老致虚庵　黄庭坚　/ 208

神童诗（节选） 汪洙 / 210

冬夜读书示子聿八首（其三） 陆游 / 212

观书有感二首（其一） 朱熹 / 214

偶成 朱熹 / 216

书院 刘过 / 218

观书 于谦 / 220

读书有所见作 萧抡谓 / 222

水调歌头·春日赋示杨生子掞 张惠言 / 224

## 拼搏进取

诗经·唐风·蟋蟀 / 228

离骚（节选） 屈原 / 230

长歌行 汉乐府 / 232

杂诗十二首（其一） 陶渊明 / 234

行路难三首（其一） 李白 / 236

前出塞九首（其六） 杜甫 / 238

上堂开示颂 黄蘗禅师 / 240

将进酒 李贺 / 242

题乌江亭 杜牧 / 244

畲田调（其四） 王禹偁 / 246

登飞来峰 王安石 / 248

次韵李节推九日登南山 陈师道 / 250

题画 李唐 / 252

王氏能远楼 范梈 / 254

最高楼·呈管竹楼左丞　滕斌 / 256

明日歌　钱鹤滩 / 258

竹石　郑燮 / 260

忆秦娥·娄山关　毛泽东 / 262

长征　毛泽东 / 264

水调歌头·重上井冈山　毛泽东 / 266

## 以身报国

诗经·秦风·无衣 / 270

九歌·国殇　屈原 / 272

白马篇　曹植 / 274

咏怀八十二首（其三十九）　阮籍 / 276

代出自蓟北门行　鲍照 / 278

胡无人行　吴均 / 280

从军行七首（其四）　王昌龄 / 282

北行别人　谢枋得 / 284

元兵俘至合沙诗寄仲子　陈文龙 / 286

过零丁洋　文天祥 / 288

练裙带中诗（其一）　韩希孟 / 290

就义诗　杨继盛 / 292

狱中题壁　谭嗣同 / 294

鹧鸪天（祖国沉沦感不禁）　秋瑾 / 296

和董必武同志七绝五首（其二）　朱德 / 298

就义诗　吉鸿昌 / 300

三十五岁生日寄怀 陈毅 / 302

梅岭三章 陈毅 / 304

就义诗 杨超 / 306

南京书所见 李少石 / 308

**参考书目** / 310

**后　记** / 312

家国情怀

# 少年行

王维

出身仕汉羽林郎,初随骠骑战渔阳。
孰知不向边庭苦,纵死犹闻侠骨香。

**主题诗句** 孰知不向边庭苦,纵死犹闻侠骨香。

作者王维(693或701—761),字摩诘,号摩诘居士,祖籍太原祁县,河东蒲州(今属山西)人。开元九年(721)中进士。晚年笃诚奉佛,怡情于山水之中,有"诗佛"之称。他早年的诗多积极精神,也有政治抱负。归隐后所写的许多田园诗,表现了大自然的恬静之美,是盛唐山水隐逸派的代表人物。他还善画,苏东坡称其"诗中有画,画中有诗"。有《王右丞集》。

**注释**
①羽林郎:汉代禁卫军官名,无定员,掌宿卫侍从,常以六郡世家大族子弟充任。后来一直沿用到隋唐时期。②骠骑:指霍去病,汉武帝时曾任骠骑将军。

**赏析**
《少年行》是乐府诗题,又名《结客少年场行》,言轻生重义,慷慨以立功名之意。王维的七绝组诗《少年行》共四首,以"侠"统领,从不同的侧面描写了一群解人急难、豪侠任气的英雄少年。这四首诗各自独立、各尽其妙;合而观之,又是一组结构完整而严密的诗章,表现出作者年轻时的政治抱负和报国理想,是王维早期诗歌创作中雄浑劲健风格的代表。

本诗是《少年行》七绝组诗中的第二首，写游侠出征边塞、轻生报国的壮怀。诗中开篇先介绍主人公的"出身""履历"，使用的"仕汉""骠骑"，是唐诗中经常使用的"以汉喻唐"的惯例。"羽林郎"是汉代禁卫军官名，《汉书·地理志》云："汉兴，六郡良家子选给羽林"，因宿仗卫内、亲近帷幄，地位十分重要，绝非一般等闲之辈可以入选。诗中首句交代少年入仕之初就担任了羽林郎的职务，可见其出身之不凡。"骠骑"指武帝时的名将霍去病，曾多次统率大军反击匈奴侵扰，战功显赫。诗中主人公报国心切，一旦国家有事，便毫不犹豫地随军出征，足见其爱国之赤诚。"渔阳"是古代郡名，本有固定治所，因经常在诗中出现，亦可泛指征戍之地。第三句写"苦"，边关的遥远荒凉，沙场的九死一生，自然都"苦"，但作者却偏偏用了"边庭苦"，"边庭"是防守边境的官署，与上句的"渔阳"是个呼应，它又比"边疆""边塞"更具有政权的色彩，强调了这份"苦"的正义性。而诗中主人公这种"明知'边庭苦'，偏向'边庭行'"的行为，就凸显了为国献身、视死如归的情怀。此句以劲直的口吻颇具感染力，使人感受到出自肺腑的真诚坦荡，末句则以决绝斩截之语收束。"孰""纵""犹"等虚词的连用，在接二连三的转折中不断加强语气，最后落脚在全诗诗眼——"侠骨"二字上，鲜活地传达出少年的从容坚毅与义无反顾。整首诗歌在浪漫的笔调中凸显了主人公豪荡使气、崇尚事功、舍身报国的任侠精神，表现出强烈的英雄主义色彩，这不仅是青年王维精神风貌之一瞥，更是那个时代理想的人格化写照。

（张静）

# 出塞二首（其一）

王昌龄

秦时明月汉时关，万里长征人未还。
但使龙城飞将在，不教胡马度阴山。

**主题诗句** 但使龙城飞将在，不教胡马度阴山。

作者王昌龄（698—757），字少伯，河东晋阳（今山西太原）人。开元十五年（727）进士及第。他与李白、高适、王维、王之涣、岑参等人交往深厚。其诗以七绝见长，尤以边塞诗最为著名，语言流畅清丽，节奏明快，有"诗家夫子""七绝圣手"之称。著有《王江宁集》六卷。

**注释**
①但使：只要。②龙城飞将：《汉书·卫青霍去病传》载，元光六年（前129），卫青为车骑将军，出上谷，至笼城，斩首敌人数百。笼城，颜师古注曰："笼"与"龙"同。龙城飞将指的是卫青奇袭龙城一事。也有人认为龙城飞将中飞将指的是汉"飞将军"李广，李广一生主要的时间都在抗击匈奴，防止匈奴掠边。③胡马：侵扰内地的外族骑兵。④阴山：昆仑山的北支，是中国北方的屏障。

**赏析**
这是一首边塞诗，表达了作者希望起任良将，早日平息边塞战事，使人民过上安定生活的愿望。这首诗也被称为唐人七绝的压卷之作。悲壮而不凄凉，慷慨而不浅露。

起句勾勒出一幅冷月照边关的苍凉景象。"秦时明月汉时关"不能理解为秦时的明月汉代的关。这里是秦、汉、关、月四字交错使用,在修辞上叫作"互文见义",意思是秦汉时的明月,秦汉时的关。作者暗示,这里的战事自秦汉以来一直未间歇过,突出了时间的久远。

"万里长征人未还","万里"指边塞和内地相距万里,虽属虚指,却突出了空间辽阔。"人未还"使人联想到战争给人带来的灾难,表达了作者悲愤的情感。

"但使龙城飞将在,不教胡马度阴山"两句,融抒情与议论为一体,直接抒发戍边战士巩固边防的愿望和保卫国家的壮志,洋溢着爱国激情和民族自豪感。写得气势豪迈,铿锵有力。同时,这两句又语带讽刺,表现了作者对朝廷用人不当和将帅腐败无能的不满,有弦外之音,使人寻味无穷。

诗虽然只有短短四行,但是通过对边疆景物和征人心理的描绘,表现的内容是复杂的。既有对久戍士卒的浓厚同情和结束这种边防不固局面的愿望;又流露了对朝廷不能选贤任能的不满,作者以大局为重,认识到战争的正义性,因而个人利益服从国家安全的需要,发出了"不教胡马度阴山"的誓言,洋溢着爱国激情。

作者并没有对边塞风光进行细致的描绘,他只是选取了征戍生活中的一个典型画面来揭示士卒的内心世界。景物描写只是用来刻画人物思想感情的一种手段,汉关秦月,无不是融情入景。把复杂的内容熔铸在四行诗里,深沉含蓄,耐人寻味。诗意境雄浑,格调昂扬,语言凝练明快。

(周子健)

## 逢入京使

岑参

故园东望路漫漫，双袖龙钟泪不干。
马上相逢无纸笔，凭君传语报平安。

**主题诗句** 马上相逢无纸笔，凭君传语报平安。

作者岑参（718？—769？），荆州江陵（今湖北江陵）人或南阳棘阳（今河南南阳市）人，与高适并称"高岑"。岑参出生在一个官僚家庭，因聪颖早慧而五岁读书、九岁属文。天宝三载（744）进士及第。岑参工诗，长于七言歌行，对边塞风光、军旅生活，以及异域的文化风俗有真切的感受，边塞诗尤多佳作，其诗想象奇特，节奏明快，独具特色。

**注释**
①故园：指长安。据《唐才子传》，岑参在长安有别业，故称长安为故园。②龙钟：涕泪淋漓的样子，这里是沾湿的意思。③凭：托，烦，请。

**赏析**
这是一首传诵很广的名作。它之所以受到推崇，主要是写得自然、本色。岑参这次西行的目的，他自己曾作过这样的说明："万里奉王事，一身无所求。也知塞垣苦，岂为妻子谋。"（《初过陇山途中呈宇文判官》）因此从道理上讲，他是自愿的，情绪的基调当是昂扬乐观的。只是，理智是一回事，感情又是一回事。当时的安西都护府治所在龟兹，在通信、交通都极不方便的唐代，对一个久居内地的读书人来说，要离家数千里，穿越戈壁沙漠，到一个完全陌生的地方，岂有不想家的道理？

此诗首句"故园东望路漫漫"塑造西行途中的旅人形象，在碰到入京使以后，作者久久不语，只是默默凝视着东方，思乡的主题一上来便得到有力的揭示。步步西去，家乡越来越远，"路漫漫"三字不仅指出这种事实，而且很容易勾起"离恨恰如春草，更行更远还生"（李煜《清平乐》）一类的感触来。首句只叙事，不言情，但情感自生。第二句揩眼泪已经揩湿了双袖，可是脸上的泪水仍旧不干。这种写法虽有夸张，却极朴素、真切地再现了一个普通人想家想到极点的情态，没有丝毫的矫揉造作。

"马上相逢无纸笔，凭君传语报平安"，这两句是写遇到入京使者时欲捎书回家报平安又苦于没有纸笔的情形，完全是马上相逢行者匆匆的口气，写得十分传神。"逢"字点出了题目，在赶赴安西的途中，遇到作为入京使者的故人，彼此都鞍马倥偬，交臂而过，一个继续西行，一个东归长安，而自己的妻子也正在长安，正好托故人带封平安家信回去，可偏偏又无纸笔，也顾不上写信了，只好托故人带个口信，"凭君传语报平安"吧。这最后一句诗，处理得很简单，收束得很干净利落，但简净之中寄寓着作者的一片深情，颇有韵味。岑参此行是抱着"功名只向马上取"的雄心的，此时，心情是复杂的。他一方面有对帝京即故园相思眷恋的柔情，另一方面表现了岑参渴望建功立业的豪迈胸襟，柔情与豪情交织相融，感人至深。

这首诗语言朴素自然，充满了浓郁边塞生活气息，既有生活情趣，又有人情味，清新明快，余味深长，不加雕琢，信口而成，而又感情真挚。作者善于把许多人心头所想、口里要说的话，用艺术手法加以提炼和概括，使之具有典型的意义。在平易之中而又显出丰富的韵味，自能深入人心，历久不忘。

（褚宝增）

# 塞上曲二首（其二）

戴叔伦

汉家旌帜满阴山，不遣胡儿匹马还。
愿得此身长报国，何须生入玉门关。

**主题诗句**　愿得此身长报国，何须生入玉门关。

作者戴叔伦（732—789），字幼公，一作次公，润州金坛（今江苏金坛）人。少师事萧颖士。他的诗多是反映民间疾苦、写景抒情之作。有《述稿》十卷，已佚。

**注释**

①汉家：指汉朝。此处以汉喻唐。唐人作诗，常用汉朝事代指本朝，如白居易诗"汉皇重色思倾国"，实际上是以汉皇指唐玄宗。②阴山：山脉名。即今横亘于内蒙古自治区南境、东北接连内兴安岭的阴山山脉。山间缺口自古为南北交通孔道。这里用来指代边塞地区。③胡儿：指胡人。《汉书·金日䃅传》："陛下妄得一胡儿，反贵重之。"④玉门关：关名。汉武帝置，因西域输入玉石时取道于此而得名，汉时为通往西域各地的门户，故址在今甘肃敦煌西北小方盘城。

**赏析**

戴叔伦的这首作品传唱千古，其中的爱国情怀至今仍然激荡着我们的心灵。整首诗皆从正面着笔展开抒写，前两句展现了边关将士的英勇无畏，"汉家旌帜满阴山"，用汉朝事书写当下，展现了边关军势之壮大，"不遣胡儿匹马还"，表达了将士们奋勇保卫边疆的决心。这两句正是王昌龄当年"但使龙城飞将在,不教胡马度阴山"的再度翻写。

后二句则是本诗的精髓所在。《后汉书》记载,班超久在西域,年老思乡,因此向朝廷上疏请归,其中有"臣不敢望到酒泉郡,但愿生入玉门关"的句子,表现了绝域老臣对中原山河的思念之情。但戴叔伦在这里翻用班超之语,以边关将士的口吻,写出了"愿得此身长报国,何须生入玉门关"的千古名句,表现了边关将士以必死之决心,保卫家国的慷慨壮志。

当然,我们并不能因此就轻看班超。班超早年投笔从戎,曾有"大丈夫无它志略,犹当效傅介子、张骞立功异域,以取封侯,安能久事笔砚间乎"的豪言壮语,他也用事实践行了这一少年豪言。曾奉命出使西域,帮助西域各族摆脱匈奴的束缚和奴役,使"丝绸之路"重又畅通,后被任命为西域都护。班超的一生中有三十一年奉献给了西域,使西域与内地的联系愈加密切,他践行了自己的爱国壮志,年老思归,亦是人之常情。因此,尽管戴叔伦此处反用班超之语,然而他是以一个青年边关将士的热血口吻说出的,与老年的班超自然不是同一种心境,两种爱国之诚,同样高尚,无须强分高下。

作为中晚唐诗,戴叔伦的这首作品拥有着不让盛唐的高蹈之音,昂扬奋勇,是边塞诗中不可多得的佳作。

(李俊儒)

# 游子吟

孟郊

慈母手中线，游子身上衣。
临行密密缝，意恐迟迟归。
谁言寸草心，报得三春晖。

**主题诗句**　谁言寸草心，报得三春晖。

作者孟郊（751—814），字东野，湖州武康（今浙江德清）人。祖先世居洛阳，少时隐居嵩山。孟郊两试进士不第，四十六岁时才中进士。他一生困顿，由于不能施展抱负，遂放迹林泉间，徘徊赋诗。因其诗作多写世态炎凉，民间苦难，故有"诗囚"之称，与贾岛并称"郊寒岛瘦"。有今传本《孟东野诗集》十卷。

**注释**
①游子：古时称远游旅居的人，这里指作者自己。②谁言：一作"难将"。③寸草：小草。这里比喻子女。④心：语义双关，既指草木的茎干，也指子女的心意。⑤三春晖：春天灿烂的阳光，指慈母之恩。三春：旧称农历正月为孟春，二月为仲春，三月为季春，合称三春。阮籍《咏怀八十二首》其四十四："焉敢希千术，三春表微光。"

**赏析**
《游子吟》是孟郊在溧阳时所写。作者早年漂泊无依，直到五十岁时才得到一个溧阳县尉，结束了长年的漂泊流离生活，便将母亲接来住。作者饱尝了世态炎凉，更觉亲情可贵，于是写出这首感人至深的母爱颂歌。

全诗共六句三十字，采用白描的手法，通过回忆一个看似平常的临行前缝衣的场景，凸显并歌颂了母爱的伟大与无私，表达了作者对母爱的感激以及对母亲深深的爱与尊敬之情。此诗情感真挚自然，虽无藻绘与雕饰，然而清新流畅，淳朴素淡的语言中蕴含着浓郁醇美的诗味，千百年来广为传诵。

开头两句"慈母手中线，游子身上衣"，用"线"与"衣"两件极常见的东西将"慈母"与"游子"紧紧联系在一起，写出母子相依为命的骨肉感情。三、四句"临行密密缝，意恐迟迟归"，通过慈母为游子赶制出门衣服的动作和心理的刻画，深化这种骨肉之情。母亲千针万线"密密缝"是因为怕儿子"迟迟"难归。伟大的母爱正是通过日常生活中的细节自然地流露出来。前面四句采用白描手法，不作任何修饰，但慈母的形象真切感人。

最后两句"谁言寸草心，报得三春晖"，是作者直抒胸臆，对母爱作出的尽情讴歌。这两句采用传统的比兴手法：儿女像区区小草，母爱如春天阳光。儿女怎能报答母爱于万一呢？悬绝的对比、形象的比喻，寄托着赤子对慈母发自肺腑的爱。

这首诗艺术地再现了人所共感的平凡而又伟大的人性美，所以千百年来赢得了无数读者强烈的共鸣。直到清朝，溧阳有两人又吟出了这样的诗句："父书空满筐，母线萦我襦"（史骐生《写怀》），"向来多少泪，都染手缝衣"（彭桂《建初弟来都省亲喜极有感》），足见此诗留给后人的深刻印象。

（褚宝增）

# 少年行四首（其三）

令狐楚

弓背霞明剑照霜，秋风走马出咸阳。
未收天子河湟地，不拟回头望故乡。

**主题诗句**　未收天子河湟地，不拟回头望故乡。

作者令狐楚（766—837），字壳士，自号白云孺子，宜州华原（今陕西耀州）人，祖籍敦煌。贞元七年（791）中进士。他以古文大家闻名，尤善四六骈文，被誉为庾信之后的古文文宗。诗人李商隐出其门下。

**注释**
①走马：驱马奔驰。②河湟地：指唐朝安史之乱后被吐蕃强行占领统治的河西、陇右之地（今甘肃、青海两省黄河以西）。③不拟：不打算。

**赏析**
这首诗是令狐楚回忆青年时期在边州的生活所作。安史之乱后，河湟地区被吐蕃逐步侵占，从此沦陷数十年，唐王朝屡次收复失地都未能成功。作者写下这首边塞诗借以抒发对国土丧失的痛惜，直抒为国捐躯的义无反顾和决心。全诗昂扬着爱国的热情，少年将士的飒爽英姿和为国捐躯的豪壮气势被书写得淋漓尽致：弓背在霞光的照射下闪耀着光辉，霜雪映射着剑光。在萧瑟凛冽的秋风中，将士驱马奔驰，西出咸阳，奔赴战场。如果此行不能将吐蕃赶出，为天子收回河湟之地，誓不回头眺望故乡。将士以国为家、先国后家的豪情壮志使其威武刚健的英雄形象跃然纸上，读之令人振奋。

本诗先景后情，情景交融，诗中少年战士的爱国形象也随着景物的渲染和人物情感的抒发逐渐立体鲜明。前两句由近及远，先用笔墨细致地描绘了战士出征时的装束。弓箭利刃需得极其锋利光净，才能反照霜霞，随身配置的武器都是精于打磨的，可见战士平时勤于操练，毫不懈怠，时刻为出征收复失地做好了准备。作者从此细节之处入手，再将镜头转向他策马离开京城的远景，视角的变化和推进使得画面富有动态感。"霜"与"秋风"二字结合，点明出征的时间节令，既写出萧瑟肃杀之气，又从侧面突出战士勇往直前、不惧艰辛的形象。"走马"则展现出将士勇往直前的豪迈气概。作者将雕弓、宝剑、秋风、走马等意象集中起来构建了一幅秋日出征图，描绘出将士征战沙场、上马杀敌的威武身姿，展现出少年英勇激昂的豪迈之气。后两句并没有感慨军旅之行中深沉哀婉的悲剧情怀和浓厚的思乡之情，而是表达杀敌报国的壮志豪情以及誓收河湟失地的决心。边塞诗多"回望故乡"，或是抒发对战争结束后的团圆生活的期盼之情，或是倾诉与亲人分离的思念之苦，因此多沾染悲愁的意味。而此诗中的征人毅然决然抛却思家之切，不把敌军击退誓死不归，始终保持着积极昂扬的态度，使得全诗爱国主题升华，荡人心腑。

这首诗语言通俗流畅，节奏感强，开头仅用寥寥数字，不仅将军旅生活的艰辛和紧迫暗含其中，还从微小之处推向更宏阔的景象，画面感十足，生动而有韵味。诗的末尾直抒胸臆，表达了将士激越奔放的豪情以及杀敌报国、为国效力的坚定决心。整首诗具有弘毅阔远之风，充盈着雄壮刚健之美，蕴含了深刻的思想内涵，读来掷地有声、铿锵有力。不论时空如何转换，家国情怀总是诗词歌颂的主题，激励了人们的斗志，凝聚力量，在一代又一代的人心中引起共鸣，历久弥新。

（曹辛华）

# 南园十三首（其五）

李贺

男儿何不带吴钩，收取关山五十州。
请君暂上凌烟阁，若个书生万户侯？

**主题诗句**　男儿何不带吴钩，收取关山五十州。

作者李贺（790—816），字长吉。河南府福昌昌谷（今河南宜阳）人。中唐诗人，与李白、李商隐称为"唐代三李"，后世称李昌谷。他因仕途失意而热衷于诗歌创作。诗作抒发理想抱负，反映藩镇割据、宦官专权和社会剥削的历史画面。诗作想象奇特、物象奇险、造语奇隽，有"诗鬼"之誉，著有《昌谷集》。

**注释**

①南园：园名，在福昌昌谷。②关山：为虚指，泛指被外敌藩镇割据的江山国土。③五十州：泛指被割据的山东及河南、河北地区。④凌烟阁：唐太宗为表彰功臣而建筑的殿阁，位于唐京师长安城太极宫东北隅，因绘有"凌烟阁二十四功臣"画像而闻名于世，后毁于战乱。⑤若个：哪个。

**赏析**

《南园十三首》组诗是李贺在辞官回乡后居住在昌谷家中所作，或写田园之景，或抒抱负难酬之意，抒写了作者居乡期间的思想和生活。这首诗直抒胸臆，首句"男儿何不带吴钩"起句峻急。"何不"二字构成疑问句式，既是泛问也是自问，暗示出危急的军情和作者自己焦虑不安却又无可奈何的心境;"带吴钩"指从军的行动,身佩军刀,奔赴疆场,饱含"国家兴亡,匹夫有责"的豪情。次句"收取关山五十州"同样气势磅礴,"收复关山"是从军的目的,山河破碎,民生凋敝,作者怎甘蛰居乡间,无所作为呢?因而他向往建功立业,报效国家。一个"取"字,有破竹之势,传神地表达出作者迫切的救国愿望。前两句一气呵成,他以明快之笔反问:男子汉大丈夫为什么不带上锋利的吴钩,去收复黄河南北割据的关山五十州?这种极富感染力的反诘语气与作者此时昂扬的意绪和紧迫的心情十分契合。此外,这两句还流露出一种郁积已久的愤懑之情。

后两句"请君暂上凌烟阁,若个书生万户侯",作者不禁悲愤地问道:绘有开国功臣画像的凌烟阁,有哪一个是书生出身而被册封为食邑万户的列侯的?这里他用一设问句,使愤懑不平的意味显得更加浓重。作者看似从反面衬托投笔从戎的必要性,实际上是进一步抒发了怀才不遇的愤激情怀。贯穿整首诗的感情基调由昂扬激越转入沉郁哀怨,既见出反衬的笔法,又见出跌宕起伏的节奏,明快峻急的气势中作回荡之姿。

整首诗以设问、反问句式增强情感感发的力量,语言节奏明快,风格沉雄。本诗主题诗句是对"国家兴亡,匹夫有责"的最好诠释。身为男子汉大丈夫,面对烽火绵延、战乱不已的家国,作者不能不生出急切救国的心愿。这种责任感从古至今都是中华民族气节的象征,也正是有了这一份担当,中华民族才能守护住国土家园,才能将华夏文明发扬光大。在当今和平盛世,中华民族虽然摆脱了战火的袭扰,但生于忧患死于安乐的警钟时刻鞭策着我们依然要提高防范,不断奋进。

(曹辛华)

## 观雨

### 陈与义

山客龙钟不解耕，开轩危坐看阴晴。
前江后岭通云气，万壑千林送雨声。
海压竹枝低复举，风吹山角晦还明。
不嫌屋漏无干处，正要群龙洗甲兵。

**主题诗句**　不嫌屋漏无干处，正要群龙洗甲兵。

作者陈与义（1090—1139），字去非，号简斋，洛阳人。宋徽宗政和三年（1113）以太学上舍甲科，授文林郎、开德府教授。作为南北宋之交的著名诗人，陈与义的诗歌创作可分为前、后两期。南渡前多为抒发个人闲情逸致、流连光景之作；南渡以后，他的诗融入更多忧国忧民的家国情怀，诗风也更加悲壮苍凉。著有《简斋集》。

### 注释

①山客：指隐士，这里是作者的自称。②龙钟：形容人身体衰弱，行动不灵便的样子。③危坐：古人以两膝着地，耸起上身为"危坐"，表示严肃恭敬。后泛指正身而坐。④洗甲兵：洗濯铠甲和兵器。

### 赏析

建炎三年（1129），金兵在东南一路攻破了临安、越州，继而从海道追击宋高宗，高宗从明州逃往温州。第二年春天，金兵进逼湖南长沙。这年二月，长沙守帅向子諲组织军民奋勇反抗，形势稍有好转。此时的作者在历经南渡的颠沛流离后，寓居于邵阳贞牟山上。《观雨》这首诗即作于建炎四年（1130）的夏季。

首句"山客龙钟不解耕"从自身身份、情境出发，"山客"是作者自谓，"龙钟"尽显他的衰弱疲惫之态，"不解耕"是谦言自己不事农耕。那么作者在做什么？第二句直白道破："开轩危坐看阴晴。"明明不懂耕作却端坐于轩窗前留心天气的变化，这里的"阴晴"绝不是简单的天时，其实还蕴含作者对时局的关心。

颔联写景："前江后岭通云气，万壑千林送雨声。"主要渲染了夏季雨势的猛烈。屋前的江水与屋后的山岭互通云气，众多沟壑与丛林间传来了隆隆的雷声与哗哗的雨声。这两句营造出暴雨袭来的雄浑声势，景象壮阔。雨势的汹涌好像也在暗示着金兵势如破竹，来势汹汹。

颈联详细描写了雨中的情景："海压竹枝低复举，风吹山角晦还明。"上句是近景，"海"指暴雨，猛烈的风雨把竹枝压得伏了又起。下句作者视野移至远处，风吹云聚，山角留下了因云聚而形成的云影，变得晦暗不明；过了一会儿云气散去，山角又透出光明。雨中飘摇却顽强挺立的竹子，乌云翻涌下明明灭灭的"山角"，这不仅是作者对雨中景物细致入微的观察，而且表明他对社会动荡的局势存着一份光明的希望。

尾联"不嫌屋漏无干处，正要群龙洗甲兵"化用了杜甫的诗句，上句用"床头屋漏无干处"，下句用"净洗甲兵长不用"。与杜甫洗濯铠甲和兵器置于不用的含义不同，《六韬》中记载：周文王伐纣时，天降大雨，太公认为"祖行之日，雨，辎车至轸，是洗濯甲兵也"。作者借这个典故表达了对大宋整刷兵马、作战告捷的渴望，为了抗金的胜利，即使自己的房屋漏雨也在所不惜。

刘克庄评论陈与义的诗"以简严扫繁缛，以雄浑代尖巧"（《后村诗话》前集卷二）。

（刘勇刚、邹露）

# 金错刀行

### 陆游

黄金错刀白玉装,夜穿窗扉出光芒。
丈夫五十功未立,提刀独立顾八荒。
京华结交尽奇士,意气相期共生死。
千年史册耻无名,一片丹心报天子。
尔来从军天汉滨,南山晓雪玉嶙峋。
呜呼!楚虽三户能亡秦,岂有堂堂中国空无人!

**主题诗句** 楚虽三户能亡秦,岂有堂堂中国空无人!

作者陆游(1125—1210),字务观,号放翁,越州山阴(今浙江绍兴)人,宋徽宗时尚书右丞陆佃之孙。陆游一生经历徽宗、钦宗、高宗、孝宗、光宗、宁宗六朝,深受爱国忠君思想影响,以"上马击狂胡,下马草军书"为毕生之志,是南宋著名的文学家、史学家、爱国诗人,被称为"南宋四大家之一"。有《剑南诗稿》八十五卷。

### 注释

①金错刀:刀名。三国吴谢承《后汉书·冯绲》:"武陵五溪蛮夷作难,诏遣车骑将军冯绲南征,绲表奏应奉,赐金错刀一具。"②楚虽三户能亡秦:《史记·项羽本纪》载有"故楚南公曰:'楚虽三户,亡秦必楚'也"的记录,历代解释不同。后借此喻指即使力量弱小,也能够通过团结一致取得成功。

### 赏析

　　陆游生活在风雨飘摇的南宋，终身以杀敌雪耻、收复中原为己愿。《金错刀行》作于南宋乾道九年（1173），当时是陆游从军的第二年，诗作托物言志，借金错刀喻志士，表达了陆游初出茅庐时的激情和对恢复中原的坚定信念。

　　"黄金错刀白玉装，夜穿窗扉出光芒"两句开门见山，直接点题，从内外两方面刻画金错刀，写出了金错刀外形之华丽、刀刃之锋利，同时，又借金错刀的锋芒逼人暗喻"丈夫""奇士"的出类拔萃。

　　"丈夫五十功未立，提刀独立顾八荒"两句由金错刀这一件"物"引出借金错刀喻指的"人"。但是，"丈夫"并不能像金错刀一样被人发现自身的"光芒"，而是"功未立"，突显茫然无措的挫败感。

　　"京华结交尽奇士，意气相期共生死"两句一转颓势，意气昂扬。即便面对"五十功未立"的局面，依旧要广交好友，与志同道合之人共谋收复中原的事业，将生死置之度外，陆游将南宋志士的意气风发与对国家的忠心耿耿浑融在一起。

　　"千年史册耻无名，一片丹心报天子"两句直抒胸臆，与上两句相呼应，表达自己渴望收复中原大地的殷切期望和不灭的忠君爱国之心。

　　"尔来从军天汉滨，南山晓雪玉嶙峋"两句由想象回归当下现实，借从军陕西汉水之滨的所见所闻所感，抒发自己对南宋王朝山河的无限热爱与对南宋王朝的不渝忠心。同时宕开一笔，突然描写边塞景色，实际是以景色的辽阔发抒陆游内心的阔达之意。

　　最后两句称得上是神来之笔，以叹词"呜呼"引来，尚未仔细品读文字，就已经感受到其中的慷慨豪迈之气。最后两句化用民谣"楚虽三户，亡秦必楚"，最后一句利用反问的语气，言辞恳切，情感沉重，既是希望，也是勉励，这是陆游对华夏王朝的殷切希望和忠心不渝的爱国之情！

（刘勇刚、朱雯婷）

# 夜泊水村

陆游

腰间羽箭久凋零,太息燕然未勒铭。
老子犹堪绝大漠,诸君何至泣新亭。
一身报国有万死,双鬓向人无再青。
记取江湖泊船处,卧闻新雁落寒汀。

**主题诗句** 一身报国有万死,双鬓向人无再青。

**注释**

①羽箭:箭尾插羽毛,称羽箭。②燕然未勒:燕然,山名,即今蒙古杭爱山;未勒,还没刻石勒功。③绝大漠:穿过沙漠。《史记·卫将军骠骑列传》载有骠骑将军霍去病深入大漠,六击匈奴,击败匈奴后,于狼居胥山积土为坛,祭天以告成功的记录。④泣新亭:新亭,又名劳劳亭,在今南京市南。东晋时中原沦陷,王室南渡,有一些过江的士大夫在新亭宴饮,席间众人闷闷不乐,相对涕泣。独有王导不以为然,说:"当共勠力王室,克复神州,何至作楚囚相对耶?"见《晋书·王导传》。

**赏析**

《夜泊水村》作于宋孝宗淳熙九年(1182),当时陆游寓居在家,虽然有志恢复中原,但始终报国无门,心中充满不遇于时的愤懑。陆游征战沙场、保家卫国的雄心壮志与当下年华逝去、功业未成的现实遭遇相碰撞,使得陆游在现实与理想的矛盾之间无处安适自己的心灵,只能借诗歌抒发内心的不平与孤寂。

首联借窦宪破单于这个典故抒发陆游一生许国的雄伟志向，但后面紧接"久凋零""未勒"五字，将激昂的语调化为无力的叹息。将士以身卫国，所凭借的是腰间的羽箭，但作者的羽箭却是长久不用的，国家面临困境，将士却不能使用武器，这不仅是国家的灾难，更是对充满壮志的将士的一种残忍，表达了作者对自己怀才不遇、功业未成的愤愤不平。

颔联不同于首联，不再是作者自己内心与现实遭遇的矛盾，而是变成了有抱负的诗人与苟且偷生的达官贵人之间的矛盾，由个人的矛盾变为社会的矛盾。第三句以"老子"自称，一是表明自己年岁已高，二是与"犹堪"相连，表达自己"烈士暮年，壮心不已"的雄心。第四句全然是借旧事写当下怯弱无胆的朝廷，将他们与自己进行对比，表达自己以霍去病、王导为榜样，誓为收复中原死而后已。

颈联将陆游以身报国的愿望与现实中年岁已老的现实相对比，表达作者渴望杀敌卫国的赤胆忠心和对自己报国无门、韶华已逝的痛苦与无奈。更令人触目惊心的是，这两句诗以十四个字的容量涵盖了五十余年的光阴，更加突出了陆游对南宋王朝的忠贞，作者以细腻的笔触将豪迈的热情、将文人武将的耿耿忠心写尽。

题目"夜泊水村"点明作诗的时间与地点，但前三联并不涉及，直至尾联才点题，将心中理想落实到眼前之景，借眼前景致之凄寒、冷清与心中情感之寂寞、萧瑟遥相呼应。前三联或多或少因涉及壮志而有慷慨之词，至尾联则一改前调，全然是萧条景色，写"江湖泊船"，叹流落异地；闻"新雁落寒汀"，念中原大地；深"夜"无眠，感黍离之悲。至此，陆游似乎要沉浸于悲凉之中，但回顾前三联才知道，在此凄凉景色之中，作者仍有一腔热血，以保家卫国为终生之志！

（刘勇刚、朱雯婷）

# 示儿

陆游

死去元知万事空，但悲不见九州同。
王师北定中原日，家祭无忘告乃翁。

**主题诗句**　王师北定中原日，家祭无忘告乃翁。

**注释**

①元知：原本知道。元通"原"，本来。②九州：《尚书·禹贡》记载，大禹时天下分为九州，"九州"，分别为冀州、兖州、青州、徐州、扬州、荆州、豫州、梁州、雍州。后常用九州指代中国。③同：统一。④王师：指南宋朝廷的军队。⑤北定：将北方平定。⑥中原：指淮河以北被金人侵占的地区。⑦家祭：家中对祖先的祭祀。⑧乃翁：你的父亲，指陆游自己。

**赏析**

《示儿》是陆游的绝笔诗，作于宋宁宗嘉定二年农历十二月（1209年1月）。此时的陆游已八十五岁高龄，在临终前，他给儿子们写下了这首无奈却悲壮的爱国诗，是作者的遗嘱，也是他一生力主收复中原、拳拳爱国心的真实写照。诗中交织着作者对收复中原的深切期盼，倾注了他满腔的忧愤，与抗金英雄宗泽临终三呼"渡河"、辛弃疾临终大喊"杀贼"同一心迹。

首句"元知万事空"表明陆游对生死无所畏惧。下句转折，作者最大的悲痛是不能看到"九州同"，是国家统一大业尚未完成。陆游无惧死亡，临终前念念不忘的只是收复中原的宏愿。对国家一往情深，九死不悔。作者高大、伟岸的形象已在字里行间傲然屹立。

后两句"王师北定中原日，家祭无忘告乃翁"奠定了诗歌慷慨悲壮的基调。尽管现实无奈，孤独的爱国老臣一生都坚持抗金主战，把恢复中原作为自己的最高理想。作者满含热望，对大宋"王师"有朝一日收复中原充满期待，笔调慷慨激昂，给人带来力量。"家祭无忘告乃翁"则指向现实，遗憾自己看不到收复中原的那一天，以遗嘱的方式告诉子孙，家祭时记得把"北定中原"的胜利消息告诉自己，在九泉之下能了却自己的心愿。作者病榻弥留之际，仍然把国家大事、洗雪国耻铭记心间，悲伤与期望，忧冷与热烈，形成了鲜明对比，构成了文本内部巨大的抒情张力。清人赵翼在《瓯北诗话》卷六中感慨道："临殁犹有'王师北定中原日，家祭无忘告乃翁'之句，则放翁之素志可见矣！"作者临终失意，怀抱遗恨，但其爱国热情始终没有减退，从未放弃过恢复中原的坚定信念。

此诗感情基调是在悲愤中蕴含昂扬向上的力量，用平实朴素的语言，以绝笔诗的形式给后人留下遗嘱。全诗感情真挚，感动天地。明人胡应麟《诗薮》说："忠愤之气，落落二十八字间。"清代贺贻孙《诗筏》则高度评价："率意直书，悲壮沉痛，孤忠至性，可泣鬼神。"皆为允当恰切的评价，其中至真至诚的爱国情怀是中华民族宝贵的精神财富，激励着一代又一代中华儿女为国家的繁荣富强而不懈奋斗。

（江合友）

# 南安军

文天祥

梅花南北路，风雨湿征衣。
出岭谁同出？归乡如此归！
山河千古在，城郭一时非。
饥死真吾志，梦中行采薇。

**主题诗句** 山河千古在，城郭一时非。

作者文天祥（1236—1283），字宋瑞，又字履善，号文山。江南西路吉州（今江西吉安）人。宋理宗宝祐四年（1256）中状元。一度掌理军器监兼权直学士院，三十七岁时自请致仕。德祐元年（1275）元军南下攻宋，文天祥散尽家财，招募士卒勤王，被任命为浙西、江东制置使兼知平江府。祥兴元年（1278）卫王赵昺继位后，拜少保，封信国公。后在五坡岭被俘，押至元大都，被囚三年，屡经威逼利诱，仍誓死不屈。至元十九年（1283）从容就义，终年四十七岁。

**注释**

①梅花南北路：大庾岭上多植梅花，故名梅岭，南为广东南雄市，北为江西大余县。②采薇：商末孤竹君两子伯夷、叔齐，当周武王伐纣时，二人扣马而谏，商亡，逃入首阳山，誓不食周粟，采薇而食，饿死。

**赏析**

帝昺祥兴二年（1279），南宋崖山被元军攻陷，南宋灭亡。文天祥在前一年被俘北行，在五月四日出大庾岭，经南安军（治所在今江西大余）

时写此诗。

　　这首诗前两联叙述了行程中的地点和景色，以及作者的感慨，抒写了这次行程中的悲苦心情。颈联以祖国山河万世永存与城郭一时沦陷进行对比，突出作者对恢复大宋江山的信念和对元人的蔑视。尾联表明自己的态度：决心饿死殉国，完成"首丘"之义的心愿。

　　"梅花南北路，风雨湿征衣。"略点行程中的地点和景色。作者至南安军，正跨越了大庾岭（梅岭）的南北两路。此处写梅花不是实景，而是因梅岭而说到梅花，借以和"风雨"对照，初步显示了行程中心情的沉重。梅岭的梅花在风雨中摇曳，濡湿了押着兵败后就擒、往大都受审的文天祥的兵丁的征衣，此时，一阵冰冷袭上了他的心头。

　　"出岭谁同出？归乡如此归！"上句是说行程的孤单，而用问话的语气写出，显得分外沉痛。下句是说这次的北行，本来可以回到故乡庐陵，但身系拘囚，不能自由，虽经故乡而犹如不归。这两句抒写了这次行程中的悲苦心情，而两"出"字和两"归"字的重复对照，更使得声情激荡起来。

　　"山河千古在，城郭一时非。"文天祥站在岭上，遥望南安军的西华山，以及章江，慨叹青山与江河是永远存在的，而城郭则由出岭时的宋军城郭，变成元军所占领的城郭了，所悬之旗也将随之易帜了。

　　"饥死真吾志，梦中行采薇。"作者宁愿绝食饿死，也不与元兵合作。他常常梦见自己像伯夷、叔齐一样在首阳山以采野菜为生。文天祥在五坡岭被俘后，被元军押解向北，从入粤时，他就开始绝食，绝食八日未死，才不打算坚持绝食。就在文天祥写《南安军》的同一年十月初一晚上，他被押送到元大都，做了三年两个月零九天的囚徒后壮烈牺牲。

　　本诗化用杜甫诗句，抒写自己的胸怀，表现出强烈的爱国感情，显示出民族正气，可以说是用血和泪写成的作品。

（褚宝增）

# 马上作

戚继光

南北驱驰报主情，江花边月笑平生。
一年三百六十日，多是横戈马上行。

**主题诗句**　一年三百六十日，多是横戈马上行。

作者戚继光（1528—1588），字元敬，号南塘，晚号孟诸，登州（今山东蓬莱）人。明朝抗倭名将，民族英雄，杰出的军事家、书法家、诗人。出身将门。万历十六年（1588）卒于家，谥号"武毅"。著有《纪效新书》《练兵实纪》《止止堂集》等。

**注释**

①南北驱驰：戚继光曾在东南沿海一带抗击倭寇的侵扰，又曾镇守北方边关。②驱驰：策马疾驰，奔走效力。③主：指明朝皇帝。④江花边月：江边的花，边塞的月。南方抗倭看江花，北方守边赏边月，指作者戎马生涯长年接触的景色。⑤横戈：手里握着兵器。

**赏析**

戚继光在东南沿海抗击倭寇十余年，扫平倭患。明世宗嘉靖三十年（1551），戚继光戍边蓟门。戎马生涯，南北奔波，心生感慨，于是写下了这首《马上作》。前两句"南北驱驰报主情，江花边月笑平生"，统领全篇，高度概括了作者转战南北的戎马生涯。先在浙江、福建肃清境内倭寇，后转入广东，扫平倭寇。接着，被调北方，镇守蓟州十六年，边境整肃，平靖无事。从浙江、福建、广东到蓟州，戚继光由南入北，奔波无定。他为了报效国家，不辞辛苦，南北驰驱，抗击东南倭寇，戍守北疆。"江花边月笑平生"，"江花"指代南方，"边月"指代北方，是对上一句"南北驱驰"的呼应。"笑"是这一句的基调，也是全诗的点睛之笔。一个"笑"字，令读者感到了作者在金戈铁马、驰骋疆场氛围中的乐观精神，也似乎看到了他的英姿飒爽和豪迈气概。作者笑对南方姹紫嫣红的"江花"，笑对北方的边关冷月，笑对军旅生活的奔波辛劳。戚继光回顾自己戎马半生的经历，但能报主护民，多少困难凶险，皆一笑了之。

后两句"一年三百六十日，多是横戈马上行"，信手拈来，描述了作者日复一日、年复一年，奋斗不止、战斗不息的军旅生活状态。这是他戎马生涯在时间上的延伸，上文"南北驱驰"则是作者军旅生活在空间上的展开。时空结合，将征战南北、保家卫国的爱国将领的高大形象立体呈现出来，毫不做作。"多是横戈马上行"，这是军旅生涯的具象化，作者为祖国驰骋沙场，横戈立马，日复一日，而且年复一年。

整首诗意境开阔，形象鲜明。全诗首尾呼应，时空交融，相互映衬，风格慷慨豪放，一气呵成。第三句虽为拗句，但为熟语，令读者不觉因出律而不适。其所塑造的将军形象立体丰满，真实感人，其深沉的家国情怀是中华民族的宝贵精神遗产，值得后人永久铭记和学习。

(江合友)

## 忆母

倪瑞璇

河广难航莫我过,未知安否近如何。
暗中时滴思亲泪,只恐思儿泪更多!

**主题诗句** 暗中时滴思亲泪,只恐思儿泪更多!

作者倪瑞璇(1702—1731),女,字玉英,生于宿迁下相(今江苏)人。其父倪绍赞为县学秀才。瑞璇五岁丧父。其后随母寄居睢宁舅父樊正锡家,因得以尽览其舅所藏书籍。二十五岁时嫁给在睢宁教书的徐起泰为继室。三十岁时病逝。徐起泰在整理其遗物时,发现诗稿,遂整理成册,名之为《箧存诗稿》。后又得抄本《箧存诗集》。

**注释**
①河广难航:河面宽广,难以航行。《诗经·卫风·河广》:"谁谓河广?一苇杭(航)之。"杭,同"航",渡也。此处反用其义。②莫我过:"莫过我"的倒文,为否定句式而宾语前置。意思是想要过河,还没有过去。北宋邹浩《梦臣再以墨来》:"坐令鼎足心,成辙乱旗靡。堂堂莫我过,势若建瓴水。"

**赏析**
揣摩诗意,当是作者由婆家出发前往娘家省母,途中要经过某条河流,欲渡或是半渡时的吟作。

倪瑞璇自幼同母亲寄居于舅父家中。无论舅舅和母亲的关系如何,毕竟是寄人篱下,依附别人生活。其贫困之状,在诗作中亦有反映。这种特殊的生活环境，她对母亲的情感必定异于常人。

诗题为"忆母"，可见平时作者对母亲念念不忘。过河后，即将见到母亲，此时的感情更为复杂，"岭外音书绝，经冬复历春。近乡情更怯，不敢问来人"（唐宋之问《渡汉江》），唯恐传来不好的消息。所以作者自问："未知安否近如何。""暗中时滴思亲泪"，当是出嫁后便是如此，只不过这次见到河水，暗喻作者眼泪之多罢了。

作者由自己想到母亲："只恐思儿泪更多！"这种由此及彼、更近一层的写法，感情尤为强烈。这种写法，古人多有，只不过对象不同而已。如柳永《八声甘州·对潇潇暮雨洒江天》："想佳人、妆楼颙望，误几回、天际识归舟。"即从对方写来，与自己倚楼凝望相对照，进一步写出两地想念之苦。欧阳修《踏莎行·候馆梅残》，上片写"行者"，下片写"居者"。上片的"行者"却为下片的"居者"着想："楼高莫近危栏倚。平芜尽处是春山，行人更在春山外。"这种从对面写来的手法，带来了强烈的美感效果。可见倪瑞璇读书涉猎之广，对前人艺术手法学习之到位、理解之深。

思念母亲与表现母爱是永恒的主题，在我国悠久的历史长河中留下了许多优秀诗歌，倪瑞璇这首《忆母》堪称经典之作。

（星汉）

# 别老母

黄景仁

搴帷拜母河梁去，白发愁看泪眼枯。
惨惨柴门风雪夜，此时有子不如无。

**主题诗句** 惨惨柴门风雪夜，此时有子不如无。

作者黄景仁（1749—1783），字汉镛，一字仲则，号鹿菲子，常州府武进（今江苏武进）人，宋朝诗人黄庭坚后裔。景仁四岁丧父，家境清贫，少年时即有诗名，乾隆三十一年（1766）为求生计开始四处奔波，一生穷困潦倒。乾隆四十六年（1781），被任命为县丞，乾隆四十八年（1783），病逝。著有《两当轩集》《西蠡印稿》。

**注释**
①搴帷：掀起门帘，出门。②河梁：本意河桥，这里泛指别后所去之地。③枯：干涸。④惨惨：幽暗无光。⑤柴门：用柴木做的门，言其简陋。

**赏析**
这首七言绝句，运用白描手法，表达了作者与母亲分别时的忧愁、无奈、痛苦与感伤，把别离之情表现得贴切又沉痛。

子曰："父母在，不远游，游必有方。"（《论语·里仁》）孔子说，父母在世，不出远门，如果要出远门，必须告知自己所去的地方。这句话表明孔子强调子女应奉养并孝敬父母，如果远游就做不到了。通过了解作者身世背景，读者知道，黄景仁的父亲已经去世，母亲是孀居。黄景仁为生活必须"远游",四处奔波,并一定知道自己"游"什么地方。有如此背景,所以读这首《别老母》的诗,心情就显得格外沉重。

第一句中"搴帷拜母",即掀开门帘,拜辞老母,即将动身。"河梁去",表示远行。这一句可以看出,一方面是老母难离,另一方面因生活所迫又不得不离,这种既难舍又无奈的情景,暗示了作者极为痛苦的心情。

第二句"白发愁看泪眼枯",实则为"愁看白发泪眼枯"之倒文,为迁就平仄而为之。主语仍然是作者。"白发",代指母亲。全句意为:"(我)愁看白发,(白发)泪眼枯",极写母亲舍不得儿子离去之痛苦。在即将告别老母外出的时候,作者没有直接表达对老母难分难舍的情感,而是着笔于老母此时的情状:白发苍苍,愁容满面,凄切悲凉,欲哭无泪。一切伤心,都凝聚在老母的脸上,离不得舍不得,却不得不离,不得不舍。这种情感的折磨,真令人撕肝裂肺。至此,不惟作者,读者亦为之动容。

第三句"惨惨柴门风雪夜",转入了告别老母的时空环境,作者用"柴门""风雪夜"两词,极其概括典型地告诉人们,在那种环境下,一个不能掌握自己命运之人的凄楚难熬。一个"柴门",足见家庭的贫苦,而在风雪夜离开,更表现了生活的无情和人生的身不由己。这里的"风雪夜",当是将近黎明之时的夜晚,是一种早起早行的情景。风雪因柴门而肆虐,柴门因风雪而受欺凌。此时告别老母,"惨惨"一词,最为精当。

最后,作者从心底里发出了"此时有子不如无"的哀叹,这是他集愧疚、自责、痛苦于一身的悲鸣,是作者感情步步加深、层层蓄积,凝聚到饱和状态时的迸发。这是他对所有无依无靠、无助母亲的深切同情,是对天下不孝子女的无奈谴责。

(星汉)

# 己亥杂诗（其五）

龚自珍

浩荡离愁白日斜，吟鞭东指即天涯。
落红不是无情物，化作春泥更护花。

**主题诗句** 落红不是无情物，化作春泥更护花。

作者龚自珍（1792—1841），字璱人，号定盦，一作定庵，浙江仁和（今杭州）人。晚年居住在昆山羽琌山馆，又号羽琌山民。清代思想家、诗人、文学家和改良主义的先驱者。二十七岁中举人。其诗文主张"更法""改图"，揭露清统治者的腐朽，洋溢着爱国热情，被柳亚子誉为"三百年来第一流"。著有《定盦文集》，今人辑为《龚自珍全集》。

**注释**
①浩荡：广阔无边的样子，这里形容愁思的无穷无尽。②离愁：离别的愁思。③白日：太阳，阳光。④吟鞭：诗人的马鞭。⑤落红：落花。

**赏析**
清道光十九年（1839年），岁次己亥，诗人辞官返乡，又北上迎接妻儿，在南北往来途中，作七言绝句三百一十五首，其总名为《己亥杂诗》。本篇是《己亥杂诗》的第五首，抒写了作者辞官南归时的离愁和积极的人生态度。

首句明点"离愁"。此次离京，作者的感情非常复杂。京师是他的第二故乡：他的祖父、父亲都在这里做过官。他自己幼年也在京入塾就读，后来又多次赴京参加会试，直至在京做官。离开与自己生活关系如此密切的京城，产生"离愁"原很自然。但用"浩荡"来形容"离愁"的广大无边，用"白日斜"这种带有象征色彩的描写来点明"离愁"产生的背景，应当有着更深广的内涵。从作者自身遭际和客观形势来看，"白日斜"并不单纯指离京的时间，而是象征着当时的国运与局势。正因为有这样深广的家国之忧、身世之感，这"离愁"便包含着政治的内涵。

第二句说自己一离京师，从此便如远隔天涯。作者此次离京，先东行至通县（今通州），再沿运河南下，故说"东指"。"即天涯"即用"春明门外即天涯"（刘禹锡《和令狐相公别牡丹》）之意。谓一出国门，即同天涯。前二句蕴含多少恋物之情，忧国之念，从"浩荡离愁"和"即天涯"中，自然引出下两句来。

"落红不是无情物，化作春泥更护花。"作者离京的时间，正是暮春时节，"落红"当是实指。但是龚自珍通过落花，来倾吐自己的心曲。这里引出的并不是"零落成泥碾作尘"（陆游语）的消极感伤，而是一种积极的人生态度。历代诗词中有许多描写落红名句，但大都是对美好青春和生命消逝的感伤与哀挽，充满了"无可奈何花落去"（晏殊语）的情味。而龚自珍创造出"化作春泥更护花"这一警世千古的名句，将"落红"的深情升华到一个更高的带有自觉奉献精神和人生哲理的境界。尽管作者的本意，也许只是表示虽然辞官南归，却还要尽力做一些有利于朝廷的事情。但一经创作出这一富于哲理意蕴的名句，其客观的意义和由此引发的联想便远远超越了他的本意。"落红"自身生命的消逝并不可悲，它将在"化作春泥更护花"的过程中使自身的精神得到新的延续。

全诗短短二十八字，展示了作者博大的胸怀，揭示了一种难能可贵的生命价值观，具有涵包天地的思想和感情容量。

（星汉）

# 己亥杂诗（其一百二十五）

龚自珍

九州生气恃风雷，万马齐喑究可哀。
我劝天公重抖擞，不拘一格降人才。

**主题诗句** 我劝天公重抖擞，不拘一格降人才。

**注释**

①生气：生气勃勃的局面。②万马齐喑：所有的马都沉寂无声。旧时形容人民不敢讲话，现也比喻沉闷的政治局面。语出苏轼《三马图赞序》："振鬣长鸣，万马皆喑。"

**赏析**

此处所选，为《己亥杂诗》的第一百二十五首。自注为："过镇江，见赛玉皇及风神、雷神者，祷词万数。道士乞撰青词。"赛玉皇及风神、雷神，是指镇江百姓举行迎神赛会，迎的是玉皇、风神、雷神三位尊神。这种活动场面盛大、隆重而热烈。祷词，求神者在向神祷告时所默诵的经句或愿词。"祷词"虽多，但形式重复，抑或道士认为龚自珍是出京官员，所以请其写新的"青词"。青词，道士上奏天庭或征召神将的符箓，用朱笔书写在青藤纸上，故称。

这首诗就是作为青词的形式出现的。如头两句"九州生气恃风雷，万马齐喑究可哀"，就是赞美风神、雷神，说整个宇宙就是靠这二位神灵施威，才打破了沉闷，带来风雷激荡的生气。后二句"我劝天公重抖擞，不拘一格降人才"，是向玉皇大帝祈祷，恳请他开恩，可怜下界苍生，降生有本领的人来为百姓消灾降福，保佑国泰民安。

如果读者只是停留在"青词"的层面，那就肤浅了。实际上，这首诗以祈祷天神的口吻，呼唤着风雷般的变革，以打破大清王朝束缚思想、扼杀人才造成的死气沉沉的局面，表达了作者解放人才、变革社会、振兴国家的愿望。从最后一句"不拘一格降人才"，就能看出作者的本意。

前二句用比喻修辞格，说要使中国重新生机勃勃，就得依靠疾风迅雷般的威力，来打破死气沉沉的政治局面。"风雷"之上冠以"恃"字，表明挽救危亡，振兴国家，急风惊雷而外，别无他途。"万马齐喑"，是说大清王朝到处是一种令人窒息的沉闷气氛。对于"万马齐喑"的局面，用一"哀"字，表明作者痛惜之情与爱国之心。

后两句运用移花接木的手法。所谓"天公"，明指天上主宰一切的玉皇，实指当今皇帝抑或整个朝廷。龚自珍希望大清的统治者奋发有为，打破一切陈规旧制，放手让各种各样的优秀人物发挥才能，拯救中国。"劝"字是奉劝，而不是乞求，颇具积极意义。"不拘一格"，充分表现了作者开阔的胸怀、远大的目光，具有战略性的设想。

此诗通篇语意双关，表面上祈祷神灵，实际上议论人事，利用风雷震动宇宙的强大力量，引起人们对政治风云的一种联想。整首诗用奇特的想象表现其热烈的希望，既揭露矛盾、批判现实，又憧憬未来、充满理想。呼唤着变革，呼唤着未来。

（星汉）

## 吟剑

### 洪秀全

手持三尺定山河，四海为家共饮和。
擒尽妖邪归地网，收残奸宄落天罗。
东南西北效皇极，日月星辰奏凯歌。
虎啸龙吟光世界，太平一统乐如何！

**主题诗句** 虎啸龙吟光世界，太平一统乐如何！

作者洪秀全（1814—1864），太平天国天王，清末农民起义领袖，今广东花都区人。道光二十三年（1843）创立"拜上帝会"。咸丰元年（1851）领导发动金田起义，定国号太平天国。咸丰三年（1853），定都江宁（今南京），改称天京。同治三年（1864），在天京病逝。他的诗文多抒发革命壮志，风格豪放，寓意深刻。有《洪秀全选集》。

**注释**

①三尺：指剑。②四海为家：四海之内，尽属一家。这里指帝王拥有天下，引申为天下一统之意。③饮和：谓使人感觉到自在，享受和乐。④妖邪：妖异怪诞。清妖，太平天国对清朝各级官员、军队等的称呼。⑤地网：比喻对敌人的包围圈。⑥奸宄：违法作乱的事情。在外曰奸，在内曰宄。此处指清朝统治者和外国侵略者。⑦效皇极：一作"敦皇极"。⑧皇极：帝王统治天下的准则，即所谓大中至正之道。⑨虎啸龙吟：形容歌声雄壮而嘹亮。

**赏析**

这首七言律诗是洪秀全建立太平天国以前的作品。诗写灭亡清朝的宏伟抱负和对新的国家成立后升平景象的美好憧憬，但也浸透着一股浓厚的封建帝王思想。

首联用了两个典故，都与汉高祖刘邦有关。一个是"三尺"。司马迁《史记·高祖本纪》说，高祖攻打黥布时，被流矢射中，行进途中得了病，却不肯让医生治病，并说："吾以布衣提三尺剑取天下，此非天命乎？"第二个是"四海为家"。丞相萧何营造未央宫，刘邦看到宫室壮丽过度，很不高兴。萧何说："天子以四海为家，非壮丽无以重威。"刘邦听后，转怒为喜。洪秀全用这两个典故，是希望自己能像刘邦那样，手提三尺剑平定天下，使四海为一家，人民共享和平安定的生活。萧何给刘邦说的话是从天子一人的威望出发的，洪秀全的"四海为家共饮和"，则是从全天下苍生的和平安定出发的。可见，洪秀全的精神境界要高于刘邦、萧何。

从首联就顺理成章地推出颔联："擒尽妖邪归地网，收残奸宄落天罗。"这一联通过工整的对仗，说他将要率众起义，要布下天罗地网，擒拿一切妖邪，消灭所有奸宄。气派不谓不大！

颈联驰骋想象，描绘建国后的辉煌情景：地无分南北，人无分老幼，都遵循治国方略；六合之内，皆我臣民，共享太平。出句为"东南西北"，对句为"日月星辰"。前者为"地上"，后者为"天上"，可谓"有席卷天下，包举宇内，囊括四海之意，并吞八荒之心"（贾谊《过秦论》），又一次见证气派不谓不大！

作者的极终目的是建立一个新的国家，"太平一统"、人民安乐。其过程就是"虎啸龙吟光世界"，是说起义的英雄豪杰叱咤风云，犹如虎啸龙吟，必将推翻清王朝的黑暗统治，使世界"重见天日"。

这首诗既是咏剑，又是述志；既是一首雄伟的咏物诗，又是一首成功的抒怀诗。

（星汉）

# 自题小像

鲁迅

灵台无计逃神矢,风雨如磐暗故园。
寄意寒星荃不察,我以我血荐轩辕。

**主题诗句** 寄意寒星荃不察,我以我血荐轩辕。

作者鲁迅(1881—1936),原名周樟寿,后改名周树人,字豫山,后改字豫才,"鲁迅"是他1918年发表《狂人日记》时所用的笔名,浙江绍兴人。著名文学家、思想家、革命家、教育家、民主战士,新文化运动的重要参与者,中国现代文学的奠基人之一。他对五四运动以后的中国社会思想文化发展具有重大影响,蜚声世界文坛,被誉为"二十世纪东亚文化地图上占最大领土的作家"。毛泽东曾这样评价:"鲁迅的方向,就是中华民族新文化的方向。"

**注释**

①灵台:指心。《庄子·庚桑楚》:"不可内(纳)于灵台。"郭象注:"灵台者,心也。"②神矢:神箭。指小爱神丘比特的箭。这里喻指革命民主主义思想对自己的影响。③寄意寒星:是说作者当时远在国外,想把自己一片爱国赤诚寄托于天上的寒星,让它代为转达于祖国人民。④荃不察:屈原在《离骚》中云"荃不察余之中情兮";王逸注:"荃,香草,以喻君也。"⑤荐:献。⑥轩辕:黄帝称轩辕氏,此处以轩辕代指祖国。

**赏析**

1903年3月下旬,东渡留学周年之际,鲁迅毅然断发,拍照纪念,吟成此诗，倾吐愿为拯救国家民族而献身的慷慨壮志。

"灵台无计逃神矢"，是说心灵没有办法避开丘比特的金箭，但这里用"神矢"这个西洋典故，并非取其陈义，而是大胆创新，巧妙地洋为中用，喻示自己对革命事业的倾心、对祖国深沉而热烈的爱。"无计逃"，不是欲躲避，也不是逃而未能避，而是义无反顾地冒矢前进。

"风雨如磐暗故园"，是说晚清政治极端昏庸腐败。特别是鸦片战争后，列强逐渐宰割瓜分中国，亡国灭种的惨祸已迫在眉睫。随着革命运动不断深入开展，清政府的镇压也更加严酷。中国的现实社会状况和处境，也正如"风雨如磐"一般。

"寄意寒星荃不察"：鲁迅非常看重民族性，认为倘若民族性不改造，即使革命成功，中国仍然没有得到"救治"，故而开始执着地探讨中国民族性的缺点。"荃不察"，用屈原《离骚》"荃不察余之中情兮"，以喻四万万国民同胞仍然沉沉酣睡，他只得寄意天上的寒星。为何称"寒星"呢？因为这首诗作于三月底四月初，日本东京春寒料峭，故有此说。

"我以我血荐轩辕"：《国语·鲁语》记载，祭祀黄帝的仪式从舜帝就开始了，以后历代相传，以示代表中华正统。在典礼上君主亲执鸾刀，割开牛耳或直刺其心，以盏取牛血相奉献，牛（称作"牺牲"）的身体也或烹或焚以奉。鲁迅表示自己愿为这些牺牲血荐黄帝，含有两方面的意义：一方面为了革命需要不惜以死相拼来报答民族，另一方面决心以毕生坚韧的奋斗来拯救国家民族。

从艺术角度解析，这首诗最大的特色在于诗中运用中国古代和西洋的典故，又能翻出新意。"神矢""荃不察""血荐轩辕"诸典古为今用，洋为中用，表达了新的思想、新的时代内容，而无食古不化、食洋不化的弊病。"我以我血荐轩辕"更是成为志士仁人表达崇高心志的名言。

（段维）

# 和郭沫若同志《登尔雅台怀人》

朱德

1944年写于日寇南侵黔桂时。

回顾西南满战云,台高尔雅旧情殷。
千村沦落悲三楚,四位英雄丧廿军。
北国翻新看后劲,东邻陨越可先闻。
内忧外患澄清日,痛饮黄龙定约君。

**主题诗句** 内忧外患澄清日,痛饮黄龙定约君。

作者朱德(1886—1976),字玉阶,原名朱代珍,曾用名朱建德,伟大的马克思主义者,伟大的无产阶级革命家、政治家、军事家,中国人民解放军的主要缔造者之一,中华人民共和国的开国元勋,是以毛泽东同志为核心的党的第一代中央领导集体的重要成员。1976年7月6日在北京逝世。主要著作收入《朱德选集》。

**注释**

①尔雅台:在今四川省乐山市东乌尤山正觉寺外临江处,相传汉武帝时,犍为(县名)舍人(官名)郭氏曾在此地注《尔雅》。②四位英雄:指丧师失地的国民党将领汤恩伯、胡宗南、方先觉、白崇禧四人。"英雄"此处是反语,表达了作者的嘲讽、愤激之情。③东邻:指日本帝国主义。④陨越:摔跤、跌倒,引申为失败、垮台、崩溃。⑤黄龙:即黄龙府,在今吉林省农安县。《宋史·岳飞传》:宋金交战时,岳飞信心百倍地对将士们说:"直抵黄龙府,与诸君痛饮尔!"

**赏析**

　　1944年11月,日寇攻陷广西的桂林、柳州、南宁,并进逼贵州独山等地,致使中国整个西南地区布满了侵略者的铁蹄和硝烟。"回顾西南满战云"在交代作诗背景的同时,也无情地揭露了日寇对中国的侵略暴行。"台高尔雅旧情殷"则是照应了郭沫若的《登尔雅台怀人》诗,表达了两位革命战友之间的深厚感情。郭沫若在尔雅台上殷切地怀念朱德,而此时身在延安的朱德也在深切地怀念着郭沫若。

　　颔联出句形象地再现了日本侵略者给国家和民族所造成的深重灾难,有力地控诉了日寇的南侵暴行。1944年4月,日寇发动的打通中国大陆交通线的战役开始之后,大举南侵,连续攻占了郑州、洛阳、长沙、衡阳、桂林等重地,使大小一百四十六座城市陷入敌手,河南、湖南、广西、广东、福建等省的大部和贵州的一部分,共计二十多万平方公里的国土成为沦陷区。对句强烈谴责了国民党反动派腐败无能、丧师辱国的可耻罪行。汤恩伯、胡宗南、方先觉、白崇禧在短短七个月的战役中,在日军三万余人的进攻下丧师六十余万人,真可谓"英雄"无比。

　　在颈联中,作者笔锋陡然一转,把视野从溃不成军、丧师失地的国民党战场,一下子拉回到北方广大的抗日根据地战场。出句通过"北国翻新"四个字,为世人展现了一幅完全不同于国民党战场的生动画卷,从而与"千村沦落"形成了鲜明的对比。"看后劲"则是作者由抗日根据地广大军民所取得的伟大业绩中看到了中华民族取得抗战胜利希望之所在,即中国共产党领导的抗日武装力量——八路军、新四军、游击队以及广大的人民群众等,他们才是中华民族的中流砥柱。对句是作者在前句的基础上得出的科学结论,即日本帝国主义的彻底崩溃,被赶出中国领土已为期不远了。

　　尾联的意思是等到打败日本侵略者,实现了国家安定的那一天,一定请郭沫若饮酒相庆。本诗表现了朱德爱憎分明的无产阶级革命立场和昂扬的斗志。

(段维)

## 元旦口占用柳亚子怀人韵

董必武

共庆新年笑语哗，红岩土女赠梅花。
举杯互敬屠苏酒，散席分尝胜利茶。
只有精忠能报国，更无乐土可为家。
陪都歌舞迎佳节，遥祝延安景物华。

**主题诗句** 只有精忠能报国，更无乐土可为家。

作者董必武（1886—1975），原名董贤琮，又名董用威，号壁伍，湖北黄安（今红安）人，清末秀才。1911年参加辛亥革命并加入同盟会。中共一大代表，是中华人民共和国的缔造者之一，杰出的无产阶级革命家、马克思主义政治家和法学家，是中国共产党第一代中央领导集体的成员和国家的重要领导人。

**注释**

①红岩：指八路军驻重庆办事处红岩村。②屠苏酒：酒名。此指宴会上所饮之酒。③胜利茶：此处作者自注，当时重庆市商店出售纸包茶，名"胜利茶"，表示预祝抗日战争胜利的意思。④陪都：指重庆。

**赏析**

1941年，蒋介石掀起第二次反共高潮，制造了震惊中外的皖南事变；日寇一边威逼利诱蒋介石，迫其投降；一边掉转枪口，指向中国共产党领导的抗日根据地。但共产党人并没有为困难所吓倒，而是极力克服困难，坚持抗战，顽强顶住内外双重逆流。董必武和办事处的其他同志，依然对革命前途充满信心，因此虽逢抗战低谷，仍然济济一堂地欢度新年，董必武还即席赋诗以志庆贺。

首联出句的"笑语哗"，体现出革命者的英雄主义和乐观主义精神；对句则描述出宴会上同志们互赠梅花表达祝福的动人场景。互赠梅花暗寓两层意思：一是以梅花象征办事处的同志们身处白色恐怖之中，不与敌人同流合污、不向敌人屈服的冰清玉洁的品格；二是表达抗战胜利的春天即将到来的希望。

颔联描写宴会上大家举杯欢歌，开怀畅饮，共同表达对美好前途的祝愿。诗中借用王安石《元日》中的诗句"春风送暖入屠苏"，表达对新生活、新气象的向往。这里的屠苏酒就演变成了吉祥的象征；而胜利茶，据作者的自注，也是希望的象征。

颈联使语调由欢快转入低沉。一想起大敌当前，蒋介石不守信用，致使抗战大计不谐，作者内心就隐隐作痛，从而影响了宴会上的欢快心情。"精忠报国"来自岳飞之事。《宋史·岳飞传》记载："岳飞抗金英勇善战，屡建奇功。后被诬入狱，受何铸审问时，飞裂裳以背示铸，有'尽忠报国'四大字，深入肤理。"这四字系岳母所刺，目的在于激励岳飞爱国。作者借以表达自己献身民族大业，赴汤蹈火在所不惜的愿望，同时这也是对中国共产党抗战到底决心的写照。对句指出国家沦于敌手，山河破碎，生灵涂炭，哪有可存身立命的乐土，古人尚有乐土可去，而如今偌大的中国竟找不到一块乐土，极言民族危机的深重。抗战大计已是迫在眉睫，只有驱尽日寇，才能将中华神州变成乐土。当然仅仅赶跑日寇也还不够，还要进而推翻专制独裁，建立民主、自由的政权。

尾联由重庆的载歌载舞引出对延安的祝福和思念。在这欢庆佳节之际，作者想到远方的战友，相隔千山万水，只有遥祝延安日新月异了。

（段维）

# 广州起义三十周年纪念

### 董必武

广州起义继南昌,旗帜鲜明见主张。
只有人民救中国,更无道路是康庄。
将成即毁原尝试,虽败犹荣应赞扬。
岗上红花开满地,卅年前事永难忘。


**主题诗句**　只有人民救中国,更无道路是康庄。

**注释**

①广州起义:指1927年12月11日,由共产党人张太雷、叶挺、叶剑英等在广州领导工农群众和革命士兵举行的武装起义。②南昌:指南昌起义。1927年8月1日,中国共产党发动南昌起义,打响了武装反抗国民党反动派的第一枪,揭开了中国共产党独立领导武装斗争和创建革命军队的序幕。中华人民共和国成立后,8月1日成为中国人民解放军建军节。③康庄:宽阔平坦的道路,比喻光明的前途。④岗上:指黄花岗,在广州市东郊白云山麓。1911年4月27日,孙中山领导同盟会在广州发动起义,失败后死难烈士葬于此处。

**赏析**

首联就题直起,出句表明广州起义是继南昌起义之后,中国共产党为推翻国民党反动统治,武装夺取政权的又一次伟大的革命军事暴动。对句表明革命的主张是"旗帜鲜明"的。

颔联其实是回答"主张"的:只有共产党领导的人民革命斗争才能救

中国，没有别的道路可以通向光明的前途。

颈联表明革命道路的艰难曲折。这次起义虽然由于敌我力量悬殊而失败了，但仍是工农武装夺取政权的一次伟大尝试，"虽败犹荣"，是一种价值判断。

尾联宕开一笔，面对黄花岗上漫山遍野盛开的红花，作者不禁联想到当年先烈们前仆后继、英勇惨烈的革命壮举：是他们以宝贵的生命和殷殷鲜血灌溉培育出"满地红花"——未来中国欣欣向荣的美好愿景，这怎能不令人钦敬与怀念呢？"岗上红花开满地"一语，把作者对先烈的敬佩、赞美与怀念之情，含蓄深沉地抒发出来。

从艺术角度看，这首诗全部用赋笔成篇，没有运用比兴手法，这是极有难度的。用我们今天的眼光来审视全诗，似乎带有比较强的"口号"感。但我们欣赏诗词不能脱离历史背景。在革命年代，很多时候说理（真理）胜过描写；革命口号胜过形象化抒情。另外，这首诗在章法方面也是可圈可点的。比如，首联对句"见主张"就是有意为下联张目，故颔联就是用来回答"主张"的，可谓钩锁严密；并且颔联相反相成地强化了"主张"，这是赋笔避免直白浅陋的有效途径。

（段维）

## 盐阜区参议会揭幕感赋，兼呈参议员诸公

陈毅

列强风雨苦相催，腐朽犹存是祸胎。
碧血前驱流万斛，新坟后继起千堆。
飘摇专制霸图尽，茁壮新生民主来。
应知天定由人定，日月重光世运开。

**主题诗句** 应知天定由人定，日月重光世运开。

作者陈毅（1901—1972），字仲弘，四川乐至人。1923年加入中国共产党。历任中国工农红军第四军第十二师师长、第二十二军军长、新四军军长、第三野战军司令员、上海市市长、国务院副总理、外交部部长等职。中国人民解放军创建人和领导人之一，军事家。中华人民共和国十大元帅之一。1972年1月6日，在北京因病去世。1977年《陈毅诗词选集》出版。

**注释**

①盐阜区参议会：盐，盐城市；阜，阜宁县，均在江苏省，时为苏北革命根据地。②参议会：抗日根据地内由人民群众选举的人民代表组织，有选举政府、制定法律权。③列强：帝国主义国家。④催：侵略。⑤腐朽：指蒋介石腐败政权。⑥万斛：极言其多。斛，古代十斗为一斛。宋代诗人文同《山城秋日野望感事书怀诗五章呈吴龙图》（其二）："此愁万斛谁量得，直为重拈庾信文。"⑦新坟后继起千堆：现在和以后的革命者，还将继续为革命牺牲。⑧专制霸图：指国民党独裁、反动统治。⑨新生民主：解放区抗日民主政权。

## 赏析

本诗作于 1942 年 10 月 25 日。从 1940 年起，中国共产党在各抗日根据地政权建设上实行"三三制"原则，即共产党员、进步人士、中间派人士在政权机构中各占三分之一。参议会也实行"三三制"，有助于团结一切力量抗日。在苏北革命根据地盐阜区参议会开幕之际，陈毅同志写了这首七律。

这首七律，有深沉的家国情怀。首联总结我们遭受世界列强欺凌的原因，是腐败的国民党政府执政。不推翻它，中国永无出头之日。颔联即写革命者前赴后继地为革命事业奋斗。革命者视死如归，为中国革命抛头颅、洒热血，可歌可泣。颈联展望未来，国民党腐朽反动的统治已到穷途末路的地步，而解放区的民主政权则像雨后春笋般茁壮成长。"飘摇""茁壮"，描写生动，对比强烈，体现了陈毅同志革命必胜的信念。尾联说新中国革命必然成功，中华民族必然繁荣昌盛。此则毛泽东同志所谓"为有牺牲多壮志，敢教日月换新天"（《七律·到韶山》）也。"由人定"三字，体现了作者否定天命、重视人事的唯物主义认识观，同时也暗喻了他对参议会诸公的勉励，革命尚未成功，同志仍需努力。

在艺术上，这首七律语句自然流畅，明白易懂，描写生动，娓娓道来，饱含感情，动人至深。民主政权和国民党反动统治的对比强烈，爱憎分明。议论、记叙、描写、抒情多种表达方式融合。尾句"日月重光世运开"，意象壮美，境界开阔，气势恢宏，颇耐人回味。

（刘兴超）

# 中秋二首（其一）

陈毅

年年戎马又西风，变化沧桑指顾中。
明月当头思远举，豪英满座饮长虹。
如此江山堪热恋，几多艰险建殊功。
欢呼足折轴心鼎，霹雳一声破太空。

**主题诗句** 如此江山堪热恋，几多艰险建殊功。

**注释**

①戎马：战争。②又西风：又到秋天（中秋）。③变化沧桑：沧海桑田的变化，指巨大的变化。④指顾：迅速，时间极短。⑤远举：更长远的规划。举，名词，规划。⑥饮长虹：开怀畅饮，气吞长虹。⑦殊功：不一般的功劳，大功。⑧轴心：即轴心国，指"二战"中德国、意大利、日本三个国家结成的法西斯联盟。⑨轴心鼎，指这三个国家。⑩足折轴心鼎：当时意大利投降，如鼎折一足，故云。⑪霹雳：雷鸣声，喻指欢呼声。⑫太空：天空。

**赏析**

本诗作于1943年9月，时意大利投降，法西斯轴心国即将败亡。这首诗写中秋，充满了对于时事的欢悦。首联说，年年征战，转眼中秋又到了，时事变化很大，也很快。"变化沧桑"其实是指世界反法西斯战争的重大转折，即意大利投降，昔日不可一世的轴心国，现在已经日薄西山了。中国历代诗人有悲秋的传统。宋玉《九辩》："悲哉秋之为气也，萧瑟兮草木摇落而变衰。"刘彻《秋风辞》："秋风起兮白云飞，草木黄落兮雁南归。"曹丕《燕歌行》："秋风萧瑟天气凉，草木摇落露为霜。"而作者陈毅笔下的秋风，却充满了喜气，这其实就是一种家国情怀的体现。

  颔联紧扣"中秋"，写明月，写庆贺中秋的饮酒。苏轼《水调歌头·明月几时有》："明月几时有，把酒问青天"充满了感伤，而陈毅笔下的明月，却是明亮美好的，令人喜悦。作者与战友把酒高歌，气吞长虹。

  颈联是说，江山如此美丽，值得我们深沉爱恋，故我们历经艰险，为革命建立大功。毛泽东词句"江山如此多娇，引无数英雄竞折腰"（《沁园春·雪》）是之谓也。

  尾联直接点明喜悦的原因，意大利投降了，喜讯传来，欢声雷动，地动山摇。题写中秋，寄寓更多的是国事，是爱国情怀。

  此七律首尾衔接紧密，末尾的"足折轴心鼎"与开头的"变化沧桑"呼应。颔联"明月当头思远举，豪英满座饮长虹"，对仗工稳，意象雄奇，气势奔放，堪称壮语。颈联"如此江山堪热恋，几多艰险建殊功"，为流水对，读来如行云流水，为古今爱国的多少英雄人物道出了心声。尾联霹雳一声，响彻天外，余音三日不绝。

（刘兴超）

# 无题

李少石

何须良史判贤愚，正色宁容紫夺朱？
半壁河山存浩气，千年邦国树宏模。
风云敌后新民主，肝胆人前大丈夫。
莫讶头颅轻一掷，解悬拯溺是吾徒。

**主题诗句** 风云敌后新民主，肝胆人前大丈夫。

作者李少石（1906—1945），原名国俊，又名振，字默农，"少石"是在重庆工作时的化名。广东省新会县（今广东江门市新会区）人。1926年加入中国共产党。1927年前往香港从事秘密工作。1930年与廖仲恺之女廖梦醒结婚。1932年奉命到上海工作。1934年因叛徒出卖被捕，1937年抗战全面爆发，获释出狱。1943年赴重庆工作，任周恩来的英文秘书。1945年10月8日傍晚，正值毛泽东在重庆谈判期间，李少石送来访的柳亚子回沙坪坝，返回时中弹牺牲，时年39岁。有《少石诗注》。

**注释**
①良史：正直的史学家。②正色：指朱色（红色）。③紫夺朱：紫色篡夺了红色的正色地位。《论语·阳货》："子曰：'恶紫之夺朱也，恶郑声之乱雅乐也，恶利口之覆邦家者。'"中国古代传统观点认为，代表南方的朱色是正色，而"紫"是"间色"，是由正色"朱"和正色"黑"混杂而成的。后人用"朱紫"比喻正与邪，是与非，善与恶。《后汉书·陈元传》："夫明者独见，不惑于朱紫；听者独闻，不谬于清浊。"④半壁河山：指当时在敌后建立的人民政权。⑤树宏模：为有数千年历史的邦国树立了

宏伟的楷模。⑥风云：喻豪迈、壮烈。⑦肝胆：喻真心诚意。⑧解悬：解民于倒悬。《孟子·公孙丑上》："当今之时，万乘之国行仁政，民之悦之，犹解倒悬也。"后以"解民倒悬"比喻把受苦难的人民解救出来。⑨拯溺：救援溺水的人，指解救危难。《淮南子·说林训》："予拯溺者，金玉不若寻常之缠索。"⑩是吾徒：是我们这些人。

## 赏析

  此诗作于作者在重庆期间。当时国民党及其反动文人对共产党领导的抗日革命根据地进行污蔑，李少石故作此诗，对根据地进行热情歌颂。

  诗歌首联开门见山地指出，不用良史来分辨贤愚，共产党领导的根据地及其民主政权是正色——朱，国民党的反动统治是间色——紫，是非分明。

  颔联的"半壁河山"，指共产党领导的抗日革命根据地，它浩气长存，为数千年的中国国家治理树立了楷模。

  颈联说，敌后根据地推行新民主，个个豪气干云，叱咤风云；那里的干部群众，个个真诚勇敢，肝胆相照。

  尾联"莫讶头颅轻一掷"，赞扬了根据地人民以身许国、大义凛然、视死如归的革命精神；"解悬拯溺是吾徒"，说明了革命同志敢于抛却生命的原因，是解救多难的中国人民，同时也说明了当时国统区的人民，是生活在水深火热之中的；"是吾徒"，直接说我就是共产党中的一员，我与他们同甘苦共患难，同荣辱共生死。

  诗歌以反诘起，感叹结，对仗工稳而又文气流荡，意境壮美，气势恢宏，取典典雅而精当，诚诗家老手所作，无怪乎作者年纪轻轻被其妻称为"诗翁"也。

（刘兴超）

# 壮志凌云

# 龟虽寿

## 曹操

神龟虽寿,犹有竟时。腾蛇乘雾,终为土灰。
老骥伏枥,志在千里。烈士暮年,壮心不已。
盈缩之期,不但在天;养怡之福,可得永年。
幸甚至哉,歌以咏志。

**主题诗句** 老骥伏枥,志在千里。烈士暮年,壮心不已。

作者曹操(155—220),字孟德,小字阿瞒,东汉沛国谯县(今安徽亳州)人。汉末举孝廉,任洛阳北部尉、顿丘令;后拜骑都尉,攻打黄巾军。初平元年(190)参与讨伐董卓之战。建安元年(196)奉迎汉献帝定都许昌,拜司空,封武平侯,后击败袁绍等割据势力,统一中国北方。三国鼎立时,进封魏王。有明辑本《魏武帝集》。

**注释** ①神龟:传说通灵之龟,能活几千岁。②竟:终结,这里指死亡。③腾蛇:一作螣蛇,一种会腾云驾雾的蛇。④枥:马槽。⑤烈士:有远大志向的人。⑥盈缩:指寿命的长短。盈为长,缩为短。⑦但:仅仅。⑧养怡:指调养身心。⑨怡:和乐。

**赏析** 《世说新语》记载:东晋时重兵在握的大将军王敦,酒后辄咏:"老骥伏枥,志在千里。烈士暮年,壮心不已。"并以铁如意击打唾壶为节,壶口尽缺。

诗作于曹操平定乌桓归来时，他这年五十三岁。古人平均寿命不长，人过半百想到生死问题非常自然。而人生态度中至关重要的，也就是对待生死的问题。西方哲学家说，生命的本质是面对死亡的生存。这里，作者简化为"向死而生"四字。

古人认为龟是一种长寿的动物，而腾蛇是一种本领很大的长虫。开篇四句是说，再不凡的生命，都有一个结束。这是自然规律，但不是所有的人都能正视的，即使认识了，又未必能正确对待，而曹公则是：视死如归，置生死于度外，时刻准备着。

这恰恰是积极对待人生的前提。即使明天死，今天也要好好地活。对死亡的态度如何，是考验凡夫与壮士的试金石。面对这个问题，有的人感到无所作为，坐以待死；有的人及时行乐，醉生梦死。壮士不然，虽然到了垂暮之年，心中依然激荡着豪情，仍不肯守着老本，还想建立新功。这一层意思极为可贵，可以概括为"死而后已"——而及时建功立业，且不断建立新功，在某种意义上也就超越了死，所以其基调是积极、乐观的。

以下四句再进一层，是说"养生有道"——人生通过正确的方法，是可以健体强身、取得相对"永年"即长寿的。曹公不同于庄子，他是肯定寿命长短的差异的，长生是不可能的，而长寿却是可能的，不但是可能的，而且是个体生命理当追求的。联系上文可以知道，曹公所谓"养怡之福"，绝不是纯粹的运动锻炼和悉心静养，而首先是保持一种良好的精神状态，即要"壮心不已"——自强不息，焕发青春，思想愉快，自可延年。

此诗告诉人们，不必为寿命而烦恼，也不必因年暮而消沉，精神风貌对身心健康是非常重要的。《龟虽寿》哲理意味很浓。由于运用比兴手法，而其哲理盖出生活实感，故能感情充沛，做到了情、理与形象的交融。这叫向死而生，活出生命的精彩。清人陈祚明说："名言激荡，千秋使人慷慨。"（《采菽堂古诗选》）

（周啸天）

## 重赠卢谌（节选）

刘琨

功业未及建，夕阳忽西流。
时哉不我与，去乎若云浮。
朱实陨劲风，繁英落素秋。
狭路倾华盖，骇驷摧双辀。
何意百炼刚，化为绕指柔。

**主题诗句** 何意百炼刚，化为绕指柔。

作者刘琨（271—318），字越石，西晋中山魏昌（今河北无极）人。初任司隶从事，为西晋"二十四友"之一。累官司徒左长史，封广武侯。晋怀帝立，出任并州刺史，与匈奴刘渊、羯人石勒等抗争数年。晋愍帝立，拜大将军。后败于石勒，为鲜卑人段匹䃅所害。有明辑本《刘越石集》。

**注释**

①卢谌：曾为刘琨主簿，转从事中郎，后为段匹䃅别驾，与刘琨有诗歌赠答。②朱实：红的果实。③陨：落。④劲风：强风。意谓自己已到暮年，不能经受时间的打击，就像繁花和成熟的果实坠落于秋天劲风之中一样。⑤华盖：华丽的车盖。⑥辀：车辕。⑦何意：怎么会想到。

**赏析**

卢谌是作者的姨甥，曾任其僚属；作者先有诗《答卢谌书》，故此诗曰"重赠"。此诗的写作背景：愍帝建兴四年（316）冬，作者败于羯族的前赵石勒，晋阳沦失，遂投奔幽州刺史段匹䃅，为段疑忌，系身囹圄，自认必死，诗即作于狱中。诗题为赠，乃对亲知者畅抒幽愤之作。这里节选的是全诗的后十句。

被略去的前十四句为咏史寄意——以古人君臣遇合反衬己之不遇于时，略同左思《咏史》先述史事的做法。作者以和氏璧故事隐喻国士亦有待于发现也，从而兴起姜子牙遇周文王事。以邓禹追随汉光武帝事，言国士亦须择主而事，故有千里相投之举。以刘邦被匈奴围困于白登山，赖陈平奇计得脱，及张良曾助刘邦在鸿门宴上转危为安，言国士在关键时刻发挥作用，即疾风知劲草也。以狐偃、赵衰等五人先从晋文公重耳流亡，辅佐其成霸业，言明君唯才是举，无论亲疏。以管仲先事公子纠以箭射伤公子小白，后小白即位，即齐桓公，不记射钩之仇，任其为相，终成霸业。所咏古人事迹虽有不同，但共同的地方是都能遇到明主，都曾发挥作用，故令作者思之羡煞，故愿从其游。"吾衰久矣夫，何其不梦周？谁云圣达节，知命故不忧？宣尼悲获麟，西狩涕孔丘。"以孔子的话来浇自己心中块垒。作者从小就熟知这些故事，但没有像今天这样感受深刻。

现在来看该诗节选的十句。"功业未及建，夕阳忽西流。时哉不我与，去乎若云浮"四句，是作者对功业未就，时不我待的痛切之情。"朱实陨劲风，繁英落素秋。狭路倾华盖，骇驷摧双辀。何意百炼刚，化为绕指柔"六句，以博喻抒发命运遭到颠覆的悲痛。一是说自己像繁花和果实遭受秋天的劲风打击摧残；二是说自己好像在狭路上翻了车，受惊的马把车辕折断；三是说自己英雄失路好像经过百炼的金属（应劭《汉官仪》"金取坚刚，百炼不耗"），居然软得可以绕指如同面条一般，好不令人气短！

总之，诗前半选咏史事，用古人君臣遇合故事反衬己之不遇；接着就以孔子之叹息正面托出己意；最后再选用比兴作渲染，集中抒发胸中积郁。由咏史到抒怀，过渡十分自然，将英雄气短之慨抒得淋漓尽致。

（周啸天）

## 致酒行

### 李贺

零落栖迟一杯酒，主人奉觞客长寿。
主父西游困不归，家人折断门前柳。
吾闻马周昔作新丰客，天荒地老无人识。
空将笺上两行书，直犯龙颜请恩泽。
我有迷魂招不得，雄鸡一声天下白。
少年心事当拿云，谁念幽寒坐呜呃。

**主题诗句** 少年心事当拿云，谁念幽寒坐呜呃。

作者李贺（790—816），字长吉。河南府福昌昌谷（今河南宜阳）人。中唐诗人，与李白、李商隐称为"唐代三李"，后世称李昌谷。他因仕途失意而热衷于诗歌创作。诗作抒发理想抱负，反映藩镇割据、宦官专权和社会剥削的历史画面。诗作想象奇特、物象奇险、造语奇隽，有"诗鬼"之誉，著有《昌谷集》。

### 注释

①栖迟：漂泊失意。②主父：即主父偃（？—前126），汉武帝时大臣。③马周：字宾王，唐朝宰相，政治家。因献策朝廷，为唐太宗赏识。④龙颜：谓眉骨圆起，眉骨突起似龙，比喻帝王的容貌。此处指唐宪宗李纯。⑤拿云：摸到天上的云朵，比喻志向高远。⑥坐：副词，徒然。⑦呜呃：悲叹。

## 赏析

元和初，李贺赴长安应试。可是"阊扇未开逢狻犬"，妒才者放出流言，谓李贺父名"晋肃"，"晋"与"进"犯"嫌名"。尽管韩愈"质之于律""稽之于典"为其辩解，终无可奈何，李贺不得不愤离试院。这首诗当写于李贺困居长安之时。

值此漂泊潦倒之际，唯有"暂凭杯酒长精神"。主人举杯相邀，嘴里还说着"祝你福如东海，寿比南山"之类的辞令。遥想当年主父偃向西入关，因资用困乏而异乡为客，门前杨柳也因此"惨遭毒手"。昔日，马周客居新丰之时，亦是无人赏识。后来，他凭借"两行书"就博得了皇帝垂青。主人的一席话仿若雄鸡唱亮了黑夜，让我茅塞顿开，将我的迷魂招了回来。男儿气壮，又有谁会怜惜你困顿独处，唉声叹气呢？唯有振奋起来，披荆斩棘，踔厉奋发，方不负韶华！

这是一首歌行体。作者借鉴了赋的写法，采用"主客问答"的方式谋篇布局。诗分三层，每层四句。从开篇到"家人折断门前柳"四句一韵，为第一层，写劝酒场面。"吾闻马周昔作新丰客"到"直犯龙颜请恩泽"是第二层，为主人致酒之词。"我有迷魂招不得"至篇终为第三层，直抒胸臆作结。

"少年心事当拏云，谁念幽寒坐呜呃。"这句话是经过主人劝解安慰后作者的醒悟，好男儿志在四方，又岂能郁郁久困？所谓"穷且益坚，不坠青云之志"，面对困难和挫折，我们唯有乘风破浪，披荆斩棘，才能"会当凌绝顶，一览众山小"。这两句诗慷慨激昂，酣畅淋漓，表现了一种积极向上的奋发力量。

（曹辛华）

## 感愤

**王令**

二十男儿面似冰，出门嘘气玉蜺横。
未甘身世成虚老，待见天心却太平。
狂去诗浑夸俗句，醉余歌有过人声。
燕然未勒胡雏在，不信吾无万古名。

**主题诗句**　燕然未勒胡雏在，不信吾无万古名。

作者王令（1032—1059），字逢原，北宋诗人。王令有治国安民之志，擅诗文，其诗风格奇崛豪放。至和元年（1054），在高邮拜识王安石，受其赏识，此后成为至交。嘉祐三年（1058），王令在常州病逝，年仅二十八岁。王安石《思王逢原》一诗有"妙质不为平世得，微言唯有故人知"之句，对他的才高命短、不为世用表示惋惜。

**注释**

①玉蜺：蜺同"霓"，指长虹。②横：横亘天际。③待见天心：希望遇见明主。④却太平：返回到太平盛世。⑤狂：本义是狂妄，这里含有自信的意思。⑥燕然未勒：《后汉书·窦宪传》记载，窦宪曾追击匈奴单于，登燕然山勒石记功。"燕然未勒"是说功业未就。

**赏析**

宋代士人把儒家传统思想"学而优则仕""达则兼济天下"发挥得淋漓尽致，有着空前的参政、议政的热情，但封建时代知识分子的命运总是操纵在执政者的手中，一遇悲惨处境便常借诗抒发压抑、愤懑之情。

该诗通过感愤言志，抒写了宏大的抱负和强烈的报国愿望。这首诗应作于北宋仁宗皇祐三年（1051），其时王令在乡任家塾教师。

首联主要勾勒作者自己的形象与气质。"二十男儿面似冰"，写面貌与实际年龄之间的巨大差异，说明自己的生存困窘，同时也为下文的"穷且益坚，不坠青云之志"作了铺垫。"出门嘘气玉蜺横"，典出曹植《七启》："挥袂则九野生风，慷慨则气成虹霓。"心中抑郁之气犹如贯日之长虹，生动地描绘了作者奋发有为、昂扬不屈的豪气，以及希望能遇明主，以自己的才干张大国威的凌云壮志。

颔联叙写王令的志向，时刻等待君主任用治理乱世。颈联写作者拥有过人的才干与学识。"狂"字是他挥毫泼墨、兴酣落笔、诗情无限的自信之语。国运维艰，作者每每借酒浇愁，"醉余"后，油然诗兴大发，更是抒发一些不同凡俗之声。"过人声"，表面是指歌声美妙，实则是指歌中所蕴含的远大志向和忧国忧民之情。

尾联则是总结全篇，再次掷地有声地申明作者建功立业的不屈志向。他渴望能够投笔从戎，建功边疆，一展雄心壮志，以求得万古不朽之"名"，斩钉截铁、沉着痛快地显示了青年有识之士敢作敢为的鲜明个性，展现了王令积极抗争的坚定态度。

全诗以"感愤"为题，其主旨是感慨北宋王朝积贫积弱的局面和对辽、夏妥协退让的政策，表示要踔厉奋发，为国纾难，立功边塞，使天下复归于太平，体现了作者满腔的爱国热情与英雄壮志。

（刘勇刚、梅国春）

## 北邻卖饼儿每五鼓未旦即绕街呼卖虽大寒烈风不废而时略不少也差因为作诗且有所警示秬秸

张耒

城头月落霜如雪，楼头五更声欲绝。
捧盘出户歌一声，市楼东西人未行。
北风吹衣射我饼，不忧衣单忧饼冷。
业无高卑志当坚，男儿有求安得闲。

**主题诗句** 业无高卑志当坚，男儿有求安得闲。

作者张耒（1054—1114），字文潜，号柯山，原籍亳州谯县（今安徽亳州），后迁居山阳县（今江苏淮安）。北宋著名文学家，"苏门四学士"之一。后游学陈州，得到学宫苏辙的厚爱。熙宁四年（1071），得以谒见苏轼，颇受青睐，并在其引荐下，应举姑苏。熙宁六年（1073），进士及第，踏入仕途。晚年居于陈州。著有《张右史文集》《柯山集》。

**注释**

①五鼓：古代的计时法，将晚上七点至次日五点分成五个时段，用鼓打更报时，所以叫作五更、五鼓或五夜，第五更相当于凌晨三点到五点。②秬秸：指张耒的两个儿子张秬、张秸。③市楼：又称旗亭，古时建于集市中，上立旗帜，以为市吏候望之所。

**赏析**

该诗作于北宋徽宗朝大观、政和年间，张耒已步入老年，闲居陈州。

他发现邻居家的男子天还没亮就出门卖饼，每日呼卖，风雨无阻，因此作诗对自己的两个儿子张秬、张秸予以劝勉。

开篇两句"城头月落霜如雪，楼头五更声欲绝"，点出了季节与时间，以视觉和听觉两个维度描绘了秋日清晨清幽阴冷、孤寂无人的景象，为后文描写邻居在寒风中穿街走巷、吆喝卖饼的凄凉场景作铺垫。

"捧盘出户歌一声，市楼东西人未行。"叙述视角由景转向人，描绘极为真实。卖饼人刚出家门就拖长声调，开始吆喝，穿过整条街市，却不见一人。此时他的叫卖声显得多么辛酸与无助。作者以平实之笔写出了卖饼人生活的不易。紧接着张耒生动刻画卖饼人的心理："北风吹衣射我饼，不忧衣单忧饼冷。"寒风刺骨，卖饼人担心的并不是自己衣服单薄而受冻，而是害怕饼凉了无法卖出去。经济的收入甚至比自身的健康还重要，这是底层劳苦群众的心声，因此，此句感染力极强。

最后两句"业无高卑志当坚，男儿有求安得闲"是对儿子的劝诫之语。职业并没有高低贵贱之分，无论做什么，心中应当要有坚定的志向并为此奋斗。无论身处的环境多么恶劣与艰苦，要顽强地生存下去。张耒晚年生活困窘，这既是对儿子的勉励教育，也是对自己的激励。

全诗无过多修饰与华丽辞藻，语言风格极为平实，明白如话，对卖饼人的心理刻画入木三分，内容上既有对民间疾苦的关怀，又有对儿子树立志向、拼搏不息的劝勉，语浅而意深。张耒晚年乐府诗效法张籍，发扬了汉乐府"缘事而发"的现实主义传统，深刻反映了社会现实。

（刘勇刚、王毅）

# 六幺令·次韵和贺方回金陵怀古，鄱阳席上作

### 李纲

长江千里，烟淡水云阔。歌沉玉树，古寺空有疏钟发。六代兴亡如梦，苒苒惊时月。兵戈凌灭。豪华销尽，几见银蟾自圆缺。

潮落潮生波渺，江树森如发。谁念迁客归来，老大伤名节。纵使岁寒途远，此志应难夺。高楼谁设。倚阑凝望，独立渔翁满江雪。

**主题诗句**　纵使岁寒途远，此志应难夺。

作者李纲（1083—1140），字伯纪，邵武（今属福建）人。宋徽宗政和二年（1112）进士。金兵围汴京时，以尚书右丞任亲征行营使，登城督战，击退金兵。但不久受到投降派的排挤。高宗即位后，一度被起用为宰相，在职仅七十余日，又遭贬斥。他一生坚决主张抗金。著有《论语详说》《靖康传信录》《梁溪集》等。

**注释**
①贺方回：即贺铸。②鄱阳：今属江西。③玉树：指南朝陈后主所作的《玉树后庭花》曲。杜牧《泊秦淮》："商女不知亡国恨，隔江犹唱后庭花。"④苒苒：渐渐。⑤银蟾：月亮。⑥迁客：被贬谪流"放"之人。此处作者自指，其时他从海南贬所"归来"。

**赏析**

李纲的宦海生涯，随着朝廷和与战两种势力的激烈冲突而不断遭遇狂涛巨浪、浮沉起伏。一腔忠贞愤懑的爱国热情倾注于词。这首《六幺令》大概是在南渡初期，李纲遭到贬谪后作的。借金陵怀古，抒发自己壮志难

酬的愤懑之情和不屈不挠、坚决抗金的决心。

上片写金陵怀古。"长江千里，烟淡水云阔。"千里长江，滚滚东去，纵目四望，江阔云低。李纲对此不免兴起怀古之情。"歌沉玉树，古寺空有疏钟发。"南朝陈后主创制的《玉树后庭花》，早已歌声沉寂，只有那古寺稀疏的钟声回荡在这长江上空。《玉树后庭花》是当时淫靡之音的代表，歌声的沉寂标志着陈朝的灭亡。几杵疏钟，时断时续，渲染了寂寞苍凉的怀古气氛。想当年六朝都曾建都建康，国祚都较短暂，共同点就是其君主都胸无大志，穷奢极欲，使六朝一个接一个地覆灭，如同梦幻。时光流逝，岁月惊心，如今战争的痕迹已经泯灭，豪华销尽，只有天上的明月，阅尽人间的改朝换代，盛衰兴废，是历史的见证。

下片即景抒情，"潮落潮生波渺，江树森如发"。其中"森"为茂密意；发指毛发。鄱阳临近鄱阳湖，湖水流入长江，联系上文的"长江千里，烟淡水云阔"，因而联想到"潮落潮生"，自己也心潮起伏，心事浩茫。想到自己屡遭贬斥，身为迁客，有谁怜惜我"老大伤名节"呢？核心仍然是指自己年岁已大，屡遭贬谪，抗金之志未酬，未能做到功成名就，深为浩叹。但他表示"纵使岁寒途远，此志应难夺"，表明他不怕投降派的打击迫害，不管环境多么险恶，不管达到目的的道路有多么漫长，他决定坚持到底，矢志不移。结句"独立渔翁满江雪"，化用柳宗元的"孤舟蓑笠翁，独钓寒江雪"（《江雪》）诗句。李纲感到自己与柳宗元有某些相似点，故亦借用渔翁形象自喻，让读者从一个渔翁傲然独立江头，不怕满江风雪的艺术形象去领会他那种顽强的战斗精神。

（褚宝增）

## 满江红

岳飞

怒发冲冠,凭栏处、潇潇雨歇。抬望眼、仰天长啸,壮怀激烈。三十功名尘与土,八千里路云和月。莫等闲、白了少年头,空悲切。

靖康耻,犹未雪。臣子恨,何时灭。驾长车,踏破贺兰山缺。壮志饥餐胡虏肉,笑谈渴饮匈奴血。待从头、收拾旧山河,朝天阙。

**主题诗句** 莫等闲、白了少年头,空悲切。

作者岳飞(1103—1142),字鹏举,相州汤阴(今属河南)人。世代务农,家贫而力学。北宋末,应募投军,因战功由士兵升为军官。南宋高宗建炎元年(1127)至绍兴十年(1140),率所部南征北战,屡败金兵及金人傀儡政权的军队,金人也不得不承认:"撼山易,撼岳家军难。"由于力主北伐,反对与金人议和,为推行投降政策的高宗、秦桧集团所忌,于绍兴十一年(1141)被解除兵权,"升"任徒有空名的枢密副使。不久,秦桧等诬陷他谋反,以"莫须有"的罪名将其秘密杀害于狱中。孝宗时,始平反昭雪,追谥"武穆"。宁宗时,追封鄂王。理宗时,改谥"忠武"。

**注释**

①等闲:轻易,平常。②靖康耻:指钦宗靖康二年(1127),金人灭北宋,掳走徽钦二宗、后妃宫女、百官工匠以及大批文物珍宝、国库积蓄,给汉民族造成的奇耻大辱。③长车:战车。④餐:(当饭)吃。⑤胡虏:对金兵的蔑称。古代汉人将北方少数民族统称为"胡"。⑥匈奴:古代北方的一个少数民族。两汉时期曾多次南侵,是汉王朝的心腹大患。这里借指金人。⑦朝:朝拜。指臣子拜见君王。⑧天阙:皇城宫阙。这里指

北宋故都东京的宫阙。

## 赏析

　　宋高宗绍兴四年（1134）八月，三十二岁的岳飞因赫赫战功升任清远军节度使（高级将领的虚衔）、湖北路荆襄潭州制置使。词中有"三十功名"语，当作于此后不久。

　　其时，一场急雨刚刚止息，但词人伫立高楼，凭栏远眺之际，却心潮澎湃，久久不能平静。回顾多年来千里转战的艰苦历程，他将在别人眼里如泰山般巍峨的功名富贵看得像尘土一样微不足道；展望前面的人生之路，他对自己所坚持的抗金大业充满了必胜的信念。作者要趁着年富力强的时候，率领他的"岳家军"杀开敌人的重重防线，直捣对方的巢穴，雪洗祖国横遭金兵铁蹄蹂躏的耻辱，从金人手中夺回沦陷的北方领土。

　　这首气壮山河的词，是他的心声，也是当时南宋人民的共同心声。

　　时过境迁，词中所反映的民族矛盾斗争的具体内容已成为历史，两个仇杀达一世纪之久的民族，其后世子孙早就握手言欢，融洽地共处于中华民族大家庭里。正因为如此，该词中强烈的爱国主义精神上升为我们整个中华民族的精神财富。在鸦片战争以来，中国各族人民反对外来侵略的历次生死搏斗中，特别是在抗日战争的艰苦岁月里，此词曾经起到了巨大的激励人心的作用。这个确定无疑的事实，就是明证。

（钟振振）

# 贺新郎·同父见和再用韵答之

### 辛弃疾

老大那堪说。似而今、元龙臭味,孟公瓜葛。我病君来高歌饮,惊散楼头飞雪。笑富贵千钧如发。硬语盘空谁来听?记当时、只有西窗月。重进酒,换鸣瑟。

事无两样人心别。问渠侬:神州毕竟,几番离合?汗血盐车无人顾,千里空收骏骨。正目断关河路绝。我最怜君中宵舞,道男儿到死心如铁。看试手,补天裂。

**主题诗句** 道男儿到死心如铁。看试手,补天裂。

作者辛弃疾(1140—1207),字幼安,中年后别号稼轩,山东东路济南府历城县(今山东省济南市历城区)人。出生时山东已为金人所占,青年时参与耿京起义,擒杀叛徒张安国,回归南宋,献《美芹十论》《九议》等,条陈战守之策,一生以收复为志,以功业为己任,却命运多舛,壮志难酬。但他始终没有动摇收复中原的信念,而是把满腔激情和对国家兴亡、民族命运的关切、忧虑,全部寄寓于词作之中。其词艺术风格多样,以豪放为主。有《稼轩长短句》等传世。

### 注释

①元龙:陈登,字元龙。三国时人,是不愿求田问舍、志存高远的豪杰之士。②孟公:陈遵,字孟公,西汉时著名游侠,居于长安,嗜酒常醉,好与豪杰相交。③渠侬:对他人的称呼,指南宋当权者。渠:他;侬:你,均系吴语方言。④汗血盐车:汗血,指汗血马,本句即骏马拉运盐的车子,后以之比喻人才埋没受屈。⑤骏骨:喻招揽人才。《战国策·

燕策一》中所记黄金买马骨典。

### 赏析

辛弃疾思念陈亮，曾先写《贺新郎》一首寄给陈亮。陈亮很快就和了一首《贺新郎》。辛弃疾见到陈亮的和词以后，再次回忆他们相会时的情景而写了这首词。

"老大那堪说"直写心怀，感情极为沉郁。"那堪"二字，力重千钧，是对英雄坐老、壮志难酬，光阴虚度的感慨！然而以收复中原为己任的志士们，胸中的烈焰是永远也不会熄灭的。因此有"似而今、元龙臭味，孟公瓜葛"两句，以抒发壮怀，并且与陈亮的"同志"之情拍合。"元龙""孟公"，皆姓陈，又都是豪士，以比陈亮。不久前，两人"憩鹅湖之清阴，酌瓢泉而共饮，长歌相答，极论世事"（辛弃疾《祭陈同父文》）是大慰平生的一次相会，故在此词中津津乐道："我病君来高歌饮，惊散楼头飞雪。"词人时在病中，一见好友到来，立即与之高歌痛饮，彻夜纵谈。夜虽已很深，但他们仍"重进酒，换鸣瑟"，兴致不减。

若说词的上阕主要是作者奔放沸腾的感情融于叙事之中，那么下阕则主要是直抒胸臆的赋体。"事无两样人心别"，面对山河破碎，爱国志士痛心疾首，而南宋统治者却偏安一隅，把家耻国难全都抛在脑后。神州大地，山河一统，自古已然，"合"时多而"离"时少。当政者不思恢复中原，反而以和议确定了"离"的局面，是何居心！神州大地要想得到统一，就必须重用抗战人才，可是当时社会却是诸公空说征求人才，但志士长期受到压制，正像拉盐车的千里马困顿不堪而无人过问一样，徒然去购置骏马的尸骨又有何用！想起祖逖与刘琨的"闻鸡起舞"、女娲的炼石补天，更加坚定了统一祖国的信念，唱出了"我最怜君中宵舞，道男儿到死心如铁。看试手，补天裂"这时代的最强音。

（褚宝增）

# 破阵子·为陈同甫赋壮词以寄之

辛弃疾

醉里挑灯看剑,梦回吹角连营。八百里分麾下炙,五十弦翻塞外声,沙场秋点兵。

马作的卢飞快,弓如霹雳弦惊。了却君王天下事,赢得生前身后名。可怜白发生!

**主题诗句**　了却君王天下事,赢得生前身后名。

**注释**

①陈同甫:陈亮(1143—1194)字同甫,一作同父,号龙川,婺州永康(今属浙江)人。才气超迈,喜谈论军事,一生力主抗金。②挑灯看剑:宋刘斧《青琐高议》载高言诗"男儿慷慨平生事,时复挑灯把剑看"。③八百里:代指"牛"。晋人王君夫(恺)有爱牛名"八百里驳"(夸言其行走速度快,能日行八百里)。④五十弦:即瑟,古代的一种弦乐器,有二十五根弦。相传本为五十弦,上古时泰帝因其音太悲,故破为二十五弦。说见《史记·封禅书》。⑤翻:旧曲翻新。⑥塞外声:长城以北地区的音乐,以悲壮苍凉著称。这句是说,军乐队奏起了新翻制的塞外曲调。⑦点兵:集中军队,检阅部署,准备战斗。古人见植物春生秋杀,认为春季天意主生育,秋季天意主杀伐,因此大的军事行动多选择秋天进行,故这里说"秋点兵"。⑧的卢:骏马,额头有白色条块直贯口齿。⑨霹雳:炸雷的巨响。南朝梁名将曹景宗回忆年轻时与同伴射猎的豪侠生活,有"拓弓弦作霹雳声"之语。见《梁书·曹景宗传》。又,隋代名将长孙晟抗击北方突厥人有功,突厥降官说,突厥人很惧怕他,"闻其弓声,

谓为霹雳"。见《隋书·长孙晟传》。

### 赏析

该篇作年无考。但陈亮卒于光宗绍熙五年（1194），故本篇至迟不晚于此年。

陈亮为词人之挚友，也是一位毕生为抗金大业奔走呐喊的爱国志士。因此，词人特地创作了这首以"北伐"为题材的"壮词"寄赠给他。一般分上、下片的双调词，多按自然段谋篇布局，语意群均衡地切作前、后两大板块；本篇却打破常规，以前九句为一层次，末五字为另一层次，章法非常奇特。具体来说，自"醉里挑灯看剑"至"赢得生前身后名"一大段文字，是写理想中的"北伐"，纯然游刃于"虚"。但由于词人青年时期确曾有过军旅战阵的生活实践，故写来气酣墨饱，形象逼真，读者几乎不疑其幻。结句一笔叫醒，我们才恍然大悟，原来所谓醉灯看剑，梦惊画角，麾下分炙，瑟翻边声，点兵沙场，挽弓驰马，种种壮举豪情，都只存在于作者的神往之境。而究其现实，则朝廷畏敌如虎，不敢越雷池一步，英雄如词人者，蹉跎岁月，无所事事，鬓发已染秋霜！这末尾寥寥五字，与前九句相抗，乍看似轻重失权，然而细细品味，便知它下语镇纸，正所谓"秤砣虽小压千斤"。由此可见，本篇名曰"壮"词，其实甚"悲"。这"悲壮"二字，是辛词的基调，也是南宋绝大多数爱国词的基调。

（钟振振）

# 雨伞

### 萨都剌

开如轮，合如束，剪纸调膏护秋竹。
日中荷叶影亭亭，雨里芭蕉声簌簌。
晴天却阴雨却晴，二天之说诚分明。
但操大柄常在手，覆尽东西南北行。

**主题诗句**　但操大柄常在手，覆尽东西南北行。

作者萨都剌（1272？—1355？），字天锡，号直斋。回族，一说蒙古族。其先世为西域人，出生于雁门（今山西代县）。元代诗人、画家、书法家。元泰定四年（1327）进士，晚年居杭州，常游历山水。工于诗，亦工词，其诗清新流丽，词长于怀古。有《雁门集》。

**注释**

①轮：车轮。②束：指聚集成条状的东西。也指束素，用以形容女子腰肢的柔软。③调膏：涂上油脂。④秋竹：秋竹做的伞骨。⑤晴天却阴雨却晴：是说晴天伞下是阴天，雨天伞下是晴天。⑥二天之说：伞里伞外两重天。⑦但：只要。⑧操大柄：手执伞柄。⑨覆尽：全部遮盖。

**赏析**

该诗作于元顺帝至正十五年（1355），是一首咏物诗。通过咏雨伞寄寓胸怀天下、心系天下苍生的豪情壮志。

前四句是描摹物态，将伞的外形特征和美感描绘得十分生动。"开如轮，合如束"，伞打开像一个车轮，合起来如同一把束素。"剪纸调膏护秋竹"，是说伞的材质，是用油纸和竹子制成的，油纸为伞衣，秋竹为伞骨。

这是一首托物言志诗。借"雨伞"来表达对当时手握权柄者横行天下的愤慨之情。"开如轮，合如束，剪纸调膏护秋竹。"这句描写了雨伞的形态：打开如车轮，合拢如捆扎在一起的束帛。雨伞的制作过程：以秋竹为骨，油纸覆盖黏附在伞的骨架上，做成可以遮阳挡雨的伞。"日中荷叶影亭亭，雨里芭蕉声簌簌"，是描绘伞在晴天和雨天的两种情态，在太阳底下像一片荷叶，亭亭玉立；在雨天里，雨点落到伞上如同雨打芭蕉，簌簌有声。从描摹物态的效果来说，把伞写得鲜活可感，如在眼前，体现了作者高超的体物技巧。

后四句转入寄托，由伞的特性写到自己的凌云壮志。接着上文晴天、雨天去写，集中突出伞的功能，伞能够遮挡阳光给人阴凉，遮挡风雨给人晴天，所以"二天之说"，伞里伞外两重天，确实非常清楚。末二句由伞的功能升华诗意，将个人志向寄寓其中。"但操大柄常在手，覆尽东西南北行。"只要伞柄能常在自己手中，就要把四面八方的百姓全部都保护起来，使他们不受日晒雨淋。这种情怀无私而宽广，与杜甫在《茅屋为秋风所破歌》中所表达的"安得广厦千万间，大庇天下寒士俱欢颜"同一机杼。其隐喻意义也由此申发而出，假使作者能拥有保护天下百姓的权柄，一定全力以赴，以天下苍生为己任，造福国家社稷！儒者的淑世情怀，令人肃然起敬。

这首诗借助所咏之物鲜明生动的形体外貌，寄托自己的情感，即托物言志，追求象外之旨。作者细致入微地描写了雨伞的外形、材质和功能，但是并未仅仅停留在雨伞本身，而是托能够遮阳挡雨的雨伞，寄寓安邦济民的远大理想，形象而深刻，耐人寻味。

（江合友）

## 水调歌头·秋兴

### 陶安

秋兴高何远,爽气挹星河。雨晴山势飞动,楼外雁来多。丹桂香凝幕府,银烛光摇青琐,试问夜如何。天地大无外,老子尽婆娑。

写兵机,修马政,咏铙歌。西风莫添华发,壮志未消磨。眼见帝都龙虎,人似仙洲麟凤,留我共鳌坡。把酒暂舒啸,明月借金波。

**主题诗句**　西风莫添华发,壮志未消磨。

作者陶安(1315?—1368),字主敬,当涂(今属安徽)人。明代文人。元顺帝至正八年(1348)中江浙乡试,授明道书院山长,后避乱家居。至正十五年(1355),朱元璋提兵渡江,陶安率父老出迎,敷陈大义,力赞攻取,遂留参幕府。明洪武元年(1368),命知制诰兼修国史,旋出任江西行省参知政事,政绩颇著,卒于官。有《陶学士集》等。

**注释**

①青琐:原指装饰皇宫门窗的青色连环花纹,后借指宫廷,泛指豪华富丽的房屋建筑。②兵机:用兵的机谋,军事机要。③马政:指朝廷对官用马匹的牧养、训练、使用和采购等的管理制度。④铙歌:军中乐歌。⑤鳌坡:唐德宗时,尝移学士院于金銮殿旁的金銮坡上,后遂以鳌坡为翰林院的别称。

**赏析**

朱元璋政权于吴元年设翰林院,首召陶安为学士,本词应写于此后不久。作者当时深受器重,故能涌出这一腔豪气。

上阕落笔切题："秋兴高何远，爽气掬星河。"先声夺人，为全词定了豪放的基调。以下便围绕"秋""夜"二字放笔绘写，从各个角度铺写秋夜景色：雨后天气晴爽，月色如洗，遥望远处群山，如在飞腾奔涌。楼外群雁飞空，鸣叫而过，愈显天高地阔，动人豪情。丹桂的扑鼻香味凝结弥漫于幕府之中，明亮的烛光摇动门窗，令人心旷神怡。经过如此描绘，境界已明，气势已足，故以下欣然放言："天地大无外，老子尽婆娑。"

下阕"写兵机，修马政，咏铙歌"三句换头，初读似与上片写秋景夜色为二事，再思则可知这正是"老子尽婆娑"的展开与深化，意脉似断实连。本词换头正合此语，大笔勾勒，排比有力，如异军突起，既是上片的延伸，又足以领起下片。"西风莫添华发，壮志未消磨"，紧承上数句而来。词人有着"写兵机，修马政，咏铙歌"的诸多大事亟待要做，正值壮志凌云之时，自然希冀能驻日回景，所以他简直要喝令秋风，不要添我白发，使我衰老。尤其是当他"眼见帝都龙虎，人似仙洲麟凤，留我共銮坡"时，豪气愈增。"仙洲麟凤"，比喻出类拔萃的英才，当指与作者共事翰林的刘基、李善长诸人。古代知识分子的最高理想，莫过于辅佐帝王，治国平天下，陶安亦然。而今这理想就要实现，眼见得京城已有天子气象，又合着一班英才与自己在翰林院共谋大事，怎不令人踌躇满志，豪气填胸！行文至此，作者再也按捺不住那一腔激情，于是乎脱口而出："把酒暂舒啸，明月借金波。"真乃气度非凡也！

在浩如烟海的古代文学作品中，对秋感怀之作不胜枚举，多是凄伤情调，陶安的这首不叹老嗟贫，不感伤凄凉的秋兴之作，在古代诗词中并不多见。它那阔大的境界、明朗的格调、进取的态度和意气风发的精神，诵之令人振奋。

（褚宝增）

## 念奴娇·渡江雪霁

### 吴易

江天一派,初日霁、万树千山争白。银甲霜戈,浑认作、缟素三军横列。薪胆君臣,釜舟将士,洒尽伤时血。中原何在?问中流古今楫。

回首北固金焦,晴光如画,拱带金陵业。虎踞龙蟠,都不信、此日乾坤分裂。席卷崤秦,长驱幽蓟,试取中兴烈。妙高台上,他年浩歌一阕!

**主题诗句** 妙高台上,他年浩歌一阕!

作者吴易(1612—1646),字日生,吴江(今属江苏)人。崇祯十六年(1643)进士。崇祯十七年(1644)明朝亡,吴三桂引清军入关,福王监国于南京,以吴易为兵部职方主事,监史可法军。次年,清军下江南,福王政权倾覆,吴易乃聚众千余据太湖长白荡抗清。唐王即位于福州,授吴易兵部侍郎,进尚书,封忠义伯。鲁王监国于绍兴,亦封吴易长兴伯。及义军为清将吴胜兆所败,吴易泗水脱走,集余部反击,得其辎重。次年再屯太湖,兵败被执,劝降不应,从容就戮。有《吴日生集》《北征小咏》。

**注释**

①缟素:白色的衣服,旧指丧服。②薪胆:卧薪尝胆。③釜舟:破釜沉舟。④虎踞龙蟠:《景定建康志卷之十七》载,三国时诸葛亮论金陵地形说:"钟阜龙盘,石城虎踞。"意思是钟山像盘绕的苍龙,石城像蹲着的猛虎。形容地势雄壮险要,今特指南京。

## 赏析

此词作于顺治二年乙酉（1645）正月。这时清兵已入关南下，福王朱由崧立都于南京，延续明祚，但昏淫而无所作为。吴易以恢复中兴为己任，乃从吴江东湖家居，毅然径往扬州投史可法阁部，以兵部职方主事为监军，跟随史可法军北征至徐淮，抚定高杰所部。全词抒写雪后初晴渡江时的景况与心志，情绪悲愤激昂。

上阕起首二句明写雪霁，突出一个"白"字。按照常理，此下当将这红装素裹的银色世界描绘一番。然而作者却从"万树千山争白"中陡转笔锋，勾勒出一幅想象奇特的图景来："银甲霜戈，浑认作、缟素三军横列。"自李自成义军入京，崇祯自尽，吴三桂引狼入室，清兵进关，面对这"地坼天崩"的时代，国仇君恨，一时的士大夫无不义愤填膺、同仇敌忾。吴易作为一位以恢复中兴为己任的志士，目睹江面上这一派皑皑晴雪，自不免有三军缟素、身临国丧的联想。"薪胆"三句，以越王勾践之"卧薪尝胆"，寄希望于弘光朝君臣；以楚霸王项羽的"破釜沉舟"，想象南明的将士能背水一战，举国上下都能为民族洒尽热血。上片收束处"中原何在？问中流古今楫"二句，定效当年祖逖中流击楫，发誓收复中原。

下阕换头处，进一步指实雪霁渡江之所在，喟叹大明江山岂容落入他人之手，接着再深入一步表明自己力图恢复的心志。舟过中流，回首南望，北固、金、焦三山背负白雪，正沉浸于一片潋滟晴光之中。京口向为金陵锁钥，群山拱卫围护着朱明王朝的基业——南京，这一派虎踞龙蟠的山川形胜，谁能相信"此日乾坤分裂"？具有这般优越的地理形势，要得恢复，事可人为。"席卷""长驱"是作者的誓词，"崤秦""幽蓟"皆当恢复，国再中兴。待到明室复兴之时，将重新登上金山绝顶妙高台，高唱一曲胜利的凯歌。

吴易无力回天，但他用自己的鲜血和生命谱写出的词为后人留下了弥足珍贵的、忠贞不泯的浩然之气。

（褚宝增）

# 精卫

顾炎武

万事有不平,尔何空自苦?
长将一寸身,衔木到终古。
我愿平东海,身沉心不改。
大海无平期,我心无绝时。
呜呼!君不见西山衔木众鸟多,鹊来燕去自成窠。

**主题诗句** 我愿平东海,身沉心不改。

作者顾炎武(1613—1682),字宁人,学者尊为亭林先生,南直隶昆山(今属江苏)人。明国子监生。入复社。清军入关南下后,积极参与并组织反清活动。失败后,辗转南北,行万里路,读万卷书。康熙年间,举博学鸿儒,修明史,大臣争荐,拒绝不从,以死自誓。以明遗民终其身。著有《日知录》《天下郡国利病书》《肇域志》《音学五书》《韵补正》《亭林诗集》等。他与王夫之、黄宗羲、唐甄并称明末清初"四大启蒙思想家"。

### 注释

①精卫:古代神话中的一种鸟。《山海经·北山经》:"炎帝之少女名曰女娃。女娃游于东海,溺(淹死)而不返,故为精卫。常衔西山之木(树枝)石(石片),以堙(填塞)于东海。"

### 赏析

顾炎武,明清易代之际一位普通而又了不起的读书人。在清军铁骑横扫中原的乱世，他义无反顾地投身江南人民的抗清斗争。斗争失败后，浪迹天涯，拒不事清，潜心著述，以明遗民终其身。一介寒儒，虽不能挽狂澜于既倒，但他那"天下兴亡，匹夫有责"（梁启超对顾炎武《日知录》中名言所作的概括）的呼唤，掷地有金石声，今已成为我中华儿女的民族精神。

在这首诗中，顾炎武以"精卫"自比。它，正是顾炎武及其所代表的民族义士们的化身。

"万事有不平，尔何空自苦？长将一寸身，衔木到终古。"这四句，假设有人不能理解"精卫"的行为，对它发出诘问与规劝——世界上不公平的事多了去了，你为何要徒劳无益地自己苦自己呢？为何要用自己微小的身躯，永无休止地衔树枝填海呢？

"我愿平东海，身沉心不改。大海无平期，我心无绝时。"这四句，是"精卫"的回答——我要填平东海，哪怕身体沉没，决心也不会更改！看不到大海填平的那一天，我的心跳是不会停止的！

"呜呼！君不见西山衔木众鸟多，鹊来燕去自成窠。"这三句，转为作者的旁白——哎哟！您看，在西山衔树枝的鸟儿还真多，鹊儿、燕子来来往往，好不忙碌，好不热闹！可它们衔树枝，是在营造自家的小窝啊！

《史记·陈涉世家》记有秦末农民起义领袖陈胜的慨叹："燕雀安知鸿鹄之志哉！"套用其语来讨论此诗之旨，我们也可以说："燕雀安知精卫之志哉！"

从创作艺术上着眼，此诗主旨的达成，在于巧妙地利用了《山海经》原典中"西山""衔木"两个关键词。"西山"既有"精卫"，自然也可以有其他鸟；"衔木"竟可填海，而在现实生活中它的功用本是垒巢。由此合理想象，乃生发出"鹊""燕"等"众鸟"及其"衔木""自成窠"的情节，作为反衬，更加立体地突出了当代"精卫"即顾炎武们不恤"小家"，心系"大家"（国家、民族），以"匹夫"之微躯而勇于担当"天下兴亡"之重"责"的崇高形象。

（钟振振）

# 赠友人

朱德

北华收复赖群雄，猛士如云唱大风。
自信挥戈能退日，河山依旧战旗红。

**主题诗句**　自信挥戈能退日，河山依旧战旗红。

作者朱德（1886—1976），字玉阶，原名朱代珍，曾用名朱建德，伟大的马克思主义者，伟大的无产阶级革命家、政治家、军事家，中国人民解放军的主要缔造者之一，中华人民共和国的开国元勋，是以毛泽东同志为核心的党的第一代中央领导集体的重要成员。1976年7月6日在北京逝世。主要著作收入《朱德选集》。

**注释**

①北华：华北。②大风：指《大风歌》，为汉高祖刘邦所作，歌曰："大风起兮云飞扬，威加海内兮归故乡，安得猛士兮守四方！"③挥戈能退日：成语"挥戈返日"的活用。语出《淮南子·览冥训》："鲁阳公与韩构难，战酣，日暮，援戈而挥之。日为之反三舍。"这个故事后概括为成语"挥戈返日"，形容勇气感动天日，后引申为排除困难，扭转危局。

**赏析**

"北华收复赖群雄"一句，作者豪迈地写出了抗日根据地在党的领导下，英雄辈出、猛士如云的大好形势，说明华北大片国土的收复，抗日根据地的不断巩固和扩大，抗战取得的伟大业绩，靠的就是根据地的广大抗日军民，他们才是英雄、是猛士，是保卫祖国、抗击日寇的坚强柱石。

"猛士如云唱大风"一句引用了汉高祖刘邦《大风歌》中"安得猛士兮守四方"一句,并反其意而用之。刘邦平定了天下,却感叹没有猛士去镇守四方疆土,而抗日根据地却"猛士如云",有这么多猛士来保卫祖国,何愁不能消灭日本侵略者呢!这一典故的巧妙活用,加上一个"唱"字,便十分生动地刻画出抗日军民无比威武雄壮的猛士形象,为人们展现了一幅硝烟弥漫、战马嘶鸣,抗日将士高歌猛进、势不可挡的抗战画面,同时也充分体现了朱德伟大的英雄气魄。

　　"自信挥戈能退日"一句,作者引用了《淮南子·览冥训》中的一个故事。一则用其原义,无比豪迈地赞颂广大抗日军民英勇顽强,力挽国家危局的英雄气概;二则使"退日"具有双关的语意,坚信在中国共产党领导下的抗日军民,一定能够克服困难,把日本侵略者赶出中国。由于前面已经指出了抗日根据地有无数的勇猛之士,因此,这里的过渡就显得十分自然、和谐。

　　尾句"河山依旧战旗红"的背景为:1940年前后,由于国民党顽固派实行投降卖国政策,日本侵略者的气焰更加嚣张。他们以主要兵力对抗日根据地进行重点进攻,同时实行经济封锁,妄图消灭抗日武装,瓦解根据地。抗日战争正面临着空前的困难。但是,尽管如此,由于有中国共产党的领导,有"猛士如云"的抗日将士,有广大人民群众的大力支持,抗战胜利的红旗必将插遍祖国的河山。这句充分表现了朱德的革命乐观主义精神。

　　从艺术角度看,这首七言绝句有两个明显特点:一是用典精当自然。这首诗共有四句,作者活用了两个典故,使诗显得更加雄伟、高亢、典雅,诗意更加浓郁、畅朗、深刻。二是诗的气势豪迈。短短的二十八个字,字字皆有千钧之力,句句都有泰山压顶之势,读来令人亢奋,平添无穷力量。

(段维)

# 口占一绝

李大钊

壮别天涯未许愁，尽将离恨付东流。
何当痛饮黄龙府，高筑神州风雨楼。

**主题诗句** 何当痛饮黄龙府，高筑神州风雨楼。

作者李大钊（1889—1927），字守常，河北乐亭人。1907年考入天津北洋法政专门学校，1913年毕业后东渡日本，入东京早稻田大学政治本科学习，是中国共产主义运动的先驱，伟大的马克思主义者，杰出的无产阶级革命家，中国共产党的主要创始人之一。1927年4月6日，李大钊在北京被捕入狱。他受尽各种严刑拷问，始终坚守信仰、初心不改、坚贞不屈、大义凛然。同年4月28日，李大钊惨遭反动军阀绞杀，牺牲时年仅三十八岁。

**注释**

①何当：何指何日、什么时候；当指应当、应该。②黄龙府：宋朝岳飞率兵抗金，对部下说，直抵黄龙府，与诸君痛饮尔。黄龙府此处代指反动的统治阶级。③风雨楼：原题为，丙辰春，再至江户，幼蘅（崇安地主朱尔英，字幼蘅，回国后参加解放战争，其子朱宗汉为崇安地下党城工部支部书记）将返国，同人招至神田酒家小饮，风雨一楼，互有酬答。辞间均见风雨楼三字，相约再造神州后，筑高楼以作纪念，应名为神州风雨楼。遂本此意，口占一绝，并送幼蘅云。

**赏析**

这是李大钊于1916年春在日本写的一首诗。当时的中国正是"风雨如磐"的时代，1915年12月，窃国大盗袁世凯在日美帝国主义的怂恿、支持下，废除了共和体制，登基称帝。这种倒行逆施的行为，立即激起了全国人民的强烈反对。保卫共和、反对帝制的浪潮在各地蓬勃兴起。12月25日，云南宣布独立，都督蔡锷组织护国军讨伐袁世凯，点燃了护国战争的烈火。正在日本留学的李大钊闻讯深受鼓舞，放弃学业考试立即回国，准备参加讨袁护国运动。但他回到上海不久，袁世凯就被迫取消了帝制，于是李大钊又返回日本。当他到了日本江户时，恰逢他的挚友幼蘅准备回国。于是在为幼蘅送行时，口占这首绝句，抒发了对中国政局黑暗腐败之愤激不满的爱国主义思想，表现了他为重建神州而矢志奋斗的坚定信念。因而李大钊将这次送别称为"壮别"，故有"未许愁"之谓。诗句中的"尽"字，将作者抛弃个人离愁别恨的革命豪情和为实现革命理想矢志奋斗的决心表现得淋漓尽致。"付东流"算不了什么。"痛饮黄龙府"是借用了当年民族英雄岳飞抗击金兵的典故，岳飞为抗击金兵对部将说："直抵黄龙府，与诸君痛饮尔。"这是用来喻指消灭了窃国大盗袁世凯，大家应当痛饮祝捷，欢庆胜利。

"风雨楼"是"理想之中华"的代称，此处用兴建"风雨楼"来喻指"理想之中华"的创建和纪念革命成功。

从艺术视角分析，这首绝句的特点一是善于用典，借用民族英雄岳飞"直抵黄龙，与诸君痛饮"之典表达自己对革命必胜的豪情壮志；二是善于借事借景造"典"，如"风雨楼"即借送别饮酒之地，其时"风雨一楼"而凝练成的词语。

（段维）

# 改西乡隆盛诗赠父亲

## 毛泽东

孩儿立志出乡关，学不成名誓不还。
埋骨何须桑梓地，人生无处不青山。

**主题诗句**　埋骨何须桑梓地，人生无处不青山。

作者毛泽东（1893—1976），字润之，笔名子任，湖南湘潭人。中国人民的伟大领袖，伟大的马克思主义者，伟大的无产阶级革命家、战略家、理论家，中国共产党、中国人民解放军和中华人民共和国的主要缔造者和领导人之一，马克思主义中国化的伟大开拓者，中国共产党第一代中央领导集体的核心，领导中国人民彻底改变自己命运和国家面貌的一代伟人。他对马克思列宁主义的发展、军事理论的贡献以及对共产党的理论贡献被称为毛泽东思想。毛泽东也被人们尊称为"毛主席"。

**注释**

①乡关：家乡、故乡。唐宋之问《登逍遥楼》："逍遥楼上望乡关，绿水泓澄云雾间。"宋晁说之《正月二十八日避难至海陵从先流寓兄弟之招仍邂逅冯元礼故人》："轩槛如僧萦橘柚，乡关似梦识蒿藜。"②桑梓：古代人们喜欢在住宅周围栽种桑树和梓树，后来人们就用物代处所，用"桑梓"代称家乡。宋杨亿《集贤宿直寄中书李梁二舍人》："桑梓任抛万里外，蓬莱试住十年余。"③青山：这里用来象征祖国的山河秀丽。唐王昌龄《送柴侍御》："青山一道同云雨，明月何曾是两乡。"

### 赏析

首句即表明自己的远大志向——从小就立志走出封闭的家乡韶山冲。家国天下，已在胸中。

次句表明，为了寻求革命真理而走出家乡，此志不达，就决不返乡。

第三句是说，为了事业，大丈夫应当四海为家，死后的尸骨何必一定要埋在家乡呢？远胜《后汉书·马援传》："男儿要当死于边野，以马革裹尸还葬耳，何能卧床上在儿女子手中邪？"

尾句表达了壮丽的人生随处都是美丽的风景。

从艺术角度看，这是一首就他人的诗句而改作的诗，俗称"剥皮诗"。大家知道，诗文最忌模式化和套用他人的成句，但也有例外。若有意将一些名诗改动少量词语，从原诗中剥离出来，就叫剥体诗，也称剥皮诗，或称拟古诗。毛泽东改诗所依据的原诗为西乡隆盛《锵东游题壁二首》其二："男儿立志出乡关，学若无成不复还。埋骨何须坟墓地，人间到处有青山。"西乡隆盛（1828—1877），日本江户时代末期（幕末）的萨摩藩武士、军人、政治家，他和木户孝允（桂小五郎）、大久保利通并称"维新三杰"。1873年10月，因坚持征韩论遭大久保利通等人反对，辞职回到鹿儿岛，兴办名为私学校的军事政治学校。1877年，被旧萨摩藩士族推为首领，发动反政府的武装叛乱，史称西南战争，兵败后死于鹿儿岛城山。毛泽东就是根据西乡隆盛的这首诗改作的，借用原诗的外壳，表达的是自己的崇高志向和远大理想。

（段维）

# 沁园春·长沙

毛泽东

独立寒秋，湘江北去，橘子洲头。看万山红遍，层林尽染；漫江碧透，百舸争流。鹰击长空，鱼翔浅底，万类霜天竞自由。怅寥廓，问苍茫大地，谁主沉浮？

携来百侣曾游，忆往昔峥嵘岁月稠。恰同学少年，风华正茂；书生意气，挥斥方遒。指点江山，激扬文字，粪土当年万户侯。曾记否，到中流击水，浪遏飞舟？

**主题诗句** 怅寥廓，问苍茫大地，谁主沉浮？

### 注释

①舸：大船。这里泛指船只。②挥斥方遒：挥斥，奔放之意。《庄子·田子方》："挥斥八极"。郭象注："挥斥，犹纵放也。"遒，强劲有力。③粪土：作动词用，视……如粪土。④万户侯，汉代设置的最高一级侯爵，享有万户农民的赋税。此借指大军阀、大官僚。

### 赏析

全词上片即目写景，下片回忆往事。起首"独立寒秋"三句，点明时在深秋，地处橘子洲。起笔看似平缓，实为下文蓄势。以"看"字领起的"万山红遍，层林尽染；漫江碧透，百舸争流。鹰击长空，鱼翔浅底"，是一组完整的长句，一气呵成，文势陡急，表现出作者被眼前江山美景所震撼，于是不禁发出"万类霜天竞自由"的由衷赞叹。一切有生命和无生命的物类，在这无边无际的宇宙中，自由自在，生存发展，这是多么令人向往的情景！从宋玉"悲哉秋之为气也"（《九辩》）起，悲秋成了中国古代文人墨客笔下的永恒主题；虽也有个别颂秋赞秋之作，如刘禹锡《始闻秋风》"天地肃清堪四望，为君（指秋风）扶病上高台"，感谢秋风使自己克服疾病，振作精神，在古代诗歌中已属凤毛麟角，但其境界和气魄，自然不能也无须与这里的"万类霜天竞自由"来比较。作者后来的咏秋词"一年一度秋风劲，不似春光。胜似春光，寥廓江天万里霜"（《采桑子·重阳》），都反映出作者对壮阔寥远、自由矫健、劲拔爽朗的自然美的推重和爱好。这句对秋景的礼赞，已使词情趋于高昂。然而，百尺竿头再翻进一层，毛泽东于结尾突发一问："怅寥廓，问苍茫大地，谁主沉浮？"遂令全词达于高潮。

　　过片处，作者用"携来百侣曾游，忆往昔峥嵘岁月稠"将眼前景置换成对往事的回忆。毛泽东曾在湖南省立第一师范求学和进行早期革命活动长达八年之久，以后又多次居留长沙。在岳麓山下，他发起成立新民学会，与蔡和森、何叔衡、陈昌、张昆弟、罗学瓒等"同学少年"一起，立誓为国家民族服务。他在长沙主编过《湘江评论》，成立马克思主义研究会，组织平民夜校和文化书社，"指点江山"，评论时政，写下了激昂慷慨的宏文华章。词中"恰"字之后的又一组领字长句，就是对这些革命活动的真实而形象的写照！"粪土当年万户侯"表现出藐视旧世界的豪情壮志，与后来的《沁园春·雪》中的"俱往矣，数风流人物，还看今朝"有异曲同工之妙。

　　从艺术特色来讲，这首长调善于运用排比句和对偶句，将往事有机地串成珠链，熠熠生辉。结尾"曾记否，到中流击水，浪遏飞舟"照应开头的"独立寒秋，湘江北去，橘子洲头"，可谓首尾呼应，形成"闭环"，使全词浑然一体。

（段维）

# 送蓬仙兄返里有感三首(其一)

### 周恩来

相逢萍水亦前缘,负笈津门岂偶然。
扪虱倾谈惊四座,持螯下酒话当年。
险夷不变应尝胆,道义争担敢息肩?
待得归农功满日,他年预卜买邻钱。

**主题诗句** 险夷不变应尝胆,道义争担敢息肩?

作者周恩来(1898—1976),字翔宇,曾用名飞飞、伍豪、少山、冠生等,原籍浙江绍兴,1898年3月5日生于江苏淮安。1921年加入中国共产党,是伟大的马克思主义者,伟大的无产阶级革命家、政治家、军事家、外交家,党和国家主要领导人之一,中国人民解放军主要创建人之一,中华人民共和国的开国元勋,是以毛泽东同志为核心的党的第一代中央领导集体的重要成员,1949年后长期担任中华人民共和国国务院总理。1976年1月8日在北京逝世。

### 注释

①相逢萍水:浮萍随水漂泊不定,常以此比喻人的偶然相遇。唐代诗人王勃《滕王阁序》:"萍水相逢,尽是他乡之客。"②负笈:笈,竹制书箱。负笈,背着书箱,即求学。③扪虱:形容谈话时从容不迫、毫无顾忌的神态。《晋书·王猛传》记载:晋代桓温入关,王猛穿着粗布衣服去拜访他。一见面,就谈论起时事来。交谈时,一边掏摸着身上的虱子,好像旁边没有人一样。作者运用这一典故,指与志同道合的好友一起抨击腐败的时政,无所顾忌。④螯:螃蟹的大脚,泛指下酒的菜肴。⑤险夷:危险

和平安。这里作偏义词用，侧重指环境的险恶。⑥敢息肩：息肩同俗语"撂挑子"。敢：这里是岂敢、怎敢、不敢的意思。⑦预卜：事先占卜、断定。⑧买邻：择邻而居。《南史·吕僧珍传》记载，宋季雅罢官以后，买了一所房子，和吕僧珍为邻。吕僧珍问房价多少，宋回答说："一千一百万。"吕僧珍由于季雅开出这样的高价而感到奇怪。季雅说："我拿一百万买房子，拿一千万买你这样的好邻居。"这里是说革命胜利时，与好友一同欢聚。

### 赏析

此诗作于1916年，周恩来以"飞飞"的笔名发表于《敬业》第四期上。诗题中的"蓬仙兄"是周恩来的同学好友张蓬仙。这首七律通过对与同学好友共同战斗生活的回顾，抒发了为拯救国家奋斗向上，热烈期待他日为国立功，在革命胜利之时再与好友欢聚的无畏而乐观的精神。

首联的意思是：自己与蓬仙兄一起求学于天津不是偶然的，而是过去所结下的缘分。这个缘分应该是为了寻求救国救民的真理。颔联是说，送别之时，同窗好友之间无拘无束，书生意气，挥斥方遒，于酒桌之上率性回忆起当年趣事。颈联表达了作者的远大志向：革命形势和前途尚不明朗，在这险恶的环境中，要像越王勾践那样卧薪尝胆，时刻不忘"铁肩担道义"的主张。这是一种相互勉励。尾联是说择邻退隐，旧时文人常有功成身退之说，退隐之后多半择邻而居。这里是指待到革命功成之日，与好友一同欢聚。说明年轻的周恩来对革命胜利充满信心。

从艺术角度来看，这首诗章法井然：首联借事起兴，颔联描绘相聚的情景，颈联发表对未来的感慨，尾联宕开一笔，表明对未来的信心。再就是颔联、颈联善于用典来形象地表达同学之间的赤诚之心、昂扬意气以及相互之间的劝勉和鼓励。

（段维）

## 江南第一燕

**瞿秋白**

万郊怒绿斗寒潮，检点新泥筑旧巢。
我是江南第一燕，为衔春色上云梢。

**主题诗句** 我是江南第一燕，为衔春色上云梢。

作者瞿秋白（1899—1935），本名双，后改瞿爽、瞿霜，字秋白，生于江苏常州。中国共产党早期主要领导人之一，伟大的马克思主义者，卓越的无产阶级革命家、理论家、文学家和宣传家，中国革命文学事业的重要奠基者之一。1922年春正式加入中国共产党，1927年8月至1928年7月任中共临时中央政治局委员、常委、主席。1935年2月在福建省长汀县被国民党军逮捕，6月18日从容就义，时年三十六岁。

**注释**

①万：所有。唐杜甫《登楼》："花近高楼伤客心，万方多难此登临。"②寒潮：气象学上本指冷空气团离开其源地的移动现象，亦指一昼夜内气温急剧下降的天气现象。这里喻指险恶的政治形势。③检点：查看、查点。宋邓忠臣《己未年春与伯时较试南宫同年被命者六人今兹西馆唯同伯时一人而已因书奉呈》："再来更锁城西馆，检点同年只一人。"④云梢：云端。

**赏析**

这是1923年12月瞿秋白写给妻子王剑虹信中的诗句，也是其一生从事革命事业的写照，更是他对自己从事现代新闻事业，尤其是红色新闻事业树立的标高。

"万郊怒绿斗寒潮"一句意为：茫茫郊野顽强生长的绿色草木在与寒潮作斗争，这里喻指像自己一样的革命志士，不畏敌对势力的严酷压迫。

次句"检点新泥筑旧巢"，借燕子春日归来重新加固巢穴之举，自励并鼓励大家要做好与敌人作严酷斗争的准备。

在转句"我是江南第一燕"中，以江南"第一燕"自比并非狂妄，而是勉励自己要做革命的"领头燕"。在中国的古诗词中，以描写"春燕"为内容的可谓多矣！"几处早莺争暖树，谁家新燕啄春泥""无可奈何花落去，似曾相识燕归来"……春燕的可爱，是报春的使者；瞿秋白的可贵，是以"江南第一燕"自诩和自励。

尾句的这一句"为衔春色上云梢"，这一句也可以看成第三句的原因或目的。为了让中国大地早一点绽放春色，自己愿意克服艰难险阻飞上云天。这里借指向往光明美好的未来。

从艺术角度分析，这是革命先辈所写诗句中最雅正、最形象、最合乎绝句体性的作品之一。它完全没有直接抒写革命之志，而是托物言情、借物言志。其次是注意炼字，"怒绿"之"怒"何其贴切生动。"衔春色"之"衔"尽管不是自创的，但选字也很到位。再就是第三句"我是江南第一燕"，略带夸张的比喻，唐王建有七律《上张弘靖相公》，其首联为"传封三世尽河东，家占中条第一峰"，虽非完全自铸语，亦足可傲视千古！

（段维）

# 诚心正意

## 诗经·邶风·柏舟

泛彼柏舟，亦泛其流。耿耿不寐，如有隐忧。
微我无酒，以敖以游。我心匪鉴，不可以茹。
亦有兄弟，不可以据。薄言往愬，逢彼之怒。
我心匪石，不可转也。我心匪席，不可卷也。
威仪棣棣，不可选也。忧心悄悄，愠于群小。
觏闵既多，受侮不少。静言思之，寤辟有摽。
日居月诸，胡迭而微？心之忧矣，如匪澣衣。
静言思之，不能奋飞。

**主题诗句** 我心匪石，不可转也。我心匪席，不可卷也。

《诗经》是我国最早的一部诗歌总集，本称《诗》，汉代尊为经典，始称《诗经》。共收西周初年至春秋中叶的民歌和朝庙乐章歌辞三百零五篇，另有笙诗六篇有目无诗。全书按音乐分风、雅、颂三类。汉代传诗者有齐、鲁、韩、毛四家，今传《诗经》为《毛诗》。

**注释**

①微：非，不是。②茹：容纳。③愬：同"诉"，诉苦。④棣棣：安详平和的样子。⑤选：同"巽"，退让。⑥愠：怨。⑦群小：众妾。⑧觏：同"遘"，遇、碰到。⑨闵：愍的借字，指中伤陷害的事。⑩静：审、仔细。⑪辟：《韩诗》作擗，用手拍胸。⑫有摽：摽摽，捶打胸脯的样子。⑬居、诸：语助词。

### 赏析

朱熹指出这是一首"妇人不得于其夫，故以柏舟自比"之诗（朱熹《诗集传》）。他说：这个可怜的妇人，之所以"不得于其夫"，是由于受到了"众妾"的排挤。

这是一个性格刚烈的女子，她不能忍受被丈夫冷落的可悲处境。诗首章以柏舟在河水中漂浮不定起兴，表现出一种寄托无由的失落感。这种失落感使她夜不成眠，焦灼不安。她想以酒和出游来消愁，但一切努力都无法消除她内心的痛苦。接着第二章，作者以镜子作喻，表明她容不得委屈，容不得别人来与自己争宠。但是她毕竟失宠了，于是向自己的兄弟诉告。不想，得到的不是支持，反而是勃然大怒。作者以自己不屈的性格与孤立无援的处境相对照，写出了内心委屈无处诉说之苦，悲苦辛酸之情跃然纸上。但作者并不就此顺服，她用"我心匪石""我心匪席"两个比喻，再次表示了自己坚贞不渝的心意——我决不受人的随意摆布！当读完这一章的结尾"威仪棣棣，不可选也"时，一个高傲不屈，决心捍卫自己正妻地位的贵妇形象就栩栩如生地出现在眼前了。

第四章，作者由痛苦的自诉转为愤怒的控诉：众妾的中伤、挑拨使我失宠，我所遭受的陷害和侮辱太深重了，以致经常在睡梦中惊醒，只得以拊心捶胸来解除痛苦。末尾她写道："静言思之，寤辟有摽。"如果说前一章的结尾两句是表现了一个妇人不可侵犯的威仪，那么，这一章的末两句则形象地刻画出这个妇女性格中的另一面：暴烈和冲动。但她的力量毕竟有限，虽然她做了种种奋争和努力，最终并不能改变自己的命运。于是她失望了，责问苍天，诅咒日月！她感叹自己的痛苦像脏衣服一样无法洗净。她想"奋飞"，以摆脱可悲的处境，却又力不从心。至此，一个充满愤懑情绪而又感到失望无告的妇女形象便刻画出来了。

本诗充满浓烈的感情色彩，作者调动多种修辞手段直接抒情，沉郁痛切，感人至深。

（朱杰人、周啸天）

# 赠从弟三首（其二）

刘桢

亭亭山上松，瑟瑟谷中风。
风声一何盛，松枝一何劲。
冰霜正惨凄，终岁常端正。
岂不罹凝寒？松柏有本性。

**主题诗句**　岂不罹凝寒？松柏有本性。

作者刘桢（186？—217），字公幹，东汉东平国（今属山东）人。"建安七子"之一。刘桢博学有才，警悟辩捷，曾为丞相（曹操）掾属，交好魏文帝和曹植兄弟。参加曹丕筵席时，平视他的妻子甄氏，以不敬之罪罚服劳役，署为小吏。建安二十二年（217），染疾而亡。文学成就主要表现于诗歌特别是五言诗创作方面，在当时负有盛名，与曹植并举，称为"曹刘"。有明辑本《刘公幹集》。

**注释**
①瑟瑟：指风声。②惨凄：原作"惨怆"，据胡克家《文选考异》校改。③罹：遭遇。

**赏析**
刘桢为人有傲骨，据《典略》载，一次曹丕宴请诸文士，席间命夫人甄氏出拜，座中众人皆伏，独桢平视，恼了做阿翁的曹操，差点砍他的头。刘桢的诗刚劲挺拔，卓荦不凡。曹丕称"其五言诗之善者，妙绝时人"。《赠从弟三首》，分别用萍藻、松柏、凤凰比喻坚贞高洁的品格，是对从弟高风亮节的赞美，也是作者的自我写照。"亭亭山上松"是组诗第二首,也是三首诗中最好的一首。

松柏以其耐寒而长青,从古以来为人称颂,作为秉性坚贞、不畏艰险的象征。

这首诗看似咏物,实为言志,借青松之刚劲,明志向之坚贞。全诗由表及里,由此及彼,寓意高远,气壮脱俗。

读这首诗要注意它前半的唱叹,一句只说了个"松"字,二句只说了个"风"字。三句再说风声,是多么的盛;四句再说松枝,是多么的劲挺。境界立见。松—风—风—松,这种回文似的咏叹,形象地写出了"道高一尺,魔高一丈"式的较量,非常有味,为下文进而说理做好准备。"冰霜正惨凄,终岁常端正",是三四句的强调和推广,即松不但战胜寒风,也战胜冰雪。末二句再以"岂不罹凝寒"一问提唱,以引出"松柏有本性"——全诗结穴。

诗以咏物的形式,而归结于人品"端正","其在人也,如竹箭之有筠也,如松柏之有心也,二者居天下之大端矣,故贯四时不改柯易叶"(《礼记》)。所谓本性,其于人也,就是要有所持守,贫贱不移也。钟嵘在《诗品》中称赞刘桢诗"真骨凌霜,高风跨俗",风格正来自人格也。

这首诗名为"赠从弟",但无一语道及兄弟情谊。我们读来却颇觉情深谊长,而且能同作者心心相印。这是因为刘桢运用了象征手法,用松树象征自己的志趣、情操和希望。自然之物原本自生自灭,与人无关。而一旦作者用多情的目光注入山水树木、风霜雷电,与自然界中某些同人类相通的特征一撞击,便会爆发出动人的火花。这种象征手法的运用,刘桢之前有屈原的《橘颂》,刘桢之后,更是屡见不鲜,且形成中国古典诗歌的传统特征之一。

刘桢如果直接抒写内心情感,很易直露,他便借松树的高洁来暗示情怀,以此自勉,也借以勉励从弟。全诗关于兄弟情谊虽"不着一字",但味外之旨却更耐人品味。

(周啸天)

# 效阮公诗十五首（其一）

### 江淹

岁暮怀感伤，中夕弄清琴。
戾戾曙风急，团团明月阴。
孤云出北山，宿鸟惊东林。
谁谓人道广，忧慨自相寻。
宁知霜雪后，独见松竹心。

**主题诗句**　宁知霜雪后，独见松竹心。

作者江淹（444—505），字文通，济阳考城（今河南兰考）人，生活于南朝宋齐梁时代。江淹少而孤贫，致力文章，崭露头角，曾为南朝宋皇族始安王讲授五经，进入仕途，后因得罪建平王，被贬为建安吴兴令。萧道成辅政，召为僚属。后萧道成称帝，即南朝齐高帝，江淹历经中书侍郎、尚书左丞、御史中丞等职。萧衍称帝，即南朝梁武帝，江淹亦地位显赫，卒时，官至金紫光禄大夫，封醴陵伯。今有《江文通集》传世。

**注释**

①中夕：夜中，半夜。②戾戾：猛烈。③曙风：黎明的风。④相寻：频仍，不断。

**赏析**

江淹《效阮公诗》（题目也称《效古》）共十五首，这是第一首。题中"效"字，有两重意思：一则效法阮籍咏怀诗"志在刺讥，而文多隐避"的表现手法；一则效法阮诗"情景融合""响逸调远"的艺术风格。

阮籍《咏怀》其一写道："夜中不能寐，起坐弹鸣琴。薄帷鉴明月，清风吹我襟。孤鸿号外野，翔鸟鸣北林。徘徊将何见，忧思独伤心。"诗中充溢着一种知音不得忧伤满腹的叹惋愁苦，很是情动。

江淹本诗和阮籍《咏怀》颇似，开篇的"岁暮怀感伤，中夕弄清琴"和阮籍的"夜中不能寐，起坐弹鸣琴"情景相近，不过，这里的"岁暮"二字，包含一种年华老去功业未立的感慨。由此耿耿难寐，夜半弄琴。琴声如何？"戾戾曙风急，团团明月阴"，翻译为天明以前的风，又急又猛，发出唳唳响声。天上的圆月，也不见光华，处于黑暗当中。"孤云出北山，宿鸟惊东林"，看那一片孤云从山头飘起，听那睡醒鸟儿在林间惊叫。这里的戾风、阴月、孤云、惊鸟，很好地写出了心中的惊惧难安、孤独哀伤。

"谁谓人道广，忧慨自相寻"点明人事，这也是诗歌主旨，谁说人道广阔，四通八达？可这灾难却一个接着一个，令人揪心不已。究竟是什么样的灾难让人如此揪心呢？作者没有具体书写，而是笔锋一转："宁知霜雪后，独见松竹心。"此时正是冬天，霜雪布满大地。雪霜覆盖，许多草木都弯折了、枯萎了，只有青松翠竹依然挺立当地，在肃杀的天地当中，显示着一片勃勃生机。

这里的"宁知霜雪后，独见松竹心"，最富意味。这也是对松竹不朽精神的歌咏，后来陈毅元帅写的"大雪压青松，青松挺且直。要知松高洁，待到雪化时"，其意境和本诗多有相通。

正是这两句升华了全诗，超越了阮籍。江淹生活在南朝，阮籍生活在魏晋，都是黑暗乱世，真可谓"戾戾曙风急，团团明月阴"。许多人处在这样的乱世，都有如阮籍一般无所适从的彷徨惊惧，但江淹没有，"宁知霜雪后，独见松竹心"，尽管世道凄寒，有如霜雪压身，可只要我怀抱一颗不畏严寒的松竹之心，就一定会走过酷寒日子，迎来明媚春天。

（黄全彦）

# 终南别业

王维

中岁颇好道,晚家南山陲。
兴来每独往,胜事空自知。
行到水穷处,坐看云起时。
偶然值林叟,谈笑无还期。

**主题诗句**  行到水穷处,坐看云起时。

作者王维(693 或 701—761),字摩诘,号摩诘居士,祖籍太原祁县,河东蒲州(今属山西)人。开元九年(721)中进士。晚年笃诚奉佛,怡情于山水之中,有"诗佛"之称。他早年的诗多积极精神,也有政治抱负。归隐后所写的许多田园诗,表现了大自然的恬静之美,是盛唐山水隐逸派的代表人物。他还善画,苏东坡称其"诗中有画,画中有诗"。有《王右丞集》。

**注释**
①晚:近。②家:居住。③陲:边。④胜事:美好的情事景物。⑤值:遇到。

**赏析**
该诗是王维隐居终南山时所作,是一首兼具诗情、画意、禅趣的佳作。

开篇首句的"好道"二字交代了"晚家南山陲"的缘由,为全诗"诗眼",终篇围绕此二字书写作者隐居终南山中,超然物外的闲适情趣。

颔联写作者游赏山水的兴致和独得的会心之乐。《后湖集》中云:"此诗造意之妙，至与造物相表里，岂直诗中有画哉！观其诗，知其蝉蜕尘埃之中，浮游万物之表者也。"这段评论可视为"兴来每独往，胜事空自知"的注脚：此游山玩水之兴致，往往忽然而至，不自知其然而然。没有目的、毫无动机，而是出于个人的"兴来"，所以目接耳闻的美好景物和会心之乐，也就只有自己知道而已。似有遗憾，又寓欣喜。

颈联仍是对游赏景物的虚写："行到水穷处，坐看云起时。"行、到、坐、看，是动作；水穷、云起是风景。阮籍是穷途而哭，王维则随遇而安，悠然而坐，看云起水落，怡然自得。这两句诗可以想象为接续或并列的两幅画面，更传达出一种游山赏水的态度——与自然合而为一的境界。

诗以"偶然值林叟，谈笑无还期"作结，更凸显一种随缘任运的人生哲理。偶然遇到一位山林中的老人，那就停下游赏的脚步，彼此攀谈、言笑，谈得投机而意兴盎然，竟不觉察时间的流逝，也想不到该回家了。"偶然""无还期"都强调了毫无事先设计、纯任意兴的那份自然而然。

诗中没有任何玄言佛语，也没有描绘具体的山川景物，而是展现了水与云的自然变化，重在表现作者独游山间时悠闲自得的心境。诗的前六句自然闲静，王维的形象如同一位不食人间烟火的世外高人，他不问世事，视山间为乐土，独来独往。不刻意探幽寻胜，而能随时随处领略到大自然的美好，随遇而安。欲行则行，欲止则止，临水观云，极为自得。结尾两句，引入人的活动，带来生活气息，作者的形象也更为可亲。

该诗中"行到水穷处，坐看云起时"两句在后世腾诵众口，成为经典。正如俞陛云先生所云："行至水穷，若已到尽头，而又看云起，见妙境之无穷。可悟处世事变之无穷，求学之义理亦无穷。此二句有一片化机之妙。"

（张静）

# 芙蓉楼送辛渐

## 王昌龄

寒雨连江夜入吴，平明送客楚山孤。
洛阳亲友如相问，一片冰心在玉壶。

**主题诗句** 洛阳亲友如相问，一片冰心在玉壶。

作者王昌龄（698—757），字少伯，河东晋阳（今山西太原）人。开元十五年（727）进士及第。他与李白、高适、王维、王之涣、岑参等人交往深厚。其诗以七绝见长，尤以边塞诗最为著名，语言流畅清丽，节奏明快，有"诗家夫子""七绝圣手"之称。著有《王江宁集》六卷。

### 注释

①芙蓉楼：原名西北楼，在润州（今江苏镇江）西北。一说此处指黔阳（今湖南黔城）芙蓉楼。②辛渐：作者的一位朋友。③楚山：楚地的山。这里的楚也指南京一带。④冰心：比喻纯洁的心。⑤玉壶：玉做的壶，比喻人品性高洁。

### 赏析

此诗为一首送别诗。

首句"寒雨连江夜入吴"，迷蒙的烟雨笼罩着吴地江天，织成了一张无边无际的愁网。夜雨增添了萧瑟的秋意，也渲染出离别的黯淡气氛。那寒意不仅弥漫在满江烟雨之中，更沁透在两个离别友人的心头上。"连"字和"入"字写出雨势的平稳连绵，江雨悄然而来的动态能为人分明地感知，作者因离情萦怀而一夜未眠的情景也自可想见。但是，这幅水天相连、浩渺迷茫的吴江夜雨图，正好展现了一种极其高远壮阔的境界。

后两句中的"洛阳亲友如相问，一片冰心在玉壶"是指作者与友人分手之际，对友人的嘱托。洛阳在唐朝时是著名城市，也是政治、经济、文化的中心，那里有作者的亲朋好友。冰心是形容人的心地清明，如同冰块儿；玉壶，玉石制成的壶。六朝时期，诗人鲍照曾用"清如玉壶冰"（《代白头吟》），来比喻高洁清白的品格。这两句话的意思：你到达洛阳以后，那里的亲友如果问起你我的情况，你就这样告诉他们，王昌龄的一颗心，仍然像一块纯洁清明的冰盛在玉壶中。作者托辛渐给洛阳友人，带去这样一句话，是有背景的。当时作者因不拘小节，遭到一般平庸人物的议论，几次受到贬谪。这里，显然是作者在对那些污蔑之词作出回击，也是对最了解自己的友人作出的告慰，表现了他不肯妥协的精神。

自从开元宰相姚崇作《冰壶诫》以来，盛唐诗人如王维、崔颢、李白等都曾以冰壶自励，推崇光明磊落、表里澄澈的品格。作者在这里以晶莹透明的冰心玉壶自喻，正是基于他与洛阳诗友亲朋之间的真正了解和信任，这绝不是洗刷谗名的表白，而是蔑视谤议的自誉。因此王昌龄从清澈无瑕、澄空见底的玉壶中捧出一颗晶亮纯洁的冰心以告慰友人，这就比任何相思的言辞都更能表达他对洛阳亲友的深情。

即景生情，情蕴景中，那苍茫的江雨和孤峙的楚山，不仅烘托出作者送别时的孤寂之情，更展现了他那开朗的胸怀和坚毅的性格。屹立在江天之中的孤山与冰心置于玉壶的比象之间又形成一种有意无意的照应，令人自然联想到作者孤介傲岸、冰清玉洁的形象，使精巧的构思和深婉的用意融化在一片清空明澈的意境之中，所以浑然天成，不着痕迹，含蓄蕴藉，余韵无穷。

（周子健）

# 日出入行

## 李白

日出东方隈，似从地底来。
历天又入海，六龙所舍安在哉。
其始与终古不息，人非元气安得与之久徘徊。
草不谢荣于春风，木不怨落于秋天。
谁挥鞭策驱四运，万物兴歇皆自然。
羲和羲和，汝奚汩没于荒淫之波。鲁阳何德，驻景挥戈。
逆道违天，矫诬实多。吾将囊括大块，浩然与溟涬同科。


**主题诗句**　草不谢荣于春风，木不怨落于秋天。


作者李白（701—762），字太白，号青莲居士，被称为"谪仙人"，生于四川江油青莲乡（今四川青莲镇），一说生于西域碎叶城（今吉尔吉斯斯坦托克马克）。唐代伟大的浪漫主义诗人，被后人誉为"诗仙"，与杜甫并称为"李杜"。天宝二年（743），李白四十三岁，诏翰林院，故世称李翰林。其人爽朗大方，爱饮酒作诗，喜交友。他的诗想象丰富，构思奇特，气势雄浑瑰丽，风格豪迈，是唐代诗歌艺术的高峰。今有《李太白集》传世。

**注释**
①隈：山的曲处。②元气：中国古代哲学家常用术语，指天地未分前的混沌之气，被认为是最原始、最本质的因素。③四运：春夏秋冬四时。④羲和：传说中为日神驾车的人。⑤汩没：隐没。⑥荒淫之波：指大海。⑦鲁阳：《淮南子·冥览训》说，鲁阳公与韩构难，战酣，时已黄昏，鲁援

戈一挥，太阳退三舍（一舍三十里）。⑧大块：自然天地。⑨溟涬：谓元气。

**赏析**

汉代乐府中也有《日出入》篇，它咏叹的是太阳出入无穷，而人的生命有限，于是幻想骑上六龙成仙上天。李白的这首拟作一反其意，认为日出日落、四时变化，都是自然规律的表现，而人是不能违背和超脱自然规律的，只有委顺它、适应它，同自然融为一体，这才符合天理人情。

诗一共三次换韵，作者抒情言志也随着韵脚的变换而逐渐推进、深化。前六句，从太阳的东升西落说起，古代神话中讲到，羲和每日赶了六条龙载上太阳神在天空中从东到西行驶。然而李白却认为，太阳每天从东升起，"历天"而西落，这是其本身的规律而不是什么"神"在指挥、操纵。否则，"六龙安在"意谓：六条龙又停留在什么地方呢？太阳运行，终古不息，人非元气，是不能够与之同升共落的。太阳东升西落，犹如人之徘徊，形象生动。中间四句，是说草木的繁荣和凋落，万物的兴盛和衰歇，都是自然规律的表现，它们自荣自落，荣既不用感谢谁，落也不用怨恨谁，因为根本不存在某个超自然的"神"在那里主宰着四时的变化更迭。"谁挥鞭策驱四运"这一问，更增强气势，作者的回答是："万物兴歇皆自然。"回答是断然的，不是神而是自然。

最后八句中，李白首先连用了两个诘问句，对传说中驾驭太阳的羲和与挥退太阳的大力士鲁阳公予以怀疑，投以嘲笑。李白不单单是提出问题，更重要的是在回答问题。既然宇宙万物都有自己的规律，那么硬要违背这种自然规律（"逆道违天"），就必然是不真实的，不可能的，而且是自欺欺人的（"矫诬实多"）。照李白看来，正确的态度应该是顺应自然规律，同自然融为一体，混而为一，在精神上包罗和占有天地宇宙。人如果做到这一点，就能够达到与溟涬"齐生死"的境界了。

（褚宝增）

# 将赴成都草堂途中有作先寄严郑公五首（其四）

杜甫

常苦沙崩损药栏，也从江槛落风湍。
新松恨不高千尺，恶竹应须斩万竿。
生理只凭黄阁老，衰颜欲付紫金丹。
三年奔走空皮骨，信有人间行路难。

**主题诗句**　新松恨不高千尺，恶竹应须斩万竿。

作者杜甫（712—770），字子美，自号少陵野老，河南巩县（今河南巩义）人。少贫，举进士不第，困居长安。天宝末年，始官右卫率府胄曹参军。安史之乱中，自鄜州投奔肃宗朝廷，为叛军所获，掳往长安。后逃出长安，至凤翔谒肃宗，拜右拾遗。因上疏触怒肃宗，出为华州司功参军。关中饥荒，遂弃官去，辗转入成都，依剑南节度使严武，严武奏为参谋、检校工部员外郎。严武卒，无所依。蜀中乱，乃举家出三峡沿江东下。中途卒于耒阳，年五十九。后人尊为"诗圣"。与李白齐名，并称"李杜"。有《杜工部集》。

**注释**

①苦：忧虑。②沙崩：泥沙崩塌。③药栏：种药地边的栏杆。④恶竹：指妨碍松树生长的杂竹。⑤紫金丹：道家服用的一种丹药，传说人服用后可以益寿延年。

**赏析**

前两联是作者设想回成都后整理草堂之事，却给人以启迪世事的联想："常苦沙崩损药栏，也从江槛落风湍。"大意是说：自从离开草堂，常常焦虑沙岸崩塌，损坏药栏，现在恐怕连同江槛一起落到湍急的水流中去了。这虽是杜甫遥想离开成都之后，草堂环境的自然遭遇，但也体现了他对风风雨雨的社会现状的焦虑。"新松恨不高千尺，恶竹应须斩万竿。"当年杜甫离开草堂时亲手培植的四株小松，才"大抵三尺强"（《四松》），他很喜爱它们，恨不得它们迅速长成千尺高树；那到处侵蔓的恶竹，即使有万竿也要斩除。作者喜爱新松是因其俊秀挺拔，不随时态而变，他痛恨恶竹，是因恶竹随乱而生。这两句，其句外意全在"恨不""应须"四字上。杨伦在《杜诗镜铨》旁注中说：这两句"兼寓扶善疾恶意"，这是颇有见地的。这两句，深深交织着杜甫对世事的爱憎。正因为它所表现的感情十分鲜明、强烈而又分寸恰当，所以时过千年，至今人们仍用以表达对客观事物的爱憎之情。

后两联落到"赠严郑公"的题意上。"生理只凭黄阁老，衰颜欲付紫金丹。"生理，即生计。黄阁老，指严武。唐代中书、门下省的官员称"阁老"，严武以黄门侍郎镇成都，所以这样称呼。金丹，烧炼的丹药。这两句是说，作者的生计全凭严武照顾，衰老的身体也可托付给益寿延年的丹药了。这里意在强调生活有了依靠，疗养有了条件，显示了杜甫对朋友的真诚信赖和欢乐之情。最后两句，作者忽又从瞻望未来转到回顾过去，有痛定思痛的含义："三年奔走空皮骨，信有人间行路难。"杜甫自宝应元年（762）七月与严武分别，至广德二年（764）返草堂，前后三年。这三年，兵祸不断，避乱他乡，漂泊不定，人瘦得只剩皮包骨头了。杜甫过去常读古乐府诗《行路难》，等到身经其事，才知世事艰辛，人生坎坷。"行路难"三字，语意双关。一个"信"字，饱含着作者历经艰难困苦后的无限感慨。

（褚宝增）

## 左迁至蓝关示侄孙湘

韩愈

一封朝奏九重天,夕贬潮州路八千。
欲为圣明除弊事,肯将衰朽惜残年!
云横秦岭家何在?雪拥蓝关马不前。
知汝远来应有意,好收吾骨瘴江边。


**主题诗句**　欲为圣明除弊事,肯将衰朽惜残年!

作者韩愈(768—824),字退之,河南河阳(今河南孟州市)人。中唐官员,因韩氏的郡望为昌黎,故韩愈时常自称"昌黎韩愈",后世称"韩昌黎""昌黎先生"。长庆四年(824)病逝,追赠礼部尚书,谥号"文",世称"韩文公"。他是古文运动的领导者,因反对六朝以来的骈文偶体,提倡散体,被后人誉为唐宋八大家之首。有《韩昌黎集》。

### 注释
①侄孙湘:韩愈的侄孙韩湘,字北渚,韩愈之侄韩老成的长子。韩湘此时尚未登科第,远道赶来与韩愈同行。②弊事:政治上的弊端,这里指唐宪宗迎佛骨之事。③蓝关:蓝田关,又称峣关,在今陕西省蓝田县南。④瘴江:指潮州。当时岭南一带河流多瘴气,故称瘴江。

### 赏析
该诗写于韩愈遭贬官南迁途中。元和十四年(819)正月,唐宪宗派宦官到凤翔法门寺,把释迦牟尼佛的一节指骨迎入宫廷供奉,并送往各寺庙要求官员和百姓顶礼膜拜。时任刑部侍郎的韩愈认为此举劳民伤财,呈奏《论佛骨表》劝谏宪宗。宪宗大怒，意欲处死韩愈。在裴度等人的说情下，韩愈被贬为潮州刺史，责令即日上路。仓促之间，韩愈满怀悲愤之情孤身启程，前往距离京师长安足有八千里之遥的潮州。行至蓝田关时，侄孙韩湘赶来与他同行，韩愈写作此诗。

首联阐述冤屈缘由，即韩愈因上谏迎佛骨之事被贬去潮州做刺史，但他并不后悔自己的选择，在颔联表示若能替君主破除政治上的弊端，就不会吝惜自己老朽的性命，气魄雄浑。此句展现出作者老而弥坚的高尚品质和刚正不阿的胆识，坚信自己的政治主张是正确的，是对朝堂有利、对百姓有益的。颈联借景抒情，写韩愈行至秦岭，驻马蓝关，思念远在长安的家人亲眷，发出"云横秦岭家何在"的慨叹。此联还暗含韩愈对国事前路未卜的忧虑，以及英雄失路之悲。"好收吾骨瘴江边"是韩愈对赶来同行的韩湘心平气和的嘱托，从容地将后事托付给对方，却难掩因冤屈获罪的激愤苦闷之情。

韩愈曾写作《马说》，抒发知识分子怀才不遇的感慨和悲愤之情。而大雪寒天，他立马于蓝关无法前进，表面写马，实则喻人，表现出作者失路潦倒的悲哀苦闷。尾联紧扣第四句，借用《左传·僖公三十二年》记老臣蹇叔哭师时有"必死是间，余收尔骨焉"之语，感情沉痛而厚重。

该诗风格颇似杜诗，沉郁顿挫，气韵沉雄，感情深厚抑郁。在表现形式上，本诗体现出韩愈"以文为诗"的手法，既有文的特点，如直抒胸臆、"欲为"、"肯将"等虚词的使用，又兼有诗的特点，如形象塑造方面，于苍凉的景色中有作者自己的形象。该诗与《论佛骨表》一诗一文可称双璧，表现出韩愈思想的进步面。

（曹辛华）

## 寄洪与权

### 王令

剑气寒高倚暮空,男儿日月锁心胸。
莫藏牙爪同痴虎,好召风雷起卧龙。
旧说王侯无世种,古尝富贵及耕佣。
须将大道为奇遇,莫踏人间龌龊踪。

**主题诗句** 须将大道为奇遇,莫踏人间龌龊踪。

作者王令(1032—1059),字逢原,北宋诗人。他有治国安民之志,擅诗文,其诗风格奇崛豪放。至和元年(1054),在高邮拜识王安石,受其赏识,此后成为至交。嘉祐三年(1058),在常州病逝,年仅二十八岁。王安石《思王逢原》一诗有"妙质不为平世得,微言唯有故人知"之句,对他的才高命短、不为世用表示惋惜。

**注释**

①洪与权:作者之诗友。②剑气:《晋书·张华传》:"斗牛之间常有紫气,张华邀星象家雷焕仰视,焕曰:'宝剑之气,上彻于天耳!'"③痴虎:愚笨之虎。④卧龙:喻隐居或尚未崭露头角的人才。⑤富贵及耕佣:《史记·陈涉世家》中记载,"陈涉少时,尝与人佣耕,辍耕之垄上,怅恨久之,曰:'苟富贵,无相忘。'庸者笑而应曰:'若为佣耕,何富贵也?'陈涉太息曰:'嗟乎,燕雀安知鸿鹄之志哉。'"⑥大道:指孔孟主张的修身齐家治国平天下的大道义。

**赏析**

　　此诗的具体创作年份未知，是王令寄于好友而抒怀言志之作，表现了作者积极用世的大志和坚持道义的高尚情操。

　　起句挺拔洒落、气势不凡，写青年有识之士应有的风貌：充满豪情万丈，像宝剑一样腾光于高寒的暮空之中；作为七尺男儿，胸中当有怀抱日月的气魄，做到胸怀光明磊落。

　　颔联用两个积极的比喻与友人互相勉励，也借以抒发自己的雄心壮志："莫藏牙爪同痴虎，好召风雷起卧龙。"不要像痴虎那样自藏牙爪；而应似卧龙召唤风雷，以求行云施雨使天下人受到膏泽。

　　颈联承接上两句勉励之语，继续举例阐发义理以兹鼓励友人。"旧说王侯无世种，古尝富贵及耕佣。"典出《史记·陈涉世家》，陈涉曾发出"王侯将相宁有种乎"的壮言，是贫贱者伸志而成富贵英雄的典型人物。

　　最后，尾联中的"须将""莫踏"，语重心长，既以诲人，又是警己。大凡一个有志之士，不论是出世还是入世，总是坚守着自己所信仰的"道"，出则要谨记济世泽民，入则要做到宏材敏识、伟节高行、特立于一时。"须将大道为奇遇，莫踏人间龌龊踪"是王令一直以实现大道自期的人生格言。他希望有一天能够遭逢奇遇，见用于朝廷，而用则必须符合"大道"。所谓大道，就是儒家所谓"可以任世之重而有功于天下"的道理。如果是苟且委身，不义而取富贵，那是不可取的。作者对那种钻营谋取私利的龌龊行径是严厉鄙视弃之的。

　　总而言之，这首诗是写给友人的言志诗，也是励志诗。全诗意气高昂，感情充沛，句句出自肺腑，憾人心弦。作者积极渴求有用于世，立志奋发上进的形象也跃然纸上。

（刘勇刚、梅国春）

# 病牛

李纲

耕犁千亩实千箱,力尽筋疲谁复伤?
但得众生皆得饱,不辞羸病卧残阳。

**主题诗句** 但得众生皆得饱,不辞羸病卧残阳。

作者李纲(1083—1140),字伯纪,邵武(今属福建)人。宋徽宗政和二年(1112)进士。金兵围汴京时,以尚书右丞任亲征行营使,登城督战,击退金兵。但不久受到投降派的排挤。高宗即位后,一度被起用为宰相,在职仅七十余日,又遭贬斥。他一生坚决主张抗金。著有《论语详说》《靖康传信录》《梁溪集》等。

**注释**

①耕犁:耕田犁地。②实:装满。③但得:只要能使。④羸病:衰弱生病。⑤卧残阳:卧倒在夕阳中。

**赏析**

这是一首咏物的七言绝句诗。

古代没有拖拉机,农民主要靠牛拉犁来耕翻土地。

全诗写一头牛年复一年地辛勤劳作,所耕土地及该土地所产出的粮食已不可胜数。它老了,病了,筋疲力尽了,卧倒在夕阳中。可是又有谁哀怜它呢?尽管如此,它却无怨无悔,因为它唯一的心愿是让人们都能吃饱饭。

牛,是人类驯化的牲畜。它哪里有思想?更不用说如此之高的精神追求。明眼人一读便知，此诗言在此而意在彼，名为咏物，实为自喻，分明是借"病牛"来抒发传统士大夫以天下苍生为己任的淑世情怀。

咏物，是中国古代诗歌的传统题材。有些咏物诗没有寄托，为咏物而咏物，咏物而止于物，别无深意。因此，它们的书写策略是"形似"，多以惟妙惟肖地摹写所咏之物的外观为能事。但这不是中国古代咏物诗的主流。其主流是有寄托的，醉翁之意不在酒，咏物而不止于物，咏物只是手段，其终极指向是"人"。因此，它们的书写策略往往是"遗貌取神"。明乎此，我们就能理解为什么此诗不纠缠于"病牛"的外观，不浪费一点笔墨来对"病牛"的形貌作细节刻画，而致力于赋予"病牛"以高尚之士的灵魂。

作者的一生，是自强不息的一生。但他的自强不息，并非追求一己的功名利禄，而是为国家、民族与人民鞠躬尽瘁，虽"力尽筋疲""羸病卧残阳"而在所不辞。崇高的人格加上高妙的写作艺术，成就了这首励志的好诗。

（钟振振）

# 夏日绝句

李清照

生当作人杰,死亦为鬼雄。
至今思项羽,不肯过江东。

**主题诗句** 生当作人杰,死亦为鬼雄。

作者李清照(1084—约1151),号易安居士,宋代女词人,齐州章丘(今山东济南)人。其善诗文,尤以词名,作词清新自然,音律协婉,风格独特,称"易安体"。诗词风格以南渡为界,前期风格清新明快,细腻婉转,后期融入家国兴亡之感,偏沉郁凄楚。其论词强调协律,崇尚典雅,提出词"别是一家"之说,反对以诗文为词。所作《词论》是宋代第一篇比较系统的词学理论著述。现存《漱玉词》辑本,今人辑有《李清照集校注》。

**注释**

①夏日绝句:又名《乌江》。②鬼雄:鬼中英雄。屈原《九歌·国殇》:"身既死兮神以灵,子魂魄兮为鬼雄。"③江东:指江南,项羽随叔父项梁起兵于江东会稽郡吴中。

**赏析**

这是一首五言绝句,构思精巧,连用典故却又明白如话,文字简短却又情感厚重,作者更是以闺阁身作丈夫语,不愧为李清照作品中广为传诵的名篇。

此诗是李清照行至乌江时所作,而乌江正是西楚霸王项羽自刎之处,站在这样的故地,辗转流亡的李清照不禁感慨万分。项羽垓下战败,逃至乌江，乌江亭长劝其赶快渡江，以图保全自身，而后可以重整旗鼓，东山再起。而项羽却自觉江东兄弟信任自己，跟随自己征战，而今八千人却已无一人生还，自己已然没有颜面再去见江东父老，遂自刎乌江。后人历来为其选择扼腕痛惜，杜牧也道"江东子弟多才俊，卷土重来未可知"，似乎都道霸王不应命丧于此，而应退守江东以成就大业。而易安连用"人杰""鬼雄"来盛赞其宁为玉碎、不为瓦全的英雄气概。这是为何？原是借旧事来讽喻今时。

古有项羽这般英雄，面对强敌凛然不惧，即便没有了兵甲，尚且不选择苟且偏安。而今日赵宋王朝虽然经历靖康之变，但金兵根基不稳，黄河南北尚有大片州郡在宋人之手，若重整旗鼓未必不能重建功业。但高宗赵构仓皇南迁。对项羽的讴歌无异于对宋室的贬斥，宋高宗贪生无能，把国土拱手相让，弃尊严于不顾，实在愧为一国之君。在那个时代，李易安吟出了作为百姓对英雄的期待，那就是面对入侵者敢于英勇对战，敢于奋力拼搏的气魄。全诗连用三个典故却让人不觉堆砌，诗作仅四句，二十字，却慷慨刚健，饱含沉重的情感，发人深思。

李清照的词以情致婉约著称，而这首诗却写得慷慨豪壮。沈曾植曾评价李清照说："易安倜傥，有丈夫气，乃闺阁中之苏、辛，非秦、柳也。"确实，若不知作者，我们很难将这般豪迈之语与柔弱的女子联系在一起。"至今"二字由历史感怀拉回现实，一个"思"字，又点出了她经历坎坷磨难，沧桑漂泊之后的志向，那就是追思项羽"不肯过江东"的精神，可杀而不可辱的气节，痛斥偏安的宋朝统治者苟且懦弱，显示出巾帼风骨。

（刘勇刚、栗江漫）

# 书愤五首（其二）

陆游

白发萧萧卧泽中，只凭天地鉴孤忠。
厄穷苏武餐毡久，忧愤张巡嚼齿空。
细雨春芜上林苑，颓垣夜月洛阳宫。
壮心未与年俱老，死去犹能作鬼雄。

**主题诗句** 壮心未与年俱老，死去犹能作鬼雄。

作者陆游（1125—1210），字务观，号放翁，越州山阴（今浙江绍兴）人，宋徽宗时尚书右丞陆佃之孙。陆游一生经历徽宗、钦宗、高宗、孝宗、光宗、宁宗六朝，深受爱国忠君思想影响，以"上马击狂胡，下马草军书"为毕生之志，是南宋著名的文学家、史学家、爱国诗人，被称为"南宋四大家之一"。有《剑南诗稿》八十五卷。

**注释**

①书愤：书写自己的愤恨之情。书：写。②泽中：陆游所住三山别业，南为鉴湖，北为大泽（今为蜻蜓湖），故云。③只：只有。④厄穷苏武：《汉书·苏武传》中记载，"乃幽武，置大窖中，绝不饮食。天雨雪，武卧啮雪，与毡毛并咽之。……其冬，丁令盗武牛羊，武复穷厄。"厄穷，即穷厄，困穷。⑤忧愤张巡：安史之乱时，张巡与许远共守睢阳，内无粮草，外无援兵，坚守数月，城破被害。⑥上林苑：秦时宫苑名，在陕西省。泛指皇家园林。

## 赏析

陆游著有《书愤》组诗五首，其二作于宋孝宗淳熙十三年（1186），当时作者闲居山阴三山别业。陆游蛰居乡曲，但恢复中原的理想、杀敌报国的情思时时涌上心头，然而现实无奈，报国无门，因此创作此诗抒发满腔的悲愤。

首联抒发了作者满怀豪情、壮志难酬和一片忠心不被人理解的愤懑。陆游年纪六十有余，头发稀疏花白，赋闲在家，居于山阴三山别业的鉴湖旁，心事无人能够理解，只有悠悠天地能鉴察我报国无门的忠肝义肠。

颔联中有"苏武餐毡""张巡嚼齿"两个典故。作者借两位爱国英雄来自比，"久"表达怀抱忠诚时间之长，"空"表达痛恨敌人，志在恢复却理想落空的悲愤。

颈联中的"上林苑"，指汉时旧苑。它和下句的"洛阳宫"，在这里都用来代指北宋皇宫。如丝的春雨飘洒在上林苑的乱草上，清冷的夜月照见了洛阳宫的断壁残垣。这两句转向景色描写，曾经宏伟庄严、无限繁华的北宋皇宫，如今杂草丛生，春雨飘洒，已成为破壁残垣的废墟。这两句景色描写饱含感慨，为尾联的抒怀作铺垫，营造氛围。

尾联"死去犹能作鬼雄"出自屈原《九歌·国殇》："身既死兮神以灵，子魂魄兮为鬼雄。"李清照也曾化用为"生当作人杰，死亦为鬼雄"，与陆游忠贞报国的决心是如出一辙的。

全诗发"愤"为诗，基调慷慨激昂，笔力苍劲雄壮。陆游《澹斋居士诗序》说："盖人之情，悲愤积于中而无言，始发为诗。"这种写作思想与孔子"诗可以怨"、司马迁"发愤著书"、杜甫"沉郁顿挫"的精神一脉相承。陆游的这首《书愤》以及其他的爱国诗篇，就是这种炽烈的爱国"孤愤"之真实情感的流露。

（江合友）

## 出塞曲二首（其一）

张琰

腰间插雄剑，中夜龙虎吼。
平明登前途，万里不回首。
男儿当野死，岂为印如斗。
忠诚表壮节，灿烂千古后。

**主题诗句** 忠诚表壮节，灿烂千古后。

作者张琰（1190—1276?），字汝玉，广陵（今江苏扬州）人。南宋末诗人，颇有操守和气概。曾任补州牙兵，随淮东制置使李庭芝被困突围时，为元兵追及，战死。事见清嘉庆十五年（1810）《重修扬州府志》卷四十九。

**注释**

①雄剑：传说春秋时期越国工匠干将铸有雌雄二剑。宝剑夜鸣，喻男儿仗剑卫国之志。②中夜：半夜。③龙虎吼：传说中的剑鸣之声。④野死：死于野外，即战死沙场。⑤印如斗：斗大的印章。这里用以比喻高官厚禄。⑥壮节：壮烈的气节。⑦千古：千秋万古。

**赏析**

作者曾在淮东制置使李庭芝部下当州牙兵，即麾下掌旗的兵。元兵破扬州城后，众将士逃散，唯有张琰一人奋力抵抗，终于寡不敌众，壮烈牺牲。《出塞曲》组诗共两首，这是第一首，采用乐府古题的形式，叙写军旅生活，表达了忠诚祖国、顽强抗敌的爱国精神。

这首诗以描写出征为中心,抒写从军参战的目的。历史上扬州当南北要冲之地,为抵抗异族入侵,皆有爱国将士英勇牺牲。宋末名将李庭芝即在扬州殉国。作者为扬州人,是李庭芝部下,也壮烈牺牲在扬州守城的战役中,以具体的行动践行了其忠贞报国之壮志。

首二句"腰间插雄剑,中夜龙虎吼"。雄剑是传说中干将所铸宝剑之一,这里指代上等好剑,装备精良。"中夜"即半夜。腰间插着一把宝剑,半夜发出龙虎般的怒吼,以此形容腰插雄剑的将士奋力杀敌的豪情壮志。接下来三四句"平明登前途,万里不回首",黎明时登上征途,昂然向前,出征万里,绝不回头。"平明"点明出征的时间,黎明出征,行军匆匆。"万里"漫漫行军路,条件艰苦。"不回首",体现了行军将士坚定决绝的保卫国家的意志。

五六句"男儿当野死,岂为印如斗"。好男儿理应战死沙场,哪里是为了高官厚禄?用反问句加强了语气,更表明了作者捐躯赴国难的坚定信念。因为张琰有"男儿理应战死沙场"的价值观,所以在艰苦的行军条件下也无怨无悔;因为作者参战不为高官厚禄,拒绝个人利益,所以才有如此决绝的报国之志。高适《塞下曲》:"万里不惜死,一朝得成功。画图麒麟阁,入朝明光宫。"尚有明显的功名追求,此诗则表达只为报国,毫无私心,其爱国形象高大伟岸,照耀后人。末二句"忠诚表壮节,灿烂千古后",正面表明自己忠诚的报国心,其视死如归、甘愿牺牲的壮烈节概,令人动容。作者愿意让这种精神教育后人,光耀千古,给子孙后代以无穷力量。

(江合友)

## 望阙台

戚继光

十年驱驰海色寒,孤臣于此望宸銮。
繁霜尽是心头血,洒向千峰秋叶丹。

**主题诗句**　繁霜尽是心头血,洒向千峰秋叶丹。

作者戚继光(1528—1588),字元敬,号南塘,晚号孟诸,登州(今山东蓬莱)人。明朝抗倭名将,民族英雄,杰出的军事家、书法家、诗人。出身将门。万历十六年(1588)卒于家,谥号"武毅"。著有《纪效新书》《练兵实纪》《止止堂集》等。

### 注释

①望阙台:在今福建省福清市,是戚继光亲自命名的一个高台。阙,指皇帝住处。②十年:指作者调往浙江,再到福建抗倭这一段时间。从嘉靖三十四年(1555)调浙江任参将,到嘉靖四十二年(1563)援福建,任总督,前后十年左右。③孤臣:远离京师,孤立无援的臣子,此处是自指。

### 赏析

明嘉靖年间,戚继光抗击倭寇,打击海盗,转战于闽、浙、粤之间,先后调任浙江参军、福建总督。十年间屡立战功,基本扫清倭寇。这首诗即作者任福建总督时作。

前两句总写十年抗倭经历,交代登临望阙台的动机。上句写戚继光转战东南,在苍茫海域内东征西讨,艰苦卓绝。"寒"字指苍茫清寒的海色,同时也暗示旷日持久的抗倭斗争非常艰难困苦，为下文"孤臣"作了铺垫。下句写登临，"望宸銮"，交代登临的动机。"孤臣"，主要是写其当时处境和登望阙台时复杂矛盾的心情。战斗艰苦卓绝，而远离京城的将士却得不到朝廷的足够支持，因此他心中充满矛盾。他渴望表白自己的赤诚之心，希望得到朝廷的大力支持。在这种矛盾心情的驱使下，忧心忡忡的英雄登上望阙台，北望远方的宫阙，一是表白自己为国效力的忠诚赤胆；二是希望得到朝廷的理解，希望皇帝对抗倭斗争给予足够的重视和支持。作者孤独的身影，与其内心的报国热情形成鲜明对比，他内心的矛盾得到了立体的与多角度的细微呈现。

后两句借景抒情，表达了自己忠君爱国的深沉情怀。作者登上望阙台，眺望四方，赫然发现，千峰万壑，秋叶流丹。这满山的红叶，都像是他满腔心血所染红的。尽管朝廷对抗倭事业支持力度有限，给戚继光增加了困难和阻力，令他多少有些心寒，故以"繁霜"比喻心血。但即便这样，作者保家卫国，满腔热血，执意也要把千山万岭的秋叶染红。他轻视个人的名利得失，而对国家、民族有着强烈的责任感和使命感，哪怕自己遭遇不公，也仍然忠心耿耿，护国抗倭。戚继光这种崇高的思想境界，高尚的爱国情怀，尽管不无失意之感，却使这首诗具有高雅的格调和感人至深的艺术魅力。

这首诗用比拟之法，以繁霜比喻自己的心血，冷热交叠，相反相成，形象生动，在艺术表现上极富感染力。海色之寒，忠臣之孤，繁霜之冷，心血之热，秋叶之红，自然融合，慷慨中有苍凉，令人惊心动魄。诵读其诗，如闻其声，如见其人，一个正心诚意、忠诚爱国的将领形象跃然纸上。

（江合友）

## 野营

陈毅

恶风暴雨住无家，日日野营转战车。
冷食充肠消永昼，禁声扪虱对山花。
微石终能填血海，大军遥祝渡金沙。
长夜无灯凝望眼，包胥心事发初华。


**主题诗句**　微石终能填血海，大军遥祝渡金沙。

作者陈毅（1901—1972），字仲弘，四川乐至人。1923年加入中国共产党。历任中国工农红军第四军第十二师师长、第二十二军军长、新四军军长、第三野战军司令员、上海市市长、国务院副总理、外交部部长等职。中国人民解放军创建人和领导人之一，军事家。中华人民共和国十大元帅之一。1972年1月6日，在北京因病去世。1977年《陈毅诗词选集》出版。

**注释**

①扪虱：潇洒，从容不迫。《晋书·王猛传》："谈当世之事，扪虱而言，旁若无人。"②微石终能填血海，大军遥祝渡金沙：用"精卫填海"典故，精诚所至，大海也能填平。金沙，指金沙江。这里以渡金沙代指取得长征胜利。中国红军长征是1936年10月才取得完全胜利，本诗作于1936年春，故用"祝"。③包胥：即申包胥，春秋时楚国大夫。吴侵楚，申包胥往秦国求救，痛哭七日，终获救兵。《左传·定公四年》：（申包胥）"立，依于庭墙而哭，日夜不绝声，勺饮不入口七日。"④发初华：头发开始变白。

**赏析**

　　这首诗作于 1936 年春。野营，即野外宿营。红军长征时，陈毅留在赣粤边进行游击战争，环境非常艰苦，野外宿营是很经常的事。首联紧扣题目，写野营。狂风暴雨，无家可归，每天都要更换好几次宿营地。"恶风暴雨"一语双关，既指自然界的风雨，也指敌人的残酷"围剿"。陈毅曾说："整年整月的时间，我和我的同伴都没有房子住，在野外露宿。大风大雨大雪的日子，我们都在森林和石洞里度过……敌人采取搜山、烧山移民、封坑、包围、'兜剿'等等手段，进行最残酷的'围剿'。"（《陈毅诗词选集》，人民出版社 1977 年版）1936 年夏，陈毅在《赣南游击词》中写道："天将午，饥肠响如鼓。粮食封锁已三月，囊中存米清可数。野菜和水煮。"颔联具体描写野外宿营的生活。吃不了热饭，只有吃点冰冷的食物，来度过漫长的白天黑夜。这里的"永昼"，也包括黑夜。"禁声"，是因为有敌人在扫荡。"扪虱"，有从容不迫的意思，更多的是反映当时战士们无法洗澡、换衣服的恶劣生活环境。颈联为转联，言志，拓宽诗歌的意境。精卫衔微石，终能平沧海，表现了作者要从"血海"中拯救中华民族的坚强决心。精诚所至，金石为开。用"血海"不用"沧海"，既有格律方面的原因，同时也反映了当时战斗的残酷。尾联"长夜无灯"，再次呼应"野营"的诗题，用申包胥哭秦庭的典故，再次表明自己不达救国人于水火的目的决不罢休的决心。"发初华"，当时陈毅只有三十五岁，是不应该生白发的年龄，但生出了白发，体现了他对国事的深沉忧虑。

　　在艺术上，这首七律是现实主义和浪漫主义结合的作品，既有现实"恶风暴雨住无家"的残酷，又有理想"微石终能填血海"的浪漫。现实描写真切，对未来的展望充满热情。该诗用了"扪虱"、精卫填海、包胥哭秦庭三个典故，言简义丰，耐人寻味。

（刘兴超）

明理修身

# 登鹳雀楼

### 王之涣

白日依山尽，黄河入海流。
欲穷千里目，更上一层楼。

**主题诗句** 欲穷千里目，更上一层楼。

作者王之涣（688—742），字季凌，绛州（今山西新绛一带）人。年少时有豪侠气，击剑悲歌。后折节为文学，声誉日振。他是盛唐著名诗人，其诗善于描写边塞风光，多入乐歌唱，名动一时。今存诗六首，皆五七言绝句，其代表作有《登鹳雀楼》《凉州词》等。

**注释**
①鹳雀楼：又名鹳鹊楼，始建于北周。楼高三层，有鹳雀栖息其上，故名。旧楼原在今山西永济市西黄河中的高阜上，后被河流冲毁。今楼系1997至2002年重建，在黄河东岸。

**赏析**
世界上的楼有很多，很多楼毁就毁了，为什么鹳雀楼要重建呢？就是因为王之涣的这首五言绝句，实在太精彩、太有名了。

建筑再宏伟，再美轮美奂，也只是躯壳；而文化、文学之美，才是灵魂。有了灵魂，建筑方能不朽。无论它"死"多少次，"死"多少年，后人终究是会让它"复活"的。

绝句并不要求对仗，而此诗两句都用了对仗。前一句并列，一看便知是对仗；后一句为"流水对"，两句如流水连贯，不能分割，若不注意，还真看不出来它也是对仗。对仗句写不好，容易呆板、滞塞。该篇却写得自然流走，一气呵成。作者不愧是对仗的高手。

"白日依山尽"，那"山"是永济南面的中条山，还有更南面的秦岭。由于山体高大，落日尚未变红就隐没在山背后了，所以称"白日"。

"黄河入海流"，黄河在永济城西，由北而南，绕到中条山背后，折而向东，直奔大海。

这两句诗境界阔大。日落于极西，海则在最东。在鹳雀楼上，固然看得到落日、看得到黄河，却看不到大海。但这并不妨碍作者的想象——依据常识，黄河终究是要流入大海的。王之涣将诗意的视线一直延伸到海，就使得这一联对仗的张力达到极限。

勾勒祖国大好河山的名句，历代多有，而最简洁、最明快、最宏观且最壮观的，不说非此莫属，也可说他人难以企及了。

一般登临眺望之诗，多先叙登临之事，后写眺望之景。本篇却倒载而入，先写眺望之景，后叙登临之事。"欲穷千里目，更上一层楼"，可见前两句是在二层楼上所见的景象。要想看得更远，就得更上层楼——也就是登上最高一层楼。这就不仅是叙事了，更是抒怀，是揭示人生的哲理。

眼界的扩大，有赖于人生境界的提高。整首诗的灵光，在作者的胸襟，在其胸襟所折射出的"盛唐气象"，写景艺术的高妙毕竟还是次一位的。

（钟振振）

# 望岳

### 杜甫

岱宗夫如何？齐鲁青未了。
造化钟神秀，阴阳割昏晓。
荡胸生曾云，决眦入归鸟。
会当凌绝顶，一览众山小。

**主题诗句** 会当凌绝顶，一览众山小。

作者杜甫（712—770），字子美，自号少陵野老，河南巩县（今河南巩义）人。少贫，举进士不第，困居长安。天宝末年，始官右卫率府胄曹参军。安史之乱中，自鄜州投奔肃宗朝廷，为叛军所获，掳往长安。后逃出长安，至凤翔谒肃宗，拜右拾遗。因上疏触怒肃宗，出为华州司功参军。关中饥荒，遂弃官去，辗转入成都，依剑南节度使严武，严武奏为参谋、检校工部员外郎。严武卒，无所依。蜀中乱，乃举家出三峡沿江东下。中途卒于耒阳，年五十九。后人尊为"诗圣"。与李白齐名，并称"李杜"。有《杜工部集》。

**注释**

①岱宗：泰山又名岱山，为五岳之首，诸山所宗，故称。②夫：古汉语发语词，无实义。③造化：指大自然及其创造者。④钟：聚集。⑤曾云：重叠的云。⑥决：裂。⑦眦：眼眶。⑧会当：定要。

**赏析**

唐玄宗开元二十四年（736），杜甫北游今山东，遥望东岳泰山，写下了这首雄视百代的五言古体诗。

此诗开门见"山",直奔主题。起句设问:泰山是什么样子?顿时便抓住读者,将他们拉进自己的诗境里来。次句自答:它苍翠着整个山东大地,绵延不绝!今山东地域在春秋时期分属齐、鲁两国,齐在泰山北,鲁在泰山南。"青",用作动词,炼字精悍。"未了",不曾完结。泰山山脉之大,非远观不能领略,这就缴出了题中的那个"望"字。

第三句谓上苍对泰山特别眷顾,集神奇秀丽于其一身。这是对泰山的高度赞美。第四句,山北为"阴",山南为"阳";日落为"昏",日出为"晓"。此句夸张泰山的高大,说它割断了夜晚与白昼。"割"字下得老辣、生新。这两句仍然从大处落墨,对泰山作宏观描述。

以上四句,重心在"岳";五六两句,重心转移到"望岳"的"我"。是说远望泰山,云气缭绕,胸中仿佛也有重云生成并激荡;瞪大眼睛,目送鸟儿归山,直到它们没入苍茫山色,眼眶都快要瞪裂。这两句,特别是"决眦"句,刻画自己"望岳"的情态极为传神。

古体诗并不要求对仗,律诗才要求中间两联对仗。该篇三、四、五、六句是两联工妙的对仗,融律体入古体,尤见作者融会贯通的文学才力。

"决眦"句中,那"归鸟"已将作者的诗心从远望之处牵引到了山中,与他心仪的泰山"零距离接触"了,于是末尾便水到渠成地由"望岳"自然延伸到"立志登岳"。"会当"二句是说:我定要登上泰山的顶峰,俯视那矮小的群山!这正是《孟子·尽心上》"(孔子)登太山而小天下"云云的诗意表达。卒章显志,青年杜甫用最高亢的音调唱出了他的人生理想与追求。

此前不久,杜甫刚经历了进士考试失利的挫折。但他"穷且益坚,不坠青云之志"(唐王勃《滕王阁序》),仍保持着积极乐观、奋发向上的锐气。凭着这股锐气,尽管终其一生也未能实现自己的政治抱负,但至少在诗歌创作上,他为我们中华民族树立了一座文学的"泰山"!

(钟振振)

# 戏为六绝句（其二）

杜甫

王杨卢骆当时体，轻薄为文哂未休。
尔曹身与名俱灭，不废江河万古流。

**主题诗句**　尔曹身与名俱灭，不废江河万古流。

## 注释

①王杨卢骆：指初唐四杰王勃、杨炯、卢照邻、骆宾王的合称。四杰齐名，原并非指其诗文，而主要指其骈文和赋，后遂主要用以评其诗。
②哂：讥笑。

## 赏析

清人李重华在《贞一斋诗说》里有段评论杜甫绝句诗的话："七绝乃唐人乐章，工者最多。……李白、王昌龄后，当以刘梦得（刘禹锡）为最。缘落笔朦胧缥缈，其来无端，其去无际故也。杜老七绝欲与诸家分道扬镳，故尔别开异径。独其情怀，最得诗人雅趣。"他说杜甫"别开异径"，在盛唐七绝中走出一条新路子，这是熟读杜甫绝句的人都能感觉到的。除极少数篇章如《赠花卿》《江南逢李龟年》等外，他的七绝确是与众不同。

首先，从内容方面扩展了绝句的领域。一切题材，感时议政，谈艺论文，记述身边琐事，凡是能表现于其他诗体的，杜甫同样用来写入绝句小诗。其次，与之相联系的，这类绝句诗在艺术上，它不是朦胧缥缈，以韵致见长的作品；也缺乏运用于管弦的唱叹之音。它所独开的胜境，在于触机成趣，妙绪纷披，显得情味盎然，如同和读者围炉闲话，剪烛谈心；无论是感慨唏嘘也好，还是嬉笑怒骂也好，都能给人以亲切、真率、恳挚之感，使读者如见其人，如闻其声。朴质而雅健的独特风格，是耐人咀嚼不尽的。

《戏为六绝句》就是杜甫这类绝句诗标本之一。以诗论诗，最常见的形式是论诗绝句。它，每首可谈一个问题；把许多首连缀成组诗，又可表现出完整的艺术见解。在中国诗歌理论遗产中，有不少著名的论诗绝句，而最早出现、最有影响的则是杜甫的《戏为六绝句》。

这首绝句，是为不能正确对待初唐四杰的历史作用而写的。"王杨卢骆当时体"，杜甫说王杨卢骆为当时文体，它们胜于六朝的浮艳空谈风气，但尚未形成盛唐的现实作风系统文体。他们承前启后，只是过渡人物。由于时代的局限，他们只能做到如此地步。"轻薄为文哂未休"，可当时人就抓住他们的尚未成熟和不足之处大做文章，讥笑不休，说什么"浮躁浅薄"、"鬼点簿"（讥嘲诗文中滥用古人姓名或堆砌故实的作者）、"算博士"（讥嘲诗文中好使用数字的作者），等等。大浪淘沙，"尔曹身与名俱灭"，历史证明，那些无端哂笑者自己才是浅薄者，是匆匆的历史过客，统统身死名灭。"不废江河万古流"，而初唐四杰定能得到历史的肯定，他们的声名，就像江河之水，万古长流。历史会惊人地重复。杜甫死后若干年，也有人嗤点李白与杜甫，对他们的作品妄加评论，得到的也是同样的结果，"李杜文章在，光焰万丈长"，那些哂笑者却是"蚍蜉撼大树"，身与名俱灭。

（褚宝增）

## 不寐

### 许浑

到晓不成梦,思量堪白头。
多无百年命,长有万般愁。
世路应难尽,营生卒未休。
莫言名与利,名利是身仇。

**主题诗句** 莫言名与利,名利是身仇。

作者许浑(约791—约858),字用晦,一作仲晦,祖籍安州安陆(今湖北安陆),寓居润州(今属江苏镇江)。文宗大和六年(832)进士及第。他是晚唐最具影响力的诗人之一,其一生不作古诗,专攻律体,所作五七律尤多,句法圆熟工稳,声调平仄自成一格,即所谓"丁卯体"。其诗现存五百首左右,题材以怀古、田园诗为佳,艺术则以对仗工稳、诗律纯熟为特色。晚年时许浑归润州丁卯桥村舍闲居,自编诗集曰《丁卯集》。

**注释**

①晓:清晨。梁简文帝《侍游新亭应令》:"晓光浮野映,朝烟承日回。"②思量:考虑、忖度。③百年:人寿百岁。④世路:人世间的道路,指人们一生处世行事的历程。唐杜甫《春归》诗:"世路虽多梗,吾生亦有涯。"⑤营生:谋生。晋陆机《君子有所思行》:"善哉膏粱士,营生奥且博。"⑥身仇:与身为仇。

**赏析**

这是许浑晚年的诗作,表现了作者在历尽沧桑之后的淡泊心态。许浑是武后朝宰相许圉师六世孙，一生宦海浮沉，晚岁所作诗歌常蕴含作者的自省精神，充满悲凉凄楚的氛围。该诗言语平直，富于生活的哲理，是其警醒之作的典范。

《不寝》以明理修身为其主题，从题材上看，该诗偏于阐述生活化的哲理，作者在其中细致地描述平凡的生活、细腻地展示了关于个人穷通的心理感受。在艺术上，许浑于诗作的艺术表现方面，展示出独特的审美境界。首先，在意境创造上，《不寝》用白描方法勾勒出鲜明生动的人物形象，抒发个人的愤懑和无奈，营造出凄然的意境。其次，在语言上，该诗具有质朴平淡的特征，传达出遒劲而浑厚的风情。

首句"到晓不成梦"，直言夜不能寐，表达追逐名利所带来的苦楚，"思量堪白头"，过分思虑使人憔悴不已，甚至生出白发；"多无百年命"句表现出人生之烦恼，短促的寿命与长久的忧愁相比较，尤显得生活之残酷。前三联是作者在彻夜"思量"后总结的人生轨迹，"莫言名与利，名利是身仇"则是对生命的憬悟，世人常常为了名利而伤害自己的身体乃至于性灵。作者结算平生，得出结论：一个人只有平淡地对待名利，才算是善待自己的身心。

但这首诗不是完全表现出消极情绪的，淡泊地对待名利与积极入世并不矛盾。如同诸葛亮《诫子书》中所言"非澹泊无以明志，非宁静无以致远"，放不下心中的物欲追求，做不到淡泊名利、心平气和，就会难有大成。这句的意思是要求自己心境平稳沉着、专心致志，才能厚积薄发、有所作为。所以，我们应该辩证地看待这首诗。

（曹辛华）

# 天道

冯道

穷达皆由命,何劳发叹声。
但知行好事,莫要问前程。
冬去冰须泮,春来草自生。
请君观此理,天道甚分明。

**主题诗句**　但知行好事,莫要问前程。

作者冯道(882—954),字可道,号长乐老,瀛洲景城(今河北沧州)人。五代时期政治家,是大规模官刻儒家经籍的创始人。五代时历仕四朝十帝,以他的勤奋好学得到信任,为官场"不倒翁"。虽长期为显宦,但始终保持农儒本色,在五代文武分治的大背景下,冯道的作为没有违反儒臣立身的基本原则。后周显德元年(954)四月,冯道病逝,追封瀛王,谥号"文懿"。

**注释**

①穷达:困顿与显达。宋王禹偁《寄主客安员外十韵》:"穷达君虽了,沉沦我亦伤。"②前程:前面的路程,旧指读书人或官员所企求的功名,现指未来在功业上的成就。③冰须泮:冰终会融化。④天道:万物的规则、万物的道理,一切事物皆有一定的规则。

**赏析**

贫穷富贵都是天意,无须长吁短叹。只管做好事就是了,不要去考虑个人的功名利禄。不要对结果期待过高,而要享受过程。只问耕耘,不问收获。只要耕耘了,自然会有收获。即使没有收获也不要紧,因为耕耘本身就是一件令人快乐的、有意义的事情。冬去春来，冰消草长，此自然之理也。要是能参悟这个道理，就能把世间万事万物都看透彻了。

诗题"天道"，指自然界变化的规律。《庄子·庚桑楚》云："夫春气发而百草生，正得秋而万宝成，夫春与秋，岂无得而然哉？天道已行矣。"这大概就是作者的本意，表现了他乐天知命、与人为善的心态。冯道是五代时期的四朝元老，官场"不倒翁"，人称"长乐老"。这首诗就是他处世哲学的写照。

古人讲"穷则独善其身，达则兼济天下"（《孟子·尽心上》），意思是一个人在不得志的时候，就要洁身自好，注重提高个人修养和品德；一个人在得志显达的时候，就要想着把善发扬光大，有惩恶扬善之意。故此"穷达皆由命"不完全是消极的态度。

随着时间的推移，"穷"与"达"的概念渐趋宽泛，含义很深，意味深长。从人的才华与能力来看，"穷"应该指才华能力不足，有不及的味道，"达"应该指才华能力富余，有学而优则仕中"优"的味道；从个人的生命状态来看，人生有得意之时也有不得意之时，坎坷波折是避免不了的。就这个层面而言，是指人生得意之时为"达"，人生失意之时为"穷"，此时的"穷"有"穷途末路"之"穷"味；还有能力四通八达之"达"，也就是全面发展、综合素质比较全面的概念。在另一个层面上的意思是，"穷"与"达"意指生命个体的外部环境而言，外在环境良好即"达"，有"通达"之意，外部环境恶劣即"穷"，此时独善其身就有了自保之意。穷则变，变则通，通则达，权变才是万事通达之法。如此，可知穷达之深意。

（曹辛华）

# 秋 日

### 程颢

闲来无事不从容,睡觉东窗日已红。
万物静观皆自得,四时佳兴与人同。
道通天地有形外,思入风云变态中。
富贵不淫贫贱乐,男儿到此是豪雄。

**主题诗句** 富贵不淫贫贱乐,男儿到此是豪雄。

作者程颢(1032—1085),字伯淳,河南府(今河南洛阳)人,由于其去世时文彦博题其墓表曰"明道先生",故学者多尊称他为明道先生。程颢和弟弟程颐,世称"二程",同为北宋理学的奠基者,其学说在理学发展史上占有重要地位,后来为朱熹所继承和发展,世称"程朱学派"。程颢资性过人,修养有道,成语"如沐春风"即来源于程颢。著有《识仁篇》《定性书》等。

**注释**

①睡觉:睡醒。②自得:自己有心得体会。③变态:指万事万物变化的不同情状。④富贵不淫贫贱乐:语出《孟子·滕文公下》篇。该篇有云:"富贵不能淫,贫贱不能移,威武不能屈,此之谓大丈夫。"淫:惑乱,放纵。

**赏析**

程颢因反对王安石变法,被贬官洛阳,这首《秋日》就作于此时,此诗原题为《秋日偶成》,有两首,此取其二。全诗语言浅近,明白如话,但是内含作者作为理学家的深刻哲思。当然,哲理不是凭空生发的,就像艺术来源于生活一样，启人智慧的哲学思考也从日常的点滴生活中孕化出来。作者在首联即谈到自己的贬官生活：清闲适意，做任何事情都优游不迫，不慌不忙，一觉醒来竟然发现日头早已东升，散发着暖人的红光。

　　缓慢的生活状态，从容的生活态度使得作者有更多的时间和精力倾注于自己的哲学思考，从颔联开始，他便叙述自己在这种状态下悟出的哲理。"万物静观皆自得"突出一个"静"字，万事万物都需要我们去观察，进而获得自己独特的思考，但是观察的前提需要心灵的宁静与外界环境的平静。春夏秋冬，四时变换，我们都能够从中体会到饶有兴味的情趣。

　　颈联拈出一个"道"字，"道"乃是理学家所认为的最高范畴，但这并不代表"道"是虚无缥缈、高不可攀、遥不可及的存在，它是"通天地有形外"的，即"道"是真实的存在，而且就暗含在天地万物、有形无形的状态之中。"悲落叶于劲秋，喜柔条于芳春"（陆机《文赋》），世间万物都是相互关联的整体，我们要正确认识"道"就必须勤于"思"，去感悟大自然的风云变幻、摇曳多姿。

　　孟子曰："穷则独善其身，达则兼济天下。"宋人便很好地践行了他的这一思想原则。富贵通达时不想着去放纵自己，贫困潦倒时也活出自己的快乐，能够做到这样的人便也可以称为豪杰了吧！宋朝人的政治观念和思维模式决定了他们的思想是同社会生活紧密联系在一起的，无论是此处的"道"，还是理学家总结出的"理"，它们的落脚点总是归结到社会生活上去的。程颢此诗是典型的理学家诗，不以形象取胜，但以说理见长，从平实的叙述语言中，为我们讲明了安定且从容、闲适方自得的道理。

（刘勇刚、孙震宇）

## 墨梅

### 王冕

吾家洗砚池头树,个个花开淡墨痕。
不要人夸好颜色,只流清气满乾坤。

**主题诗句** 不要人夸好颜色,只流清气满乾坤。

作者王冕(1287—1359),字元章,号竹斋、煮石山农,亦号食中翁、梅花屋主等,诸暨(今属浙江绍兴)人。元代著名的画家、诗人、篆刻家。出身农家,幼年替人放牛,靠自学成才。性格孤傲,鄙视权贵,学识深邃。一生爱好梅花,种梅、咏梅,又工画梅。他的诗自然质朴,不拘常格,多反映民间疾苦。著有《竹斋集》《墨梅图题诗》等。

### 注释

①墨梅:用水墨画的梅花。②吾家:我家。作者与王羲之同姓,故称"我家",借以自比,以示其书画功底。③洗砚池:写字、画画后洗笔洗砚的池子。相传晋代大书法家王羲之"临池学书,池水尽黑"。浙江会稽山下与江西临川均有洗砚池遗迹,传说均曾为王羲之洗砚处。④池头:池边。⑤树:梅树。⑥个个:朵朵。⑦淡墨:水墨画中将墨色分为四种,即清墨、淡墨、浓墨、焦墨。此处说那朵朵盛开的梅花,是用淡墨点而化成。⑧流:有流传、流布之意。有很多版本皆作"留"。⑨清气:含有两层意思,一是梅花的清香之气,一是人的清高自爱的精神,即雅洁之气。

### 赏析

此诗约作于元顺帝至正九年至十年(1349—1350)。王冕在长途漫游以后回到绍兴，在会稽九里山买地造屋，名为梅花屋，自号梅花屋主。此诗就作于梅花屋内。这首《墨梅》是作者自己所画《墨梅图》的题画诗。王冕存世的《墨梅图》，图中有一枝梅花横出，梅花枝干挺拔，花朵稀疏明朗，花瓣淡薄点染，花蕊浓墨渲染，墨色清润，充满逸情雅趣。

前两句"吾家洗砚池头树，个个花开淡墨痕"，是对墨梅的直接描写。我家洗砚池边有一棵梅树，朵朵梅花盛开，都像是用淡淡的墨汁点染而成。"洗砚池"，化用王羲之"临池学书，池水尽黑"的典故。其中寓含诙谐幽默之意，我向我王家前辈王羲之一样勤学苦练，池水尽黑，池边的梅树吸收了浓墨，枝头开出的花带有淡淡的墨色。其中有着奇特的想象，也充满自傲自信的精神。

后两句"不要人夸好颜色，只流清气满乾坤"，这两句由墨梅转入寄托，是作者自我形象的真实写照。墨梅花朵没有鲜艳的颜色，貌不惊人，却毫不自卑，反而充满着孤傲自得的情绪。它不想用花枝招展去博眼球，也不想渴求他人的赞美，只要流布清香之气充满天地之间，于愿足矣！王冕从小家境贫寒，自学成才，终于学识渊博，能诗善画，多才多艺。然而他屡试不第，又不愿向权贵折腰乞怜，于是独善其身，拒绝功名利禄，孤高自守，安贫乐道。这两句表现了作者孤傲的品格，与所画墨梅的意境相融，达到了诗品、画境、人格三位一体的艺术高度。

《墨梅》题画而兼咏物，墨梅外在颜色之"淡"和内在精神之"满"形成鲜明对比，一淡一满，尽显个性。一方面，墨梅的高洁与王冕傲岸的形象跃然纸上；另一方面，令人觉得翰墨之香与梅花的清香似乎扑面而来。该诗有境界、有气魄、有诙谐，淡中有味，直中有曲，在元诗中别具一格，脍炙人口。

（江合友）

# 沁园春·寄内兄周思谊

## 高启

忆昔初逢,意气相期,一何壮哉。拟献三千牍,叫开汉阙;蹑一双屦,走上燕台。我劝君酬,君歌我舞,天地疏狂两秀才。惊回首,漫十年风月,四海尘埃。

摩挲旧剑生苔,叹同掩衡门尽草莱。视黄金百镒,已随手去;素丝几缕,欲上头来。莫厌栖栖,但存耿耿,得失区区何足哀。心惟愿,对尊中酒满,树上花开。

**主题诗句** 莫厌栖栖,但存耿耿,得失区区何足哀。

作者高启(1336—1374),字季迪,号青丘子,长洲(今江苏苏州)人。高启有文武才,无书不读,尤邃于群史,能文,尤精于诗,居有明一代诗人之上。与刘基、宋濂并称"明初诗文三大家"。明洪武初,以荐参修《元史》,授翰林院国史编修官,受命教授诸王。高启曾为魏观作《郡治上梁文》,连坐腰斩。他虽只活了三十九岁,后人却尊称他为"明初诗人之冠"。著有《高太史大全集》《凫藻集》等。

**注释**

①三千牍:指向皇帝进呈的长篇奏疏。三千,极言其多。②汉阙:汉代石阙。阙,皇宫门前两边供瞭望的楼。③屦:草鞋。④燕台:指战国时燕昭王听从郭隗的建议而修筑的高台,上置千金,以招贤士,在今河北省易县东南。也称黄金台、燕昭台、贤士台、招贤台。⑤衡门:横木为门。指简陋的房屋,借指隐者所居。⑥百镒:亦作"百溢"。意思是极言货币

之多。镒，古代黄金计量单位，二十两或二十四两为一镒。魏阮籍《咏怀》其五："黄金百镒尽，资用常苦多。"

### 赏析

周思谊是高启的妻兄，也是高启的朋友。开篇"忆昔初逢，意气相期，一何壮哉"，言明年轻相会时，就意气相投且志向相同。接着"拟献三千牍，叫开汉阙；蹑一双屩，走上燕台。"叙述他们的壮志是想要施展才能，为国家做一番事业，连用两个典故，写得很形象、很开阔，真可谓雄心勃勃。下面"我劝君酬，君歌我舞，天地疏狂两秀才"，是说二人开怀畅饮，互相鼓励，生动活泼，栩栩如生。高启年轻时正值元末，战祸连绵，家乡长洲长期为张士诚所割据，于是不得不到外祖家吴淞青丘隐避。他与周思谊青年时期的理想无从实现，才有了"惊回首，漫十年风月，四海尘埃"之浩叹。

下阕从"摩挲旧剑生苔"到"欲上头来"这六句，仍是缅怀过去，叹惜来今。愿望未成，青春已逝，濒临贫困，与宋张孝祥《六州歌头》词"念腰间箭，匣中剑，空埃蠹，竟何成。时易失，心徒壮，岁将零"异曲同工，"黄金百镒"也呼应了上阕的"燕台"。然高启并未消沉，如水撞拦石，波涛更起，才有"莫厌栖栖，但存耿耿，得失区区何足哀"。面对逆境，不计得失，相互勉励，认定前程有望。结句"心惟愿，对尊中酒满，树上花开"，看似低落，实乃从容，尤其"树上花开"喻希望满怀。

全词总体洋溢着乐观的情绪，旨在于逆境中须振奋，虽壮志未酬，但对前途始终抱有希望。

从艺术上看，词写得很生动洒脱，用语新警不俗，构造推陈出新。包括"一何壮哉"的雄起，"我劝君酬"的烘托，"但存耿耿"的逆转，"树上花开"的收结，令词的节奏既有气度又有起伏，真大手笔也！

（褚宝增）

# 石灰吟

于谦

千锤万凿出深山，烈火焚烧若等闲。
粉骨碎身浑不怕，要留清白在人间。

**主题诗句** 粉骨碎身浑不怕，要留清白在人间。

作者于谦（1398—1457），字廷益，号节庵，官至少保，世称"于少保"。钱塘（今浙江杭州）人。祖籍考城（今河南兰考）。明朝大臣、民族英雄、军事家、政治家。永乐十九年（1421）登进士第。他一生清正廉洁、高风亮节，在国难当头之际整军备武、安邦定国。天顺元年（1457），英宗复辟，因"谋逆"罪被冤杀。有《于忠肃集》。

**注释**

①千锤万凿：亦作"千锤万击"，无数次的锤击开凿，形容开采石灰石非常艰难。②若：好像、好似。③等闲：平常、轻松。④粉骨碎身：一作"粉身碎骨"。⑤浑：亦作"全"。⑥怕：一作"惜"。⑦清白：指石灰洁白的本色，也比喻高尚的节操。

**赏析**

于谦自幼好学不倦，志向远大。据说十二岁某天，在石灰窑前观看师傅煅烧石灰，见青黑色的山石，经过烈火焚烧之后，都变成了白色的石灰。他深有感触，写下了脍炙人口的《石灰吟》。这首诗不仅歌颂了石灰的形象，也昭示了于谦今后的人生追求。在诗中，作者以石灰自喻，运用象征手法，咏赞石灰就是歌咏自己大无畏的牺牲精神、保家卫国的高尚品格、忧国忧民的宽广胸襟，表达了自己为国尽忠、不畏牺牲的决心和坚守高洁情操的决心。

前二句"千锤万凿出深山，烈火焚烧若等闲"，写石灰石的开采和煅烧过程。石灰石经过千锤万凿才得以从深山里开采出来。"千锤万凿"是形容开采石灰石的艰难。石灰石开采后还要经过烈火焚烧，更是增加一层艰难，可贵的是石灰石把它当作很平常的事情。"若等闲"凸显了从容不迫的情状。明写石灰石艰难复杂的开采、煅烧过程，暗喻作者不怕千难万险，勇于锻炼成长的过程。

后二句"粉骨碎身浑不怕，要留清白在人间"强化主题，讴歌石灰不惧考验、要留清白的高尚品格。"粉骨碎身"表明石灰石已经烧制成石灰，"浑不怕"表达了不怕牺牲的大无畏精神，寄寓作者积极迎接考验和挑战的决心。末句说石灰要留清白在人间，寄寓他要把高尚气节留在人间的理想抱负，立志要做忠诚、纯洁、高尚的人。于谦为官廉洁正直，深受百姓爱戴。土木之变后，明英宗被俘，瓦剌入侵，以英宗为要挟，于谦力排众议，以社稷为上，击退瓦剌。英宗回朝复辟后，于谦以"谋逆"罪被诬杀。综观于谦的一生，本诗是其高尚人格的真实写照。

《石灰吟》语言平易自然，明白如话，比拟生动妥帖，石灰的形象与清白的人格象征完美融合，表达了忧国忧民的远大志向，风格慷慨苍劲。作者的语言创造性很强，其中"千锤万凿""粉骨碎身"等词语已化用为成语，作为高频词活用于现代汉语当中。

（江合友）

# 古树

### 杜濬

闻道三株树，峥嵘古至今。
松知秦历短，柏感汉恩深。
用尽风霜力，难移草木心。
孤撑休抱恨，苦楝亦成阴。

**主题诗句** 用尽风霜力，难移草木心。

作者杜濬(1611—1687)，原名诏先，字于皇，号茶村，又号西止，晚号半翁。清初诗人。黄冈（今属湖北）人。明崇祯时太学生。明亡后，隐居不仕。流转于南京、扬州，居南京三十余年，家贫，至不能举火。他的诗多寓兴亡之感，诗风豪健，声誉很高，有《变雅堂集》。

**注释**

①三株树：此诗乃为浙江四明（今宁波）隐士邱至山作。据清李调元《雨村诗话》载，鄞人邱至山居东皋里，家有古柏一株，两松夹之。②草木心：出自唐张九龄《感遇十二首》其一诗："草木有本心，何求美人折？"

**赏析**

这首诗是咏物诗，乃杜濬入清后为隐士邱至山所作。以其家中古树喻邱氏，赞美其遗民气节，同时也自励其节，表达向邱氏学习的愿望。邱至山，鄞县（今浙江宁波）人，明朝曾官居潮州司马，入清隐居不仕。

全诗以比兴见义。首联"闻道三株树，峥嵘古至今"，据李调元《雨村诗话》记载，这三株树"盖南宋六百年物也"，经历了南宋、明朝，又到清朝，仍旧挺拔伟岸、超然卓立。"峥嵘"这里指三株树的与众不同，超群特出。"三株树"饱览世变沧桑，犹老当益壮、坚定不移的品格，正是易代之际爱国人士所坚守的品质。

领联"松知秦历短，柏感汉恩深"，深化主题，进一步申说。两句互文见义，松、柏因历史悠久，历经多朝，像历经沧桑的智者，都目睹了短暂的秦朝，也承蒙四百年大汉的恩泽。三株树是南宋之物，却说秦、汉，是作者有意为之。明清之际的遗民，以"秦"喻残暴的清朝，并期待其短命而亡；以"汉"喻汉族建立的明朝，感念故国的恩德，是常见的手法。这两句写出了三株树的大节凛然，褒扬了邱至山的遗民气节，也表达了作者对故国的眷念和对新朝的蔑视。

颈联"用尽风霜力，难移草木心"，进一步写古树的品节。风霜就算用尽全力，也难以动摇古树的草木本心。"用尽"意味深长，是指清朝的血腥镇压和威逼利诱，也难以改变"草木心"。"草木心"指松柏对土地的忠贞之心，借指忠贞之士对故国的忠诚。

尾联"孤撑休抱恨，苦楝亦成阴"，这两句由人及己，一波三折，措辞十分巧妙。领联、颈联赞美古树品节，至此一转，指出其"孤撑"的现状，孤立支撑于天地之间，遗民节操坚定如邱至山者寥寥。但"休抱恨"又一转，告诉古树，你们虽然孤撑，但也不要抱恨。末句说出原因，追随者正在迅速成长，我的苦楝树已经长大，成片连荫，与邱家的松柏遥遥相望。以苦楝遥望陪衬古树，既不失邱氏的前辈身份，也表达了作为遗民中的后辈，作者愿意砥砺前行，品节无亏，可堪与之相伴的愿望，出语非常得体。

全篇以比兴行文，托物言志，字面上不露痕迹，却句句切中肯綮，亦树亦人。写古树扎根故土的峻洁之志，赞美邱氏忠于故国的忠贞品节，寄寓自己坚守遗民气节的决心。笔锋峻峭，如刀劈斧斫，棱角分明，诗风苍劲有力。

（江合友）

# 满庭芳·用坡公韵

## 王士禄

白月为心，朱绳比质，生平自负峨峨。司空百炼，绕指已无多。到眼浓阴欲满，心忧矣、谣罢还歌。细屈指，古来谁似，磨蝎说东坡。

茫茫无可语，竭来千缕，暗纬愁梭。更溶溶漾漾，难剪如波。可耐春光万里，尚寥落、卧盼庭柯。问何日，盟烟狎水，鸥鹭媚渔蓑。

**主题诗句** 　白月为心，朱绳比质，生平自负峨峨。

作者王士禄（1626—1673），字子底，号西樵，山东新城（今桓台人）。清顺治间进士。官莱州府教授，累迁至吏部考功司员外郎。康熙二年（1633）出任河南乡试主考官，因磨勘而蒙冤下狱。士禄博学，工诗词。与弟王士祜、王士禛齐名，人称"三王"。

**注释**

①百炼：晋代刘琨曾拜司空之职，他少负壮气，志枭逆虏，然而在历经挫折磨难之后，终于命穷幽絷，赍志以殁。其《重赠卢谌》诗曰："何意百炼刚，化为绕指柔。"②磨蝎：十二星宫之一，古人谓命运不佳为命宫磨蝎。③竭来：犹言尔来，即从那时以来。④庭柯：庭园中的树木。

**赏析**

康熙二年（1663），王士禄以吏部考功司员外郎出任河南乡试主考官，次年三月，因磨勘之狱罢官治罪。清代科举制度，乡试后试卷须封送中央，由礼部派员复核审查，看考官及考生有无舞弊贿赂等行为，这就叫

"磨勘"。磨勘官员轻信传闻，上奏朝廷关押王士禄达八个月之久。后经调查无罪，得以昭雪。这首《满庭芳》就是在关押期间的百首词作之一，以排遣心中苦闷。

上阕开篇就表白自己心地的光明正直。"白月"是清白光明的象征，"朱绳"即红色丝绳，古人用以比喻正直的品德，"峨峨"形容高傲，但此时作者却蒙冤受谤。接下来作者以刘琨自比，谓自己刚正的傲气，业已在现实的磨难中消磨殆尽、所剩无几。遭受打击，心灰意冷，目光所及之处便都蒙上了浓厚的阴影。"心忧矣、谣罢还歌"，反映了作者当时长歌当哭、聊以排忧的痛苦心境。只得"磨蝎说东坡"，如"乌台诗案"与苏轼同况，聊以命中注定来自我解嘲。实际上隐含着作者的激愤与不平之情。

下阕作者进一步抒发内心深处难以名状的烦恼和愁苦。"茫茫无可语"，反映了作者蒙受不白之冤而有口难辩的痛苦心情。"揭来千缕，暗纬愁梭"，是把自己蒙受冤屈以来的心中烦恼比作织机上千头万绪的丝线，理不清，数不尽。"更溶溶漾漾，难剪如波"，又把忧愁比作滔滔水流，堵不住，剪不断。两个比喻，将作者当时的愁绪，十分形象地展示出来。虽然已是"春光万里"的时节，可作者眼前的"庭柯"却依然"寥落"，恰如作者自己一样，遭遇不测，破败沦落，被遗弃在春光之外。身在羁执之中，他自然不会有陶渊明"引壶觞以自酌，眄庭柯以怡颜"（《归去来兮辞》）的闲适和雅兴。但从结尾几句可以看出，词人已选定了自己日后的生活道路。所谓与鸥鹭相盟，狎玩于烟水之中，其实就是逍遥无为、遁世隐居之意。"渔蓑"，在古诗词中常常是隐逸的象征。清郑方坤《王君士禄小传》载，王士禄磨勘案昭雪后，他便"跳身之吴越，偕诸名士为六桥三竺之游，银甲弹筝，金鱼换酒，泛月坐花，逾时忘返。识者叹为神仙中人焉"。结尾所表达的隐居意向，后来是付诸实行了的。

（褚宝增）

# 苔

袁枚

白日不到处，青春恰自来。
苔花如米小，也学牡丹开。

**主题诗句**　苔花如米小，也学牡丹开。

作者袁枚（1716—1797），字子才，号简斋，因居南京小仓山随园，世称随园先生，晚年自号仓山居士、随园老人等，钱塘（今浙江杭州）人。清代诗人、散文家。清雍正五年（1727）补秀才，乾隆三年（1738）中举，次年中进士，选庶吉士，入翰林院。他倡导"性灵说"，与赵翼、蒋士铨合称"乾嘉三大家"。有《小仓山房诗文集》八十余卷。

**注释**
①苔：苔藓。植物中较低等的植物类群，多生于阴暗潮湿之处。②白日：太阳、阳光。③青春：指苔藓富有生机的绿意。

**赏析**
阳光照射不到的地方，植物不易生长，而苔藓却能长出绿意，展现出美丽的青春。苔花如同米粒般大小，也要学着国色天香的牡丹那样，靠着自己生命的力量自强开放。

这首五言绝句歌颂了苔藓虽生活在阴暗潮湿之处，却有自己的生活本能和生命意向，并不会因为环境恶劣而丧失生发的勇气。全诗把苔藓人格化，把作者的感受、情绪融入形象的塑造中，理趣横生，意蕴明彻而深邃，具有浓重的哲理意味。

"白日不到处，青春恰自来。"起笔以少总多，辞约旨达，明白点出苔的生存空间、环境特征及其蛰居一隅奋志孤进的品质。苔，它地处阴湿，备受冷落，可依然卓立不群，有其独特个性、色彩、青春和存在价值。这小小的生命，不因白日不到而些许萎缩，相反，愈是环境恶劣，遭际险衅，就愈益励节亢高，显现出一派旺盛生机。起笔两句正是对这弱小、坚毅生命的极力颂扬。

"苔花如米小，也学牡丹开。"这两句承上，展开联想，对苔的"青春"作形象发挥和补充。作者认为，苔花虽微小如米，无芳香，无绚烂，但作为生命，它与花王牡丹一样，从容自若，沉稳持重，竞放于大自然之中。尽管苔的价值鲜为人知，但苔绝不自暴自弃，依其天性证明自己的存在，从而在自重这一点上，苔与牡丹，没有贵贱高低之分。

这是一首咏物诗。咏物诗以"物"为吟咏的对象，或借物抒怀，或托物寓意，但要达到"物我一境"的境界，殊非易事。咏物诗要在曲尽"物"妙的基础上来抒发自己的情思、感慨。这首《苔》就做到了"物我一境"的境界。一是它把"苔"的人格化做到运化无迹，不知不觉把自己的感受、情绪、人格融入其中。二是此诗蕴含着客观与主观、劣势与优势、表象与本质、渺小与伟大等永恒命题。作者曾说："诗有极平浅，而意味深长者。"（《随园诗话》卷八）。这首《苔》就是如此。

袁枚还有一首五言绝句《苔》，原文为："各有心情在，随渠爱暖凉。青苔问红叶，何物是斜阳。"作者是说，红叶与青苔各自有各自的内心情趣与喜好，红叶喜暖，青苔爱凉，都出自它们内心的选择。一个"随"字，道出了对不同选择的尊重和肯定。作者的"潜台词"似乎在说：人要安于自己的选择，不必羡慕他人。每个人都有选择自己人生道路的权利和自由。两首《苔》对照来读，饶有意趣。

（星汉）

## 题王石谷画册玉簪

蒋士铨

低丛大叶翠离离,白玉搔头放几枝。
分付凉风勤约束,不宜开到十分时。

**主题诗句**　分付凉风勤约束,不宜开到十分时。

作者蒋士铨(1725—1784),字心馀、苕生,号藏园。铅山(今属江西)人。清代诗人、戏曲家、文学家。乾隆二十二年(1757)进士,官翰林院编修。乾隆二十九年(1764),辞官后主持蕺山、崇文、安定三书院讲席。后充国史馆纂修官,留滞京中六年,以病辞归。他论诗主性情说,诗风意境开阔,朴直沉雄。与袁枚、赵翼并称"乾嘉三大家"。著《忠雅堂诗集》三十九卷。其戏曲创作存《红雪楼九种曲》等四十九种。

**注释**

①王石谷:王翚(1632—1717),字石谷,江南常熟(今江苏)人。清代著名画家,被称为"清初画圣"。②玉簪:即玉簪花,夏秋季开花,色洁白如玉,有清香。花蕊如簪头,故名。③离离:清晰貌、分明貌。④白玉搔头:白玉制成的簪子。搔头,簪的别称。

**赏析**

这是一首题画佳作,其妙处在于不即不离,将画意、诗情、理趣熔于一炉。

题画诗不仅要求对画面把握准确,更重要的还要对画面进行升华。这首七绝的前两句当是画面所有,而后两句则为画面所无。

诗作的前两句描绘王石谷所画玉簪花的形象。第一句状花叶，第二句写花蕊。状花叶连下三语："低丛""大叶""翠离离"。以其花叶的低而大，方能衬托出玉簪花花蕊的高而挺。读者不要放过这个"翠"字。古人的诗作，对于颜色特别关注，如"两个黄鹂鸣翠柳，一行白鹭上青天"（杜甫《绝句》），就有"黄""翠""白""青"四种颜色出现，使得各种颜色在对比中更加明显。作者的这个"翠"字，使下句"白玉搔头"中的"白"，在对比映衬中显得更白。"玉簪花"的名称，本来就是由比拟而来，诗句所写，更加形象可感。

此处的"放几枝"，只是写玉簪花的花蕊，也就是"玉簪"的部分，切勿理解为玉簪花已经开放。所谓"放几枝"，只是为迁就韵脚而已。倘若前两句写玉簪花已经开放，此诗的后两句就没有着落。"美酒饮教微醉后，好花看到半开时"（邵雍《安乐窝中吟》），当是古代文人最喜欢的审美原则。此诗的后两句才是作者要表达的中心意思。

玉簪花耐寒冷，性喜阴湿环境，不耐强烈日光照射。这种生存环境，也为作者提供了"凉风"的理论依据。诗的三四两句，先用拟人的手法、富有趣味的语言写出了观赏画作后产生的心理活动：得赶紧吩咐凉风，对玉簪花的花蕊必须勤加约束，不能尽情开放。"不宜开到十分时"，从表面上看，如果玉簪花开放，就不是"玉簪"了；但是蕴含了十分深刻的哲理：花儿开到十分之时，正是其生命行将结束之时；"盛极必衰"，世间一切事物莫不皆然。结句又蕴含了作者这样的美学观点：美的本质是事物内部的生气贯注，当花儿开到十分之时，她的生气行将耗尽，跟着而来的便是枯萎、凋谢，她的美也就随之消失。正因为如此，所以才赶紧"分付凉风勤约束"。由此，作者爱美、惜美之心态跃然于纸上。

（星汉）

# 对酒

### 秋瑾

不惜千金买宝刀,貂裘换酒也堪豪。
一腔热血勤珍重,洒去犹能化碧涛。

**主题诗句** 一腔热血勤珍重,洒去犹能化碧涛。

作者秋瑾(1875—1907),女,字璇卿,又字竞雄,号鉴湖女侠,浙江山阴(今绍兴)人。中国女权和女学思想的倡导者,近代民主革命志士。秋瑾父秋寿南,官湖南郴州知州。光绪二十二年(1896),秋瑾与王廷钧结婚。后王纳资为户部主事,秋瑾两度随王赴京。光绪三十年(1904),自费东渡日本留学。先后参加过三合会、光复会、同盟会等革命组织。光绪三十三年(1907)年,与徐锡麟等密谋起义,事泄被捕,从容就义于绍兴轩亭口。

**注释**

①对酒:面对着酒。指此诗为对酒痛饮时所作。②貂裘换酒:以貂皮制成的衣裘换酒喝。多用来形容名士或富贵者的风流放诞和豪爽。③碧涛:此处用"碧血"典。《庄子·外物》:"苌弘死于蜀,藏其血,三年而化为碧。"后以"碧血"称忠臣烈士所流之血。涛:在此处意即掀起革命的风暴。

**赏析**

庚子事变,八国联军入侵,国事板荡,秋瑾为探索救国救民的途径,于光绪三十年(1904)东渡日本留学,在日本以高价购得宝刀一柄。次年回国,走访好友吴芝瑛,以所购宝刀相示,纵情豪饮,酒酣耳热之际,赋诗志感。

这首七言绝句,前两句用夸张手法写到不惜"千金"和"貂裘"去换取宝刀和美酒。后两句明确表达了作者愿意将一腔革命的热血献于祖国,即使是牺牲,这热血洒出去也会如苌弘的血那样化作碧色的波涛。全诗充溢着革命的豪情,闪烁着爱国主义和革命英雄主义的光辉。

前两句"千金"和"貂裘",均为虚拟,言其珍贵而已。第一句以不吝惜千两黄金去购买锋利的宝刀起兴,"千金"本是数量大的钱财,而作者却毫不吝惜地用来换取别人看来价值不足相当的物件,表现了她意欲投身反帝反封建的斗争,甚至不惜流血牺牲,足见秋瑾的性格之豪爽。

第二句与首句呼应,作者愿意用名贵的貂裘去换酒喝,这些贵重的东西都毫不犹豫地舍弃,她以一女子而作此语,显示出她仗义疏财,不计较个人得失的性格。

诗的后两句,借用周朝的忠臣苌弘鲜血化碧的典故。"碧涛"既是用典,也是点睛之笔。苌弘是周朝的大夫,忠于职守,却遭奸臣陷害,被流放蜀地,不久愤而自杀,当时的人把他的血用石匣藏起来,三年后化为碧玉。"碧涛"二字寓意深刻,使人联想到烈士的鲜血将化成滚滚碧涛,摧枯拉朽,将封建王朝彻底摧垮。

这首《对酒》铿锵有力,掷地有声,作者借对酒所感抒发革命豪情,表现了其英雄气概,表达了她决心为革命奉献一切的豪情壮志,由此可想到秋瑾的另一些诗词:"拼将十万头颅血,须把乾坤力挽回"(《黄海舟中日人索句并见日俄战争地图》);"金瓯已缺总须补,为国牺牲敢惜身"(《鹧鸪天·祖国沉沦感不禁》)。这和《对酒》感情世界是一致的,充满了浪漫色彩和理想光芒,回旋激荡,波澜起伏,动人心魄。

(星汉)

# 青松

陈毅

大雪压青松,青松挺且直。
要知松高洁,待到雪化时。

**主题诗句**　要知松高洁,待到雪化时。

作者陈毅(1901—1972),字仲弘,四川乐至人。1923年加入中国共产党。历任中国工农红军第四军第十二师师长、第二十二军军长、新四军军长、第三野战军司令员、上海市市长、国务院副总理、外交部部长等职。中国人民解放军创建人和领导人之一,军事家。中华人民共和国十大元帅之一。1972年1月6日,在北京因病去世。1977年《陈毅诗词选集》出版。

**注释**

①挺且直:笔直地挺立。

**赏析**

本诗作于1960年12月,是《冬夜杂咏》组诗首篇。1960年,是我国最为艰苦的一年。国内,自然灾害频发,人民生活困难;国外,"帝修反"联合反华。苏联撤走专家,撕毁协定,掀起反华浪潮。在困难面前,全国人民紧密团结在党中央和毛主席周围,自力更生,艰苦奋斗,最终胜利渡过难关。这首《青松》,正是当时现实的反映,以青松的傲雪不屈,讴歌了伟大的中国共产党和中国人民。

"大雪压青松",首句写风雪对青松的摧残。"大""压",足见风雪之肆虐、猖狂、凶狠、残暴。这其实暗示了国内自然灾害、国外反华势力对我们的侵害。1960年，全国大面积受灾，河北、山东、山西最为严重，占耕地面积的百分之六十以上。人民生活、国民经济都出现了严重困难。苏联撤走专家、撕毁协定，也严重影响我们国民经济的发展。如洛阳拖拉机制造厂，苏联专家走后，已安装的机器不能使用。"青松挺且直"，这是青松对"大雪"的回应。笔直地挺立，毫不畏惧，毫不屈服。让风雪来得更猛烈些吧！青松傲雪凌霜，历来颇多赞颂。《论语·子罕》："岁寒，然后知松柏之后凋也。"唐施肩吾《代征妇怨》："何事不看霜雪里，坚贞惟有古松枝。"清张葆斋《天山雪松》："松雪相依耸峻岭，松青雪白两新鲜。雪飞岭上添松态，松长山头映雪妍。"在自然灾害侵袭和国际反华势力攻击下，中国人民如青松一样，顽强屹立，没有屈服。1960年，党中央和毛泽东面对严重经济困难，进行认真调查研究，纠正错误，并调整政策。并已从1959年开始，分批特赦战争罪犯。是年，中国自行研制的液体探空火箭发射成功，第一枚近程导弹发射成功。中国人民从困难中挺过来了，并在各方面取得了丰硕的成果。

"要知松高洁，待到雪化时"，大雪覆压青松，青松之高大、幽洁，无从看到，待到雪化之后，君看一树高大、幽洁之青松，挺立山头，风雪侵袭之后，枝青叶翠，愈见风致。元人范梈《题松雪图》："傍人不识岁寒松，怜杀深山大雪封。待得化为东海水，青天白日睡苍龙。"是之谓也。"要知松高洁，待到雪化时"寓意为，经历重重磨难之后，中国人民会显得更为坚强、更为伟大！

这是一首新韵五言古诗，语言自然流畅，如同口出，咏松形神毕现，寄寓深远，是一首非常好的咏物诗。故入选语文教材，家喻户晓。

（刘兴超）

# 安闲自得

# 归园田居（其三）

陶渊明

种豆南山下，草盛豆苗稀。
晨兴理荒秽，带月荷锄归。
道狭草木长，夕露沾我衣。
衣沾不足惜，但使愿无违。

**主题诗句** 衣沾不足惜，但使愿无违。

作者陶渊明（365—427），一名潜，字元亮，别号五柳先生，浔阳柴桑（今江西九江）人。东晋名臣陶侃曾孙，东晋末到刘宋初杰出的诗人、辞赋家、散文家。曾任江州祭酒、建威参军、镇军参军、彭泽县令等职，最后一次出仕为彭泽县令，八十多天便弃职而去，从此归隐田园。他的诗风格平淡、自然，语言简洁、含蓄，寓有意境。他是中国第一位田园诗人，于宋文帝时卒，友人私谥曰"靖节先生"，有《陶渊明集》传世。

**注释**

①南山：指庐山。②兴：起。③理：整顺。④荷：肩负。⑤愿无违：不违背自己的志愿。⑥愿：指隐居躬耕、不与世俗同流合污。

**赏析**

该诗是作者归隐田园后，所写《归园田居》组诗五首中的一首。

很多人都认为陶渊明老老实实承认自己不会种庄稼——"种豆南山下，草盛豆苗稀"这两句就表明他不会种庄稼。但是，种豆不是一个技术性很强的农活。而且这两句话还有一个出处，那就是汉人杨恽（司马迁的外孙）得罪人而被罢官发牢骚的一首诗："田彼南山，芜秽不治。种一顷豆，落而为萁。人生行乐耳，须富贵何时！"《汉书》颜师古注引张晏说，芜秽不治，言朝政荒乱，豆实零落，喻己见放弃。陶渊明用这首诗，固然可以有自嘲之意，但他沿用了杨诗"田彼南山，芜秽不治"的喻意，说明生当浊世、乱世，洁身自好，躬耕田园，不失为一种人生选择。"理荒秽"三字，以重笔写除草。表明在作者看来，社会的混乱，是由于人们放弃了农业这个根本，而无休止地进行战争，自耕自食、回归自然的生活方式，则是治疗社会"荒秽"的一贴良药。有道是种豆得豆，种瓜得瓜。

如果仅限于说理，此诗就不会如此有味。诗中包含有真实的劳动生活感受，《归园田居》其一有"开荒南野际"之句，可见南山下的土地是新开垦的，不适合种其他庄稼，只好种较耐贫瘠、容易生长的豆类。如果不考虑用典的因素，读此诗前半就如听老农话桑麻，十分亲切实在。"带月荷锄归"一句，表明忙活了一天，收工时的心情是轻松愉快的。注意"带月"，不是披星戴月，说人在月光下走；而是说"月亮走，我也走"，人带着月亮一同走，更有意境，更富情趣。

后半紧承"归"字，写陶渊明乘着月光，走在野草丛生的乡间小路上，夜露打湿了他的衣裳。然而他带着劳动归来的愉快，欣慰地想："衣沾不足惜，但使愿无违。"最后一句是全诗的结穴所在，也是陶渊明处世为人的根本原则之所在。这里的"衣沾"既是事实，又是弃官归耕必然也会遇到一定困难的象征。

是事实，所以亲切；是象征，所以耐味。唐代诗人张旭《山中留客》云："山光物态弄春晖，莫为轻阴便拟归。纵使晴明无雨色，入云深处亦沾衣。"结尾的"沾衣"，就来自此诗，而具有相同的象征意义。

（周啸天）

## 归园田居（其五）

陶渊明

怅恨独策还，崎岖历榛曲。
山涧清且浅，遇以濯吾足。
漉我新熟酒，只鸡招近局。
日入室中暗，荆薪代明烛。
欢来苦夕短，已复至天旭。

**主题诗句**　日入室中暗，荆薪代明烛。

### 注释

①策：手杖。②榛曲：草木丛生而又崎岖曲折的道路。③濯：洗涤、清洗。④漉：过滤。⑤近局：指近邻。⑥旭：朝阳。

### 赏析

陶渊明身处黑暗年代，厌恶官场，回归田园，当了一名隐士，"众鸟欣有托，吾亦爱吾庐"（《读山海经》其一），写作《归园田居》五首，表达对田园生活的由衷喜爱，这是其五。

开篇"怅恨独策还，崎岖历榛曲"，满怀惆怅遗憾，一个人持着手杖回家，乡间道路弯弯曲曲坎坷不平，杂草丛生，牵绊双脚，更让人举步维艰。

这样一看，田园生活多有不堪。诗歌下边却是一转，"山涧清且浅，遇以濯吾足"，屈原在《渔父》中写道："沧浪之水清兮，可以濯吾缨。沧浪之水浊兮，可以濯吾足"，表达一种随缘自适的安闲自得。陶渊明诗中也是这样的意思，只是这里的山涧没有浑浊，永远都是清澈透亮，刚才行走崎岖泥泞，弄脏了双脚，正好用这山涧水清洗清洗。双脚洗干净了，内心也顿然轻松，由此快步回到家里。"漉我新熟酒，只鸡招近局"，陶渊明极为爱酒，"偶有名酒，无夕不饮。顾影独尽，忽焉复醉"（《饮酒二十首并序》）。可见他对酒的亲近。这里说，过滤我新酿的酒，菜肴虽然只有一只鸡，并不丰盛，也要邀来邻居一起共饮，欢欣一时。就这样和他们一直喝到傍晚日暮，此时太阳落山，居室一片昏黑。遗憾的是家里蜡烛已经用尽，这怎么办？"日入室中暗，荆薪代明烛"，那就点起家里的柴草用作照明，就这样在柴草的光耀下，继续畅饮。"欢来苦夕短，已复至天旭"，欢乐的时光总是溜得那么快，不知不觉就这样悄然而去。窗外怎么投来一抹红色？定睛一看，原来是那清晨的太阳又在向我招呼。

　　陶渊明这首诗，写出了隐者的怡悦和一种高洁的情怀，哪怕身处卑微，躬耕陇亩，也未曾改变人生的欢愉，这正是通人达士的胸襟。尤其"日入室中暗，荆薪代明烛"，家里连一支蜡烛也没有，真正简单至极了，那就用柴草来代替蜡烛吧。处穷乃见素心，古代的士人正因为有陶渊明这般"贫贱不能移"的高尚志节，以一颗通达的素心来看待人间的得与失，保留心底那份淡然明亮，分外让人敬重。

（黄全彦）

## 拟行路难十八首（其六）

鲍照

对案不能食，拔剑击柱长叹息。
丈夫生世会几时？安能蹀躞垂羽翼！
弃置罢官去，还家自休息。
朝出与亲辞，暮还在亲侧。
弄儿床前戏，看妇机中织。
自古圣贤尽贫贱，何况我辈孤且直！

**主题诗句**　丈夫生世会几时？安能蹀躞垂羽翼！

作者鲍照（414？—466），字明远，东海（今山东郯城）人。南朝宋杰出的文学家、诗人。他与颜延之、谢灵运同为宋元嘉时代的著名诗人，合称"元嘉三大家"。鲍照被称为"上挽曹、刘之逸步，下开李、杜之先鞭"的诗人，有《鲍参军集》。

**注释**

①案：放食器的小几。此处指酒食。②会：当。一作"能"。③蹀躞：小步走路的样子。④垂羽翼，比喻失意丧气的形状。⑤孤且直：孤寒而又正直。

**赏析**

此诗反映了作者急于用世而走投无路的焦灼心情。然而这种心情更多地是通过人物外形动作——瞬息万虑不安的情态来协助抒情。"拔剑—击柱—长叹息"三个连贯一气的动作，胜过万语千言。使人想到作者本是个才高气盛的人，年轻时曾大言："千载上有英才异士，沉没而不闻者，安可数哉！大丈夫岂可遂蕴智能，使兰艾不辨，终日碌碌与燕雀相随乎！"然而不幸的是生在孤门细族，得不到社会承认和重视。所以他痛感人生几何、去日苦多，既不能建树功名，又岂可甘居人下——"丈夫生世会几时，安能蹀躞垂羽翼？"

于是脱离官场的决心下定。"弃置罢官去"句，便写放弃功名追求，转而寻求安慰于家庭与天伦之乐，孝敬老亲，带带孩子，陪陪老婆，多么快活。可是陶渊明那样的平和是不容易做到的，特别像鲍照这样多血性易于冲动的人，内心是怎样也无法坦然的。一句话，想不通！想不通才会老想，末二句就是一种自我排遣："自古圣贤尽贫贱，何况我辈孤且直！"这话将个人失意扩大到整个历史进程——怀才不遇不是一时的、个别的现象，而是古已有之，连大圣大贤都在所难免。作者好像是认输了。然而，这不更说明社会存在本身的不合理吗？

李白《行路难三首》其一云："金樽清酒斗十千，玉盘珍羞直万钱。停杯投箸不能食，拔剑四顾心茫然"，陆游《金错刀行》曰："黄金错刀白玉装，夜穿窗扉出光芒。丈夫五十功未立，提刀独立顾八荒"，辛弃疾《水龙吟·登建康赏心亭》云："落日楼头，断鸿声里，江南游子。把吴钩看了，栏杆拍遍，无人会、登临意"，他在《破阵子·为陈同甫赋壮词以寄之》曰："醉里挑灯看剑，梦回吹角连营"，等等，这些唐宋诗词名篇中以拔剑看刀来寄寓壮志未酬情怀，皆与此诗有关。

又，李白《将进酒》云："钟鼓馔玉不足贵，但愿长醉不复醒；古来圣贤皆寂寞，唯有饮者留其名"，杜甫《醉时歌》云："儒术于我何有哉，孔丘盗跖俱尘埃"，李贺《致酒行》云："吾闻马周昔作新丰客，天荒地老无人识。空将笺上两行书，直犯龙颜请恩泽"，等等，皆借古之圣贤之不遇来浇自己块垒，与此诗末二句略同。

（周啸天）

## 快活

### 白居易

可惜莺啼花落处，一壶浊酒送残春。
可怜月好风凉夜，一部清商伴老身。
饱食安眠消日月，闲谈冷笑接交亲。
谁知将相王侯外，别有优游快活人。

**主题诗句** 饱食安眠消日月，闲谈冷笑接交亲。

作者白居易（772—846），字乐天，晚年号香山居士，祖籍太原（今属山西），后迁居下邽（今陕西渭南）。他早年家境贫困，对社会生活及人民疾苦，有较多的接触和了解。热心济世，强调诗歌的政治功能，并力求通俗。长篇叙事诗《长恨歌》《琵琶行》代表了他艺术上的最高成就。他的诗歌题材广泛，形式多样，语言平易通俗，有《白氏长庆集》传世。

**注释**
①清商：商声，古代五音之一。这里泛指音乐。②交亲：相互亲近，友好交往。③优游：和柔。

**赏析**
这首《快活》当作于晚年作者居洛阳时。白居易后期的闲适之作是在远离现实政治斗争，对时势悲观绝望后，崇老庄、佞佛禅、恋世俗的结果。莺啼花落，惜春之情油然而生，只得以酒抒怀，排解一二。"残春"表示春天即将过去，亦为作者感慨，已届老年。但月好风凉的夜晚，还有清商一曲，好不快活。每日饱食安睡，与人交往时，也只是闲谈，并不理国家大事，只是追求世俗之乐。时光在不知不觉间流逝。谁人知晓王侯将相之外，亦有普通人破除尘妄，知足保和的闲情逸致。

白居易将此种类型的诗作自分类为"闲适诗"，他在《与元九书》中，解释其内涵道："或退公独处，或移病闲居，知足保和，吟玩情性者一百首，谓之'闲适诗'。"诗中亦有"优游、快活"等意义相关的表述。"莺啼、花落、浊酒、残春、月、清商"等自然清冷的意象；"将相王侯"与"优游快活人"形成的强烈对比，共同构建出一幅知足保和、遂性逍遥、安然自得的闲居画面。正如作者晚年在《序洛诗》中云："闲适有余，酣乐不暇。苦词无一字，忧叹无一声，岂牵强所能致耶？盖亦发中而形外耳。斯乐也，实本之于省分知足，济之以家给身闲，文之以觞咏弦歌，饰之以山水风月。此而不适，何往而适哉？兹又以重吾乐也。"此中真实记录了白居易对平淡生活的向往。从哲学思想来说，他将庄子精神落实到具体的人生实践上，在日常生活中体会美的意蕴，获得内心的自足和完美，并用具体的诗歌创作表现这一艺术精神，则是他的贡献。

白居易《想归田园》诗云："快活不知如我者，人间能有几多人。""快活"一词已有提及，而"饱食安眠消日月，闲谈冷笑接交亲"一句，正是对"快活"这个诗题的最好诠释，体现了他委任运化、安闲自得的人生理念与追求。白居易《闲吟二首》（其二）诗云："长歌时独酌，饱食后安眠。"其诗中的"饱食安眠"无不表达一种自然闲适之情怀。白氏安闲自得的思想对于如今"快节奏"的社会具有重要的现实意义。对"高效"的追求，导致人们容易心生浮躁、心力超载，似乎离古人笔下"坐看云卷云舒"的闲适生活越来越远，近些年，"过劳死"、抑郁症、躁狂症等屡见不鲜。"欲速则不达"，学白居易，适当的安闲，放下俗物的纷扰，尝试一种通达平和、安然自得的境界。

（曹辛华）

# 失题二首

杨行敏

### 其一
驽骀嘶叫知无定,骐骥低垂自有心。
山上高松溪畔竹,清风才动是知音。

### 其二
杜鹃花里杜鹃啼,浅紫深红更傍溪。
迟日霁光搜客思,晓来山路恨如迷。

**主题诗句** 山上高松溪畔竹,清风才动是知音。

作者杨行敏,生平不详。曾出使剑州,为人所轻视,遂恨而题诗二首于冬青馆。《全唐诗》收此二诗。

**注释**

①驽骀:劣马。②骐骥:千里马。③霁光:雨后,天放晴之明媚的阳光。

**赏析**

从题材上而言,这两首诗歌都属于咏怀诗。第一首诗前两句将"驽骀"与"骐骥"两种马作了一番对比,无论是"知无定"还是"自有心",都表明心中有所思。后两句选取山中的"高松"、"溪畔竹"以及"清风",塑造出一幅幽静清雅的画面,画中之意不言自明,它们似乎在诉说作者心中之苦。第二首诗前两句描摹出一幅姹紫嫣红的画面,但"杜鹃啼"似乎另有深意。杜鹃的啼叫，十分凄厉，悲伤无比，古有"杜鹃啼血"之说，借以表现人们哀怨、凄凉、思归之情。后两句直接抒发心中难以摆脱的愁思，这种愁思多半因为心中有所郁积而发。从整体上而言，两首诗歌都直接抒发了作者自己难以言说的愁痛。

从构思上而言，表面上是在写物，实际上是借物言情，作者选取"驽骀""骐骥"，寓意庸才和贤才，借庸才和贤才的遭遇诉说自己；而选择"高松""溪畔竹""清风"这几个意象，凸显文人之高雅追求和希冀。古代文化中有"梅兰竹菊"四君子，这四君子代表了高洁，历来受到士人的推崇。从它们身上，士人获得了生存的智慧。无论是穷还是达，他们始终以"君子"之品格来要求自己。而"清风"吹动，松竹回响，这自然之景，包含人与自然共鸣之意。似乎只有它们才能明白作者自己的心意，这种心境也表达出对自己处境的无奈。作者还选取"杜鹃花""杜鹃啼"这两个意象，将自己内心的哀怨一泻而出。而"迟日霁光"，意象明朗，给读者内心带来一丝希望。但后两句中的"搜客思"和"恨如迷"，则勾画出作者内心之情，描摹得极具形象之感。因此，可以看出，作者在构思尤其是意象的选择上别具用心，善于通过物表现自己的"愁"。

在意境上，这两首诗歌情景交融，景中有情，情中有景，意蕴飘逸，温婉凄清。第一首中的"高松"、"溪畔竹"和"清风"，塑造出幽静之景，给人一种雅致之美。第二首中的"杜鹃啼"，描摹出的是凄凉之景，给人一种清怨之美。"才""搜""恨"的使用，加深了作者所要表达的感情，使得感情的表现更加突出、浓烈。对比、借代和典故手法，也使得意象的表达更具有力度。

总之，此两首诗歌抒发真情，将作者内心无以言说之苦痛、愁恨呈现出来，具有强烈的画面感，也具有凄清之美。

（曹辛华）

# 游钟山

王安石

终日看山不厌山,买山终待老山间。
山花落尽山长在,山水空流山自闲。

**主题诗句** 山花落尽山长在,山水空流山自闲。

作者王安石(1021—1086),字介甫,号半山,临川(今江西抚州)人,北宋著名的思想家、政治家、文学家、改革家。在政治上,王安石政绩显著。熙宁二年(1069),任参知政事,次年拜相,主持变法。元祐元年(1086),保守派得势,新法皆废,郁然病逝于钟山,赠太傅,获谥"文",世称王文公、王荆公。今有《王临川集》等传世。

**注释**
①钟山:今江苏南京紫金山。

**赏析**
　　此诗作于王安石晚年罢相后退隐钟山期间。全诗托物起兴,意蕴空灵,疏淡自然,着意抒写闲适心情和对自然山林的喜爱。诗句中句句重写山,看山、厌山、买山、老山、山花、山水,不断重复"山"字,突出了山在作者心中的地位,不仅产生了一种节奏连绵之效果,而且显示王安石闲居于此,自得其乐,别无所求的山水之乐感体验。"山"字的回环反复,不仅读之朗朗上口,还体现了作者的匠心独运,这样的诗作在古典诗词中是极少见的。唐代羊士谔的一首《乱后曲江》:"忆昔曾游曲水滨,春来长有探春人。游春人尽空池在,直至春深不似春。"诗中五叠"春"字,读来已是传神至极，毫无矫揉造作与为复而复之嫌疑。而王安石的这首《游钟山》更是出奇制胜，独绝无二。

首句从游山写起，"终日看山不厌山"令人想起李白《独坐敬亭山》的名句："相看两不厌，只有敬亭山"。晚年归隐后的王安石常骑着毛驴悠游钟山，日日与山为伴，以山为景，却未曾厌腻。此句一写钟山秀美，二写山之变幻。山川看似亘古不移，但若像王安石这样细细赏来，也会看见钟山的日新月异，花草树木、鸟兽蛇虫，每一日、每一时、每一刻都在改变。因为喜爱而想要"买山终待老山间"，而事实上王安石最后确实安葬于钟山南麓。

最后两句是作者的妙语。"山花落尽山长在"，王安石先引入"山花"，世人皆为花落而伤情，他却看到了山花落尽后的山长在。这七个字，让我们也看到了一个洒脱乐观的王安石，山花虽落只要山长在，来年又是满山春。而"山水空流山自闲"，则突出一个"闲"字，水动而山静，一动一静中是他的洒脱和自在。禅语里讲究一个"空"字，王安石这最后两句，正是源自本心的空宁。全诗看似在写钟山，实则是在写作者的心。

王安石精工于诗，诗歌创作手法在晚年的诗歌中越发精益求精。此诗即注重炼字揣摩的经典之作。八个"山"字平均分配于四句之中，这显然是作者巧心谋篇布局，以显出渐次的层次感。但又并非一成不变，毫无错落，前两句中每一个"山"字都写在了七言的不同位置上，而后两句又处于相同位置之处。形式上既有参差，又有对称，堪称一绝。古典诗歌有"诗避重字"的说法，一因格律，二因诗作篇幅短小，要表意染境本已不易，若再反复用字，反而会有追求辞藻，诗作空洞，而不能达意的问题。但王安石的这首《游钟山》在诗意的表达上，不仅没因反复用字而大打折扣，而且句意如叠字一样，环环相扣，更有以山自拟的深意暗含其中。即使不深究诗境，全当一首普通的闲适山水诗来看，也是难得的一篇佳作。

（刘勇刚、梅国春）

# 六月二十日夜渡海

苏轼

参横斗转欲三更,苦雨终风也解晴。
云散月明谁点缀,天容海色本澄清。
空余鲁叟乘桴意,粗识轩辕奏乐声。
九死南荒吾不恨,兹游奇绝冠平生。

**主题诗句** 九死南荒吾不恨,兹游奇绝冠平生。

作者苏轼(1037—1101),字子瞻,号东坡居士,眉州眉山(今属四川)人,祖籍河北栾城。北宋时期著名的文学家、书法家、政治家,他的诗、词、文、赋乃至书法、绘画、文艺理论批评等造诣,都达到了一流的水平。他的诗作独具风格,与黄庭坚并称"苏黄";词开豪放一派,与辛弃疾同是豪放派代表,并称"苏辛"。

**注释**

①参、斗:星宿名,意为北斗转向,参星横斜。②鲁叟:指孔子,孔子为鲁国人,故称。③轩辕奏乐:《庄子·天运》篇记载,"北门成问于黄帝曰:'帝张咸池之乐于洞庭之野,吾始闻之惧,复闻之怠,卒闻之而惑;荡荡默默,乃不自得。'"轩辕,黄帝的名号。传说其姓公孙,居于轩辕之丘,故称。

**赏析**

元符三年(1100),宋哲宗病逝,徽宗即位,苏轼遇赦北归,这首诗即作于他从海南渡海北返途中。参星横斜,北斗转向,马上就是三更天了,首句即点明诗题中之"夜"字。连日来的凄风苦雨也终究是放晴了。

其实，放晴的不止是恶劣阴霾的天气，作者那久经折磨的身体与心灵也在此时得到了解脱。

颔联在表层意义上依然是描述天气：乌云退散，晴空月明，天之容、海之色也是澄澈而干净。但经典就是经典，东坡就是东坡，字里行间的深意更值得我们去挖掘。"云散月明谁点缀"一句用了司马道子与谢重的典故，王文诰进一步解释道："（上句）问章惇也；（下句）公自谓也。"说是"问章惇"，未必如此针对，苏轼应是向那些迫害臣僚的执政党徒们发问：天月明净自是佳景了，何用你们这些"居心不净"的人来"滓秽太清"呢？下句一个"本"字将苏轼内心的怨气一吐而出，世间本来就是清白干净的。纪昀评价此诗道："前半纯是比体，如此措辞，自无痕迹。"确实如此，若是不深究其中暗含的深意，这两联作写景名联观之亦未尝不可。

颈联由写景转入抒情，但依然是情景交融。孔子说："道不行，乘桴浮于海。"（《论语·公冶长》）虽然苏轼确实乘桴漂流过海，在海南岛居住了近四年，但是作为犯官的他毕竟权力有限，因此"海外传道"也只能是空有的念想了。话虽如此，但苏轼也为海南人民做了不小的贡献，他在那里讲学明道，宣扬教化，恶劣的读书环境下竟也培养出了海南历史上的首位进士。"粗识轩辕奏乐声"，北返一定是一件好事吗？会不会也像北门成那样"始闻之惧，复闻之怠，卒闻之而惑"呢？说是"粗识"，但是久经宦海沉浮的苏轼早已对个中辛酸颇为"熟识"了。

纵然前路迷茫，世事阴晴不定，但是苏轼依然选择了坦然面对：哪怕是在这蛮荒之地死上一万次我都不会悔恨的，说是"吾不恨"，这其间不能不存在着由"恨"到"不恨"的转变，从"恨"中超脱出来，"兹游奇绝冠平生"真是东坡才能写出来的好言语！你们都把贬谪蛮荒当成一件苦事，我却只当是一次出游，而且这次游赏之"奇"与"绝"也足以成为我平生之冠了，其乐观、豪迈、旷达无需言明，却早已跃然纸上。

（刘勇刚、孙震宇）

# 定风波

## 苏轼

三月七日,沙湖道中遇雨。雨具先去,同行皆狼狈,余独不觉。已而遂晴,故作此词。

莫听穿林打叶声,何妨吟啸且徐行。竹杖芒鞋轻胜马,谁怕?一蓑烟雨任平生。

料峭春风吹酒醒,微冷,山头斜照却相迎。回首向来萧瑟处,归去,也无风雨也无晴。

**主题诗句** 竹杖芒鞋轻胜马,谁怕?一蓑烟雨任平生。

### 注释

①沙湖:在黄州东南三十里。②吟啸:吟咏、歌啸。啸:吹口哨。③向来:刚才。④萧瑟:风雨拂打林木的声音,作"凄凉"解,亦通。

### 赏析

苏轼中年时期由于政见与当权的新党人士不合,遭到新党中某些政治品质恶劣的人罗织陷害,锒铛入狱,差点丢了性命。幸得新党领袖、退职宰相王安石"岂有圣世而杀才士者乎"一言,方被从"轻"发落(见宋周紫芝《〈诗谳〉跋》),谪居黄州(今湖北黄冈)。自宋神宗元丰三年(1080)至七年(1084),他在黄州度过了四年多近似流放的生活,时当四十四至四十八岁。该篇即作于此期间。

"莫听穿林打叶声",是说不管它下什么雨,只当作没听见。"穿林打叶声"，雨点穿透树林拍打树叶的响声。"竹杖芒鞋轻胜马"，是说拄着竹杖，穿着草鞋在雨中行走，轻便胜过了骑马。"谁怕？一蓑烟雨任平生"，是说我平生以"一蓑烟雨"自任，还怕眼前的这场风雨吗？言外之意，自己早有归隐之心，并不患得患失，所以政治上的打击奈何不了我。"一蓑烟雨"，披一领蓑衣，在烟雨中垂钓。这是作者所向往的生活状态。在宋词中，"一蓑烟雨"是渔隐生涯的象征。如释惠洪《渔家傲·述古德遗事作渔父词八首》其八《船子》曰："一蓑烟雨吴江晓。"张元幹《杨柳枝·席上次韵曾颖士》曰："老去一蓑烟雨里，钓沧浪。"陆游《真珠帘》曰："早收身江上，一蓑烟雨。"又《鹊桥仙》曰："一竿风月，一蓑烟雨，家在钓台西住。"范成大《三登乐》曰："叹年来、孤负了、一蓑烟雨。"皆是其证，几乎没有例外。

"也无风雨也无晴"，是说风雨也罢，天晴也罢，都不放在心上。雨既不惧，晴亦不喜。言外之意是说，自己对政治上的升沉荣辱，淡然置之，毫无芥蒂。作者晚年被放逐到更为蛮荒的海南岛，所作《独觉》诗，结尾再次写道："回首向来萧瑟处，也无风雨也无晴。"可见他对这两句含义深刻的词颇为得意，也可见他这种处世哲学是一以贯之的。

这首词"所指"（所写的具体内容）甚小——不过写半路猝然遇雨时的感受；然而"能指"（所能包含的意蕴）却甚大——竟写出了自己对待人生道路上"风风雨雨"的态度。苏轼一生经历了许多次为常人所难堪的政治打击，但他始终能以旷达的襟怀去迎受，泰然处之。

当然，由于时代的局限，苏轼赖以调节心理平衡的法宝只是佛家和道家的思想，对我们现代人来说，这种世界观并不可取。可是，其词中充溢着的乐观精神和坚强风骨，却典型地反映了我们中华民族的优秀气质，因此读来仍能感受到一种沛然莫御的人格力量。

（钟振振）

# 水调歌头·黄州快哉亭赠张偓佺

苏轼

落日绣帘卷,亭下水连空。知君为我新作,窗户湿青红。长记平山堂上,欹枕江南烟雨,杳杳没孤鸿。认得醉翁语,山色有无中。

一千顷,都镜净,倒碧峰。忽然浪起,掀舞一叶白头翁。堪笑兰台公子,未解庄生天籁,刚道有雌雄。一点浩然气,千里快哉风。

**主题诗句** 一点浩然气,千里快哉风。

**注释**

①新作:新建。②湿青红:指所涂的青油朱漆未干。③平山堂:位于扬州。④欹枕:斜倚,斜靠。⑤山色有无中:出自欧阳修《朝中措·送刘仲原甫出守维扬》。⑥兰台公子:指战国楚辞赋家宋玉,相传曾作兰台令。⑦庄生:战国时道家学者庄周。⑧天籁:发于自然的音响,这里指风吹声。⑨刚道:"硬是说"的意思。

**赏析**

这首词又名《水调歌头·快哉亭作》,是苏轼豪放词的代表作之一。此词描写的对象,主要是"快哉亭"周围的广阔景象。

开头四句,先用实笔,描绘亭下江水与碧空相接、远处夕阳与亭台相映的优美图景,展现出一片空阔无际的境界,充满了苍茫阔远的情致。"知君为我新作"两句,交代新亭的创建,点明亭主和自己的密切关系,反客为主、诙谐风趣地把张偓佺所建的快哉亭说成特意为自己而造,又写亭台窗户涂抹上青红两色油漆,色彩犹新。"湿"字形容油漆未干,颇为传神。

"长记平山堂上"五句，是记忆中情景，又是对眼前景象的一种以虚托实的想象式侧面描写。作者用"长记"二字，唤起他曾在扬州平山堂所领略的"江南烟雨""杳杳没孤鸿"那种若隐若现、若有若无、高远空蒙的江南山色的美好回忆。平山堂是作者的恩师欧阳修所建，在当时的情况下，平山堂文化内蕴的丰富和文化层次的高雅，是文化人群体中所共同认可的。作者又以此比拟他在"快哉亭"上所目睹的景致，将"快哉亭"与"平山堂"融为一体，构成一种优美独特的意境。

下片换头以下五句，又用高超的艺术手法展现亭前广阔江面动心骇目的壮观场面。词人并由此生发开来，抒发其江湖豪兴和人生追求。"一千顷，都镜净，倒碧峰"三句，描写眼前广阔明净的江面清澈见底，碧绿的山峰倒映江水中，形成了一幅优美动人的、平静的山水画卷，这是对水色山光的静态描写。"忽然"两句，写一阵巨风，江面倏忽变化，涛澜汹涌，风云开阖，一个渔翁驾着一叶小舟，在狂风巨浪中掀舞。至此，作者的描写奇峰突起，由静境忽变动境，从而自自然然地过渡到全词着意表现的着重点——一位奋力搏击风涛的白发老翁。这位白头翁的形象，其实是东坡自身人格风貌的一种象征。以下几句，作者由风波浪尖上弄舟的老人，自然引出他对战国时楚国兰台令宋玉所作《风赋》的议论。作者看来，宋玉将风分为"大王之雄风"和"庶人之雌风"是十分可笑的。其实，庄子所言天籁本身绝无贵贱之分，关键在于人的精神境界的高下。他以"一点浩然气，千里快哉风"这一豪气干云的惊世骇俗之语昭告世人：一个人只要具备了至大至刚的浩然之气，就能超凡脱俗，刚直不阿，坦然自适，任何境遇中，都能处之泰然，享受使人感到无穷快意的千里雄风。

（褚宝增）

# 和孚先兄安贫乐道以书史自娱嘉叹成咏

李光

青山绕屋水侵篱,拙计何妨与世违。
窗有残灯供夜读,瓶无储粟补朝饥。
日长门巷荆枝合,岁暮风霜塞雁归。
白首重来耆旧尽,余年从此永相依。

**主题诗句** 日长门巷荆枝合,岁暮风霜塞雁归。

作者李光(1078—1159),字泰发,越州上虞(今属浙江)人,号转物居士。文学家、词人,南宋四名臣之一,唐汝阳王李琎之后。徽宗崇宁五年(1106)进士。后为吏部尚书。力主抗金,为秦桧所恶。秦桧死后,得复官秩。卒谥"庄简"。有《庄简集》《读易详说》。

**注释**
①孚先:李光的堂兄。②拙计:谦辞,自己笨拙的计谋。③荆枝:喻兄弟骨肉同气连枝。④耆旧:年岁高且有贤德之人。

**赏析**
李光的诗歌创作在前期继承了杜甫"诗史"的传统,诗中多反映北宋王朝末期政治腐败、奸佞误国的时代背景,忠君爱国主题极为突出,踔厉奋发,具有极强的战斗力,但时而流于质直浅露。南渡之后,秦桧打击异己,李光曾一度遭贬,田产籍没,骨肉流散,遭际窘迫,但他能够做到安贫乐道,内修心性,在困苦中寻求自适和超越。因此,李光后期诗歌往往表现为自然平淡，从诗中所透现出的也往往是安闲自得的形象。

　　这首诗当为李光后期诗歌创作的代表作。他虽屡遭贬谪，但精神上并没有被击垮，以旷达、乐观的生活态度面对困苦，整首诗皆围绕这种安贫乐道的心境抒发情感。首联说明岭南恶劣的自然环境并没有让作者的心境产生负面的影响，他反倒乐在其中，享受着青山围绕、水侵篱笆的自然风光。环境的恶劣不仅仅是地理环境上的，同时也象征了政治处境的危险，作者的态度依然是逆来顺受。"何妨与世违"既保持了人格的独立、精神的坚守，又有随遇而安的旷达与从容。

　　颔联是李光窘迫生活的真实写照，瓶无储粟但仍有残灯可供书史自娱。一"有"一"无"，尽显辛酸，肉体的饥饿仍可用精神的食粮慰藉，此处点题，这是安贫乐道极为贴切的注脚。接下来两句暗用典故，由记述自身境遇转到兄弟亲友。紫荆树紫红艳丽，干直丛生，借喻作者与兄弟之间同气连枝，志向相投，为同道之人。"塞雁"则暗指他在外漂泊的儿子，南北相隔，渴望他们能够如同大雁南飞一般归来团圆。颔联、颈联由己及人描述了自己与亲友的境况，虽字字辛酸，但不见埋怨与愤恨，在困境之下仍能有所慰藉，可见其不以物喜、不以己悲之心性。

　　尾联体现了作者精神的自持与坚守。李光有十余年的贬谪遭遇，一路南迁，由广西最终至儋州，但他以道家之法修身养性，精神上向先贤陶渊明和苏东坡学习，做到自我宽慰，因此能够活到八十多岁高龄。他自感青春不再，同道凋零，但依旧希望能够坚守这种自适与平和，十分不易。宋史专家刘子健先生指出："在悲哀和困惑中，许多知识分子不可自抑地转向内省和回顾。"（《中国转向内在——两宋之际的文化内向》）这种对自我修养的关注与坚持，并不是对权奸压迫与窘困处境的逃避，而是对世间万物态度的主观选择，以旷达、乐观的精神自持，能够抗击一切困难。表现出李光潇洒飘逸的旷达精神与艰苦环境中的自持坚守。

（刘勇刚、王毅）

## 和杜柳溪韵

### 黄庚

安贫乐道岂卑微,肯羡黄金带十围。
爵列三公今却有,齿逾七帙古来稀。
满头霜雪客怀老,过眼烟云人是非。
皎皎白驹在空谷,好贤谁复咏缁衣。

**主题诗句**　安贫乐道岂卑微,肯羡黄金带十围。

作者黄庚,生卒年不详,字星甫,号天台山人,天台(今属浙江)人。出生于宋末,早年习举子业。元初"科目不行,始得脱屣场屋,放浪湖海,发平生豪放之气为诗文"(黄庚《月屋漫稿·自序》)。以游幕和教馆为生,曾较长期客越中王英孙、任月山家。与宋遗民林景熙、仇远等多有交往。卒年八十余,晚年曾自编其诗为《月屋漫稿》,现存诗近五百首。

**注释**
①肯羡黄金带十围:宋陆游在《蔬圃绝句》中指出,"百钱薪买绿蓑衣,不羡黄金带十围。枯柳坡头风雨急,凭谁画我荷锄归?"带十围:形容粗大。南朝宋刘义庆《世说新语·容止》:"庾子嵩长不满七尺,腰带十围。"②七帙:帙通"秩"。唐白居易在《思旧》诗中指出:"唯予不服食,老命反迟延。……齿牙未缺落,肢体尚轻便。已开第七秩,饱食仍安眠。"古代以十年为一秩。③皎皎白驹:白色骏马。比喻贤人、隐士。语出《诗经·小雅·白驹》:"皎皎白驹,食我场苗。絷之维之,以永今朝。"④缁衣:古代用黑色帛做的朝服。《诗经·郑风·缁衣》:"缁衣之宜兮,敝,予又改为兮。"《毛诗故训传》云:"缁,黑也,卿士听朝之正

服也。"《诗序》谓系赞美郑武公父子之诗；一说为赞美武公好贤之诗。《礼记·缁衣》："子曰：'好贤如《缁衣》，恶恶如《巷伯》。'"郑玄注："《缁衣》《巷伯》，皆《诗》篇名……此衣缁衣者，贤者也。"唐陆贽《张延赏中书侍郎平章事制》："式慰《甘棠》之思，且继《缁衣》之美。"

### 赏析

中国古代的知识分子绝大多数是积极入世的，要想入世，当先入仕，只有入仕才能最大限度地替国家做出一番事业。南宋被元所灭后，作为南宋遗民的黄庚，为保持民族气节不可能入仕新朝。隐居林泉，放浪湖海，诗酒相娱，成了黄庚继续生活的唯一选择。与后来明清易代之时的吴伟业"故人慷慨多奇节。为当年、沉吟不断，草间偷活"（《贺新郎·病中有感》）感慨相同，只是吴伟业在被迫的情况下出仕新朝，所以吴伟业有"剖却心肝今置地，问华佗、解我肠千结"（同上）的沉痛。

黄庚为了保持民族气节，不嫌"卑微"，不羡"黄金带十围"，拒绝"爵列三公"，力求以从容的心态，安闲自得，了却余生。即使不是自己所希望的生活方式，但也只得如此了，以隐藏亡国之痛。

"满头霜雪客怀老"，此处老是旧的意思，"满头霜雪"的人在怀念旧日的社稷。"过眼烟云人是非"，人非故旧，"过眼烟云"的江山也已经不是旧日的江山。颈联充盈着家国之痛。

如此之痛，依然要活下去。大势已去，时光难回，认同现实后，作者选择了"安贫乐道"。安于贫穷，超然世外，以坚持自己的信念与节操为乐。即使朝廷好贤，作者也绝无期待。

这首诗是亡国之遗民于新朝的安贫乐道，不同于身处太平盛世的安贫乐道，让读者骤增了对作者的崇敬之情。

（褚宝增）

## 鹧鸪天

### 段成己

谁伴闲人闲处闲。梅花枝上月团团。陶潜自爱吾庐好,李白休歌蜀道难。

林壑静,水云宽。十年无梦到长安。五更门外霜风恶,千尺青松傲岁寒。

**主题诗句** 五更门外霜风恶,千尺青松傲岁寒。

作者段成己(1199—1279),字诚之,号菊轩,绛州稷山(今属山西)人。金哀宗正大年间进士,曾官宜阳(今属河南)主簿。金亡后,元世祖召为平阳府(今属山西)儒学提举,坚拒不仕,与兄克己避地龙门山(今山西河津与陕西韩城间)中。段成己与兄以文章擅名,"二段"才名相埒,故后人汇编二人诗词为《二妙集》,其个人词集单行者名《菊轩乐府》。

### 注释

①陶潜:陶渊明,名潜,字元亮,别号五柳先生,卒后私谥"靖节",东晋至南朝宋人。陶渊明《读山海经》(其一)诗:"众鸟欣有托,吾亦爱吾庐。"②林壑:树林和山谷。③长安:京华的代称。

### 赏析

这是一首"咏怀体"辞章。段成己初仕于金,入元后,市朝更改、陵谷变迁,拒元世祖之召,遂追随乃兄遁迹龙门山中,表现出作者傲世独立、安闲自得的精神气质。

"谁伴闲人闲处闲",三个"闲"字,如连珠落盘,既写出词人身闲、地闲、心闲的萧然尘外的隐居生活,又造成悬念,引出下文。身在江湖乃闲人,居于荒隅乃闲处,守节自持乃闲心,足见匠心。"梅花枝上月团团"是对上句的回答,明月以皎洁动人,梅花以傲骨著世,如此清夜良宵,月、梅、人构成一幅静穆画面,渗透出一种淡雅高洁的意趣,将人物的丰姿映衬得愈加鲜明。

接下二句"陶潜自爱吾庐好,李白休歌蜀道难。"按填写此调的习惯,以对仗的形式出现。因对仗而比,发起议论,借古喻今,挑明襟怀。效仿陶渊明的挣脱尘网、逍遥田园的自欣心情,不学李白悲歌世路艰难、仕途坎坷的伤慨。进退取舍之斟酌间,心室洞开,阃奥毕现,遗民的贞烈气节,不仅闲淡,而且从容。

下阕"林壑静,水云宽。十年无梦到长安",承上阕歌咏"闲处"之山林,换用倒叙手法,总写十年隐居生涯。龙门山位于黄河东侧,山深林茂,人烟稀少,尘嚣不到。作者幽栖于此,长年徜徉幽静的林壑,终日坐观无边的白云,俗念涤尽,心宽意详。"无梦"写透"闲人"心静。淡泊无欲,新朝的富贵荣华与己无关,对首句"闲人闲处闲"漫长岁月给予了具体印证。

"五更门外霜风恶,千尺青松傲岁寒。"笔势从倒叙拉回现实,段成己无意于尘世之嚣嚣纷杂,然而蒙元新朝并不能容忍这种"不食周粟"的行为,拒不赴任,压力可想而知。他决心学门外青松,"傲对岁寒",在艰难的时代里清白地生活下去。收尾处忽在淡语中发激越逸响,一鸣即收,惊人耳目,作者的人格、志向被集中而醒目地推现出来。"千尺青松",正是他气节凛然、俯视千古的精彩亮相。

整首词很好地突出了安闲与气节的主题,烘托出段成己遗世独立的精神、傲世挺拔的风骨。

(褚宝增)

## 清平乐

### 刘敏中

繁华敢望？自喜清贫状。老屋三间空荡荡。几册闲书架上。
客来或问中庵。平生虎穴曾探。隐几悠然不答，窗间笑指山岚。

**主题诗句** 繁华敢望？自喜清贫状。

作者刘敏中（1243—1318），字端甫，号中庵，济南章丘（今属山东）人。元世祖至元中，由中书掾擢兵部主事，拜监察御史，弹劾权臣僧格奸邪，不报，辞职归乡。既而起为御史台都事，累迁至翰林直学士兼国子祭酒。成宗大德七年（1303），宣抚辽东、山北，守令恃贵幸暴横者，一绳以法。大德九年（1305）为集贤学士，商议中书省事，上疏陈"整朝纲"等十条。武宗时，官至翰林学士承旨，以疾还乡里。卒赠光禄大夫，追封齐国公，谥"文简"，一生为官清正，以时事为忧。善诗文，亦能词典，著有《平宋录》《中庵集》，词集单行者曰《中庵乐府》。

**注释**
①隐几：靠着几案、伏在几案上。

**赏析**
这首词表达了作者自甘清贫的志向和他归隐山林的乐趣，非"为文而造情"的产物，而是一首"夫子自道其志"的作品。

《元史·刘敏中传》载："身不怀币，口不论钱"，是一个难得的清官。而他本人的文学创作中，也屡屡提及自己"安贫乐道"的志趣。如刘敏中在《励志赋》并引中曰："余读书既冠，殊拙于生理。其于求田问舍之事，辽然不知也。然给养之资，日以艰窘，恐以贫乏累其志气，乃作《励志赋》以自勉。"

词开篇用反问句"繁华敢望？"表明自身不贪荣华富贵的态度。接言"自喜清贫状"，又以一"喜"字正面表达了自己"安贫乐道"之志向。接下去两句，则用形象化的语言来具体描述其生活境况与精神境界：一曰"老屋三间空荡荡"，使人如见其家徒四壁、室无长物的"清贫"；二曰"几册闲书架上"，又使人如见其不慕利禄、但嗜读书的"闲适"。一个"不戚戚于贫贱，不汲汲于富贵"的人物形象，栩栩如生地展现在读者眼前。

下阕主要通过"主""客"问答的方式来申述自己的志趣。"客来或问中庵，平生虎穴曾探"两句，作者假借一位来客的口，提了一个"设问"。其中"虎穴"二字，耐人寻味，应暗指与权奸僧格作斗争之事。好汉不提当年勇，曾经的锐气，封存也罢！词之结尾采用"王顾左右而言他"的方法，引出"隐几悠然不答，窗间笑指山岚"。词人只是倚着几案而坐、默而不答，如果要说有所回答的话，那只是笑指窗外的山间云气，让读者自己去体味个中奥妙了。促人深思，耐人寻味，充分表达了作者"跳出尘世""皈依自然"的隐逸情趣，大有"悠然心会，妙处难与君说"（《念奴娇·过洞庭》）的境界，有一种"无言之美"。塑造了一位曾经饱经风霜、历经风险的老人，现今却"世路如今已惯，此心到处悠然"（宋张孝祥《西江月·丹阳湖》）的内心世界。刘敏中此词的结尾，既写得那么轻松、悠闲，又显得悠深、含蓄，手法甚是高妙。

总观全词，可知这位物质条件相当清贫的老词人，精神生活却是相当富足的，有架上的闲书作伴，有山间的云岚相望，那三间空荡荡的老屋，又"何陋之有"？

（褚宝增）

## 孤松

贝琼

青松类贫士，落落惟霜皮。
已羞三春艳，幸存千岁姿。
蝼蚁穴其根，乌鹊巢其枝。
时蒙过客赏，但感愚夫嗤。
回飙振空至，百卉落无遗。
苍然上参天，乃见青松奇。
苟非厄冰雪，贞脆安可知。

**主题诗句**　苍然上参天，乃见青松奇。

**作者**贝琼（1314—1379），初名阙，字廷臣，别号清江，浙江崇德（今属桐乡）人。元末大乱，隐居教授，往来江浙间，生徒云集。张士诚据吴，累征不就。明洪武三年（1370），举明经，召修《元史》。官国子助教，后改作中都国子监，教授勋臣子弟。从杨维桢学诗，崇尚盛唐，诗风温厚，自然高秀。著有《清江贝先生集》《清江稿》《云间集》等。

**注释**
①霜皮：指松柏的树皮。②穴其根：以它的根为洞穴。③厄：阻隔、受困。④贞脆：坚贞与脆弱。

**赏析**
这是一首咏物诗，作者以孤松自喻，塑造了坚贞伟岸的青松形象。

开篇"青松类贫士,落落惟霜皮。已羞三春艳,幸存千岁姿"四句,强调孤傲青松卓立独行的品质。青松好似贫士,落落孤立,树皮粗糙,不屑与春天百花争奇斗艳,但幸能矗立千岁,高大伟岸,郁郁青青。在"三春"和"千岁"的对照中,我们可以体会到青松的孤傲,其中寓含作者不同凡俗的人生追求。

"蝼蚁穴其根,乌鹊巢其枝。时蒙过客赏,但感愚夫嗤"四句,描述孤松的生存环境、承载的责任、他人的观感评价等。树根处蝼蚁安家,枝头处乌鹊筑巢,这是松树给予自然界的贡献,如同作者隐居教学,培养人才,在元末乱世做出自己的贡献。孤松这种生存状态,偶尔有路过的行客欣赏其高耸挺拔,但更多的是被世俗浅薄之人讥笑。在沉迷于功名利禄的乱世,作者隐居教学的选择必定只有极少数知音赞赏,而大多数人会不理解甚至嘲讽。接下来"回飙振空至,百卉落无遗。苍然上参天,乃见青松奇"四句,比较孤松与百卉,突出孤松之奇。暴风狂起,百花凋零,而苍劲的孤松屹立参天,青翠依旧。"回飙"暗含时代风云,元朝风雨飘摇,巨变之后,今日光鲜的成功人士将零落无归。但选择如"孤松"一样生活的作者却依旧挺立,才华横溢。因此他自信,今日安闲自得,更见他日之"奇",安贫乐道,然而卓然超群。

最后诗歌以反问作结,"苟非厄冰雪,贞脆安可知。"若不是受困于冰雪的考验和磨炼,让人们看到花草的脆弱与坚强,怎能感知到孤松的坚贞与伟岸?作者塑造了孤松倔强坚贞、不随波逐流的形象,令人肃然起敬。整首诗托物言志,作者以"孤松"自比,是元末乱世中正在经历现实严峻考验的士大夫形象的缩影。像"孤松"一样安闲自得,其实是坚守安贫乐道的人格理想,孤傲坚贞地生活在大乱之世,极为难得,其人格形象和精神品质值得学习和借鉴。

(江合友)

# 好学不倦

# 劝学

### 颜真卿

三更灯火五更鸡，正是男儿读书时。
黑发不知勤学早，白首方悔读书迟。

**主题诗句** 黑发不知勤学早，白首方悔读书迟。

作者颜真卿（709—784），字清臣，别号应方，琅琊临沂（今山东临沂）人。唐代名臣，杰出的书法家。唐玄宗开元二十二年（734）登进士第，历任监察御史、殿中侍御史。后因得罪权臣杨国忠，被贬为平原太守，世称"颜平原"。安史之乱时，颜真卿率义军对抗叛军，一度光复河北。后至凤翔，被授为宪部尚书。唐代宗时官至吏部尚书、太子太师，封鲁郡公，人称"颜鲁公"。兴元元年（784），被派遣晓谕叛将李希烈，凛然拒贼，终被缢杀。他遇害后，嗣曹王李皋及三军将士皆为之痛哭。追赠司徒，谥号"文忠"。颜真卿书法精妙，擅长行、楷，其正楷端庄雄伟，行书气势遒劲，创"颜体"楷书，对后世影响很大。又善诗文，宋人辑有《颜鲁公集》。

### 注释

①更：古时夜间计算时间的单位，一夜分五更，每更为两小时。午夜11点到1点为三更。②五更鸡：天快亮时，鸡啼叫。③黑发：年少时期，指少年。④白首：头发白了，这里指老年。⑤方：才。

### 赏析

此诗多人怀疑非颜真卿所作，但又考证不出真实作者。

《劝学》这首作品从俗谚中演化而来，在今天已经成为耳熟能详的劝学之句。"三更灯火五更鸡，正是男儿读书时。"勤恳向学的学生，在三更半夜时还在学习，三更时灯还亮着，熄灯躺下稍稍歇息不久，五更的鸡就叫了，这些勤奋的人又得起床忙碌开了。第一句用客观现象写时间早，引出第二句学习要勤奋，要早起——"正是男儿读书时"为第一句作补充，表达了年少学习时应当珍惜每寸光阴，通过努力学习才能报国报家，建功立业。而整首诗中最为著名的便是"黑发不知勤学早，白首方悔读书迟"二句。意为年轻的时候不好好学习到了年纪大了，再想要学习也晚了。正可与古诗中的"少壮不努力，老大徒伤悲"相参看。句子中"黑发""白首"采用了借代的修辞方法，借指青年和老年。通过对比的手法，突出读书学习要趁早，不要到了老后悔了才去学习。从结构上看，三四句为对偶句，"黑发"与"白首"前后呼应，互相映衬，给读者留下深刻的印象。

这首小诗，通过精练的文字，道出了持续学习、勤奋向上的人生哲理。作品以夜晚的读书场景为切入点，映射出人生的奋发历程。通过"男儿读书"的形象，表达了追求知识和进取的精神，强调了学习对于年轻人发展的重要性。同时，诗人以"黑发"和"白首"的对比，反映了人生的转瞬即逝，警示人们要及早行动，不要在后悔中度过晚年。

整首诗的情感表达言简意赅，凝练精深，而"劝"字起着统领全篇的作用，所谓"劝"，即劝勉青少年要珍惜少壮年华，勤奋学习，有所作为，否则，到老一事无成，后悔已晚。整首诗深入浅出，富有哲理，从学习的时间这一角度立意，劝勉年轻人不要虚度光阴，以短短的二十八个字揭示了这个深刻的道理，达到了催人奋进的勉励效果，成为一代又一代青年学子的座右铭。

(李俊儒)

# 奉赠韦左丞丈二十二韵（节选）

杜甫

纨绔不饿死，儒冠多误身。
丈人试静听，贱子请具陈。
甫昔少年日，早充观国宾。
读书破万卷，下笔如有神。
赋料扬雄敌，诗看子建亲。
李邕求识面，王翰愿卜邻。
自谓颇挺出，立登要路津。
致君尧舜上，再使风俗淳。

**主题诗句** 读书破万卷，下笔如有神。

作者杜甫（712—770），字子美，自号少陵野老，河南巩县（今河南巩义）人。少贫，举进士不第，困居长安。天宝末年，始官右卫率府胄曹参军。安史之乱中，自鄜州投奔肃宗朝廷，为叛军所获，掳往长安。后逃出长安，至凤翔谒肃宗，拜右拾遗。因上疏触怒肃宗，出为华州司功参军。关中饥荒，遂弃官去，辗转入成都，依剑南节度使严武，严武奏为参谋、检校工部员外郎。严武卒，无所依。蜀中乱，乃举家出三峡沿江东下。中途卒于耒阳，年五十九。后人尊为"诗圣"。与李白齐名，并称"李杜"。有《杜工部集》。

**注释**

①韦左丞：指韦济，在天宝七年（748）为河南尹，杜甫有《奉寄河南韦尹丈人》诗，对他的关注表示感激。同年，韦济调到长安任尚书省左丞，杜甫又有《赠韦左丞丈济》诗，请求推荐。②丈：是对老年和长辈男

子的尊称。③纨绔：指华丽的衣着，通常用来作为豪门子弟的代称。纨是细绢。④贱子：自谦之称。⑤甫昔少年日，早充观国宾：开元二十三年（735），杜甫在洛阳参加进士考试，时年二十四岁。⑥李邕：是当时文坛上很有名望的人。《新唐书·杜甫传》："甫，字子美，少贫，不自振……李邕奇其才，先往见之。"⑦王翰：当时有名的老诗人。⑧卜邻：择邻。⑨挺出：杰出。⑩要路津：重要的道路和渡口，借指政治上的重要地位。

### 赏析

此诗作于天宝七年（748），时杜甫三十七岁。韦左丞指韦济，他很赏识杜甫的诗，并曾表示过关怀。杜甫这时应试落第，困守长安，心情落寞，想离京出游，于是就写了这首诗向韦济告别。诗中陈述了自己的才能和抱负，倾吐了仕途失意、生活潦倒的苦况，于现实之黑暗亦有所抨击。

求人援引的诗，带有明显的急功求利的企图。常人写来，不是曲意讨好对方，就是有意贬低自己，容易露出阿谀奉承、俯首乞怜的寒酸相。杜甫在这首诗中却能做到不卑不亢，直抒胸臆，吐出长期郁积下来的对封建统治者压制人才的悲愤不平。这是作者超出常人之处。

作者开篇就以重墨对前辈直抒胸臆。世上的事就是这样，那些纨绔子弟，不学无术，一个个过着脑满肠肥、飞扬跋扈的生活。而偏偏像杜甫那样正直的读书人，却大多空怀壮志，一直挣扎在饿死的边缘。

作者用铺叙追忆的手法，介绍了自己早年出众的才学和远大的抱负。少年杜甫很早就在洛阳一带见过大世面。作者博学精深，下笔有神。作赋可比扬雄，咏诗不输曹植。头角乍露，就博得当代文坛领袖李邕、诗人王翰的赏识。凭着自己的卓越才华，作者天真地认为求个功名，登上仕途，简直是易如反掌，到那时就可实现梦想了。作者信笔道来，踌躇满志，意气风发，大有睥睨一切的气概。诗中"读书破万卷，下笔如有神"，影响深远，成为千载以来激励学子勤奋的经典名句。

（褚宝增）

# 柏学士茅屋

### 杜甫

碧山学士焚银鱼，白马却走深岩居。
古人已用三冬足，年少今开万卷余。
晴云满户团倾盖，秋水浮阶溜决渠。
富贵必从勤苦得，男儿须读五车书。

**主题诗句** 富贵必从勤苦得，男儿须读五车书。

**注释**

①碧山学士：指柏学士。②碧山：泛指青山。③银鱼：银质的鱼符。唐代授予五品以上官员佩带，用以表示品级身份；亦作发兵、出入宫门或城门之符信。刘禹锡《酬严给事贺加五品兼简同制水部李郎中》："九天雨露传青诏，八舍郎官换绿衣。初佩银鱼随仗入，宜乘白马退朝归。"④三冬：《汉书·东方朔传》："年十三学书，三冬文史足用。"⑤晴云满户团倾盖，秋水浮阶溜决渠：倾盖原指车上的伞盖靠在一起。团：意为圆，这里用来形容云彩之状。溜：迅急的水流。这两句描写了柏学士茅屋的外景。仇兆鳌云："云如倾盖之团，言其浓。水似决渠之溜，言其急也。"⑥五车书：典出《庄子·天下》。惠施的方术很多，本事很大，他读的书要五辆车拉，后遂用"五车书"代指书多或形容读书多、学问深。

**赏析**

杜甫此诗题友人所居之茅屋，却写出了茅屋及其主人甘贫乐道的情志。此诗应作于唐代宗大历二年（767），当时杜甫五十六岁，居夔州（今重庆奉节)。"碧山学士焚银鱼,白马却走深岩居。"银鱼为学士官阶身份的象征,焚银鱼,自然是夸张之词,但在这里表达了学士不慕名利,甘心居住于此深山老林之中的精神品质。而颔联则是深入描写了柏学士茅屋中的藏书之丰富,"古人已用三冬足,年少今开万卷余。"更是体现了柏学士勤学苦读的可贵品质,虽然年少,但是已经读书万卷,深有所得。

从结构上来说,颔联选取茅屋内部的视角进行描写,既然是茅屋,自然是简陋无可称道,但是杜甫却选取了藏书的角度对学士进行赞扬,可以说是别出心裁。颈联则从周遭环境描写茅屋所处之幽静自然,令人心驰神往。尾联用"富贵必从勤苦得,男儿须读五车书"两句,写下了勉励之词。既是对学士身处贫穷之境,却依然甘贫乐道、诚心向学品质的赞扬,又对学士这种勤苦求学的学习态度进行了赞许,把学士的这种学习品质作为后来学子的精神榜样。

相比于一般的题赠友人的泛泛之作,这首诗立意甚高,以勤苦求学为勉励,至今仍然对莘莘学子有着良好的激励作用。

(李俊儒)

# 戏为六绝句（其六）

### 杜甫

未及前贤更勿疑，递相祖述复先谁。
别裁伪体亲风雅，转益多师是汝师。

**主题诗句**　别裁伪体亲风雅，转益多师是汝师。

**注释**

①递相祖述：互相学习，继承前人的优秀传统。②复先谁：不用分先后。③别裁伪体：区别和裁减、淘汰那些形式内容都不好的诗。④亲风雅：学习《诗经》风、雅的传统。

**赏析**

以诗论诗，最常见的形式是论诗绝句，每首可谈一个问题，也可以把许多首连缀成组诗，组诗是为了表现出完整的艺术见解。在中国诗歌理论遗产中，有不少著名的论诗绝句，而最早出现、最有影响的则是杜甫的《戏为六绝句》。

这是《戏为六绝句》的最后一首。"前贤"，泛指前代有成就的作家（包括庾信、"初唐四杰"）。"递相祖述"，意思是因袭成风。"递相祖述"是"未及前贤"的根本原因。"伪体"之所以伪，症结在于以模仿代替创造。真伪相混，则伪可乱真，所以要加以"别裁"。创造和因袭，是杜甫区别真伪的分界线。作者只有充分发挥创造力，才能直抒襟抱，自写性情，写出真的文学作品。庾信的"凌云健笔"，"初唐四杰"的"江河万古"，就在于此。反过来，拾人牙慧，傍人门户，必然是没有生命力的。

堆砌辞藻，步齐、梁时期的后尘，固然是伪体；而一味模仿汉、魏时期古人的作品，也是伪体。在杜甫的心目中，只有真伪的区别，并无古今的成见。

"别裁伪体"和"转益多师"是一个问题的两面。"别裁伪体"强调创造；"转益多师"重在继承。两者的关系是辩证的。"转益多师是汝师"，意思是无所不学，没有固定的学习对象。这话有好几层意思：只有"无所不师"，才能兼取众长；没有固定的学习对象，不限于一家，虽然有所继承、借鉴，但并不妨碍作者自己的创造性，这是第一层意思。只有在"别裁伪体"，区别真伪的前提下，才能确定"师"谁，"师"什么，才能真正做到"转益多师"，这是第二层意思。要做到"无所不师"而没有固定的学习对象，就要善于从不同的角度学习别人的成就，在吸取的同时，也要有弘扬和舍弃的地方，这是第三层意思。在既批判又继承的基础上，进行创造，熔古今于一炉，创作出作者自己的佳句，这就是杜甫"别裁伪体""转益多师"的精神所在。

杜甫自身就是一个"转益多师"的典范，由于他的努力践行，成为诗中的集大成者。元稹在《唐故工部员外郎杜君墓系铭并序》中说："至于子美，盖所谓上薄风骚，下该沈宋，言夺苏李，气吞曹刘，掩颜谢之孤高，杂徐庾之流丽，尽得古今之体势，而兼人人之所独专矣。使仲尼考锻其旨要，尚不知贵其多乎哉；苟以为能所不能，无可无不可，则诗人以来，未有如子美者。"

自杜甫《戏为六绝句》首创论诗绝句以来，之后历代作者纷起。论诗绝句的优点是内容凝练，辞约意丰，事半功倍，便于记忆。然其缺点也同样明显：韵律所限，难以畅言，褒贬恣意，易生歧解。优缺之间，并非相抵。因别具特色，令传播广泛且影响深远。

（褚宝增）

# 劝学

孟郊

击石乃有火，不击元无烟。
人学始知道，不学非自然。
万事须己运，他得非我贤。
青春须早为，岂能长少年。

**主题诗句**　人学始知道，不学非自然。

作者孟郊（751—814），字东野，湖州武康（今浙江德清）人。祖先世居洛阳，少时隐居嵩山。孟郊两试进士不第，四十六岁时才中进士。他一生困顿，由于不能施展抱负，遂放迹林泉间，徘徊赋诗。因其诗作多写世态炎凉，民间苦难，故有"诗囚"之称，与贾岛并称"郊寒岛瘦"。有今传本《孟东野诗集》十卷。

**注释**

①击石：通过击打石头来摩擦生火。无名氏《南风操》："有黄龙兮自出于河，负书图兮委蛇罗沙。案图观谶兮闵天嗟嗟，击石拊韶兮沦幽洞微。"②元：原本之意。③知道：通晓天地之道，深明人世之理。《管子·戒》："闻一言以贯万物，谓之知道。"④自然：天然，非人为的。《老子》："人法地，地法天，天法道，道法自然。"《后汉书·李固传》："夫穷高则危，大满则溢，月盈则缺，日中则移。凡此四者，自然之数也。"这里可解为天然、本性，并不是"不学"的借口，不学习也并非人的天性。或者解为不经过学习也并不能返于人的自然状态，亦通。⑤己运：运于己手，意为由自己操控把持。⑥早为：尽量早日为之。唐岑参《送楚丘

曲少府赴官》："单父闻相近，家书早为传。"

### 赏析

这首诗以劝学为主题。首先用比兴之手法引入，"击石乃有火，不击元无烟"，石头经过敲击摩擦之后，方能产生火焰，这个比喻虽然寻常，却能非常贴切地引入人与学之间的关系。"人学始知道，不学非自然。"人生之初，正如有待敲磨的石块，只有经过了学习打磨，才能真正通晓天地之间的道理。孟郊用一个简单的比喻，把"人"与"学"的关系及"石"与"击"的关系联系起来。

第五句开始则进行进一步说理，"万事须己运"，世间万事都需要依靠自己选择决定，而自身的修炼亦须凭借自己的努力，正如俗话所说："师父领进门，修行在个人。"其他人的感悟，终究不是自己的学问。只有依靠自己才能领悟真正的"道"。最后两句表达了对青年学子的期望，时光不再，需趁青春而早日奋发有为，正如古诗中所说的："少壮不努力，老大徒伤悲。"

孟郊的诗深得古风，韩愈称之为"古貌又古心"。这首诗在内容上质朴而有力，在风格上以古拙见胜，开篇采用比兴的手法，体现了向古诗学习的风格特点。同时，作品又拥有自己的艺术探索，体现了自己瘦劲的诗风特点。说理之诗，往往容易落入枯燥一路，这首诗则在艺术上具有一定的欣赏性，不失为一首优秀的说理之作。

（李俊儒）

## 题弟侄书堂

杜荀鹤

何事居穷道不穷,乱时还与静时同。
家山虽在干戈地,弟侄常修礼乐风。
窗竹影摇书案上,野泉声入砚池中。
少年辛苦终身事,莫向光阴惰寸功。

**主题诗句**　少年辛苦终身事,莫向光阴惰寸功。

作者杜荀鹤(846—904),字彦之,号九华山人,池州石埭(今安徽石台)人。早年读书于九华山,刻苦为诗,然屡试不第。昭宗大顺二年(891)始登进士第,天复三年(903)为奉田頵命赴大梁通好朱温,为温所喜,被留,表授翰林学士、主客员外郎,遇疾,不久而卒。他的诗有不少揭露社会现实的黑暗,语言明白晓易。有《唐风集》又名《杜荀鹤文集》,《全唐诗》存诗三卷。

**注释**

①居穷道不穷:处于穷困之境仍要注重修养。②乱时:战乱时期。③静时:和平时期。④家山:家乡的山,这里代指故乡。⑤干戈地:干戈本是古代打仗时常用的两种武器,这里代指战争,意指家乡正处于战乱之中。⑥礼乐:这里指儒家思想。⑦礼:泛指封建社会规范和道德体系。⑧乐:音乐。儒家很重视礼乐教化。

**赏析**

该诗的创作背景是,杜荀鹤在唐末乱世历经科举挫折、仕途坎坷后为侄子的书堂所题的劝学诗。目的是勉励侄儿像自己一般坚定信念、锐意进取，为了终生的事业，珍惜光阴、勤奋学习。

首联先叙侄子虽还未入仕却已经能于世道纷乱之时谨守礼道，勤奋修业。作者以此来刻画书堂主人独特的精神风貌，赞美之情溢于言表。颔联写家乡虽然处于战乱之中，但侄子仍信守儒家尊奉的道德规范，重视修身立德的修行。对比之中既肯定侄子的勤勉好学，又显其卓然高洁的品格。颈联则由人写到书堂之景：窗外绿竹摇曳，影入书案，远处泉水潺潺，流入砚池。视觉与听觉相结合，使人联想到侄子伏案苦读、砚池墨耕的生动情形。尾联是对侄子的劝勉之词，告诫侄子年轻时候的努力是有益终身的大事，要珍惜时光，勤于学业，不作丝毫松懈。

全诗结构简明清晰，用韵平实，语言通俗浅近，平易自然，几乎没有一难解字句，质朴之至，仿佛从作者心中自然流出，毫无半点雕琢痕迹。"窗竹影摇书案上，野泉声入砚池中"，写景营造诗情画意，情景交融，却又自然晓畅，体现出恬淡余裕的美感。同时，该诗现实主义的创作方法体现了杜荀鹤的一个显著艺术特征，"乱时还与静时同""家山虽在干戈地"等诗句深刻反映了唐末社会动荡的状况，有一定的"诗史"意义。

这首诗传递的核心价值理念是好学不倦，对于当代学子具有深刻的正向激励作用。全诗第四句前半句谆谆教诲，年轻时不要怕经历辛苦磨难，只有这样才能为终生事业打下基础；后半句是危言警示，不要在怠惰中浪费光阴，说明了一个量变到质变的辩证道理：唯有坚定信念、好学不倦，才能实现自我的人生价值。

（曹辛华）

# 小松

杜荀鹤

自小刺头深草里,而今渐觉出蓬蒿。
时人不识凌云木,直待凌云始道高。

**主题诗句**　时人不识凌云木,直待凌云始道高。

### 注释

①刺头:犹埋头。《古尊宿语录》:"闻举经举论,便刺头入里许,念言念句,便遇着这般底,便是杀人贼。"②蓬蒿:蓬草和蒿草,亦泛指草丛、草莽。《礼记·月令》:"(孟春之月)藜莠蓬蒿并兴。"《庄子·逍遥游》:"(斥鷃)翱翔蓬蒿之间。"③凌云:直上云霄。《西京杂记》卷四:"高树凌云,蟠纡烦冤。"④直待:一直等到,直要。唐司空图《杨柳枝寿杯词十八首》其七:"直待玉窗尘不起,始应金雁得成行。"

### 赏析

《唐才子传》中记载:"荀鹤苦吟,平生所志不遂,晚始成名,况丁乱世,殊多忧惋思虑之语,于一觞一咏,变俗为雅,极事物之情,足丘壑之趣,非易能及者也。"作者大半生与科举周旋,郁郁不得志。晚年受朱温赏识,方才登科入仕。因此诗中多咏怀之作,该诗即为代表之一。

诗为七言绝句,一二句、三四句均运用对比手法,所比较的内容却有不同。前者以小松的生长环境和姿态作对比,后者以人们对小松的态度作对比。值得注意的是,此处"刺头"并非当代语境下所指难缠或不易对付的人(如1983年上海辞书出版社所编《唐诗鉴赏辞典》即误作此解),而是"埋头"之意。后世如黄庭坚《代书》"刺头簿领中,蚤虱废搔爬",杨万里《秋暑午睡起汲泉洗面》"刺头蘸入松盆底,不是清凉第二家"等,均为此意。此处的"刺头深草"与"出蓬蒿"实为对语,随着松树苗茁壮生长,身旁的环境也由"深草"变为颇有陪衬意味的"蓬蒿"。三四句由客观描写转为主观描写,一般人对事物变化没有预见性,仅局限于对一时一物的判断,只有当小松长成参天大树时才认识到它的潜力,从而发出感慨。作者在短短的四句之内,连用两层对比,而且由物及人、以景明理,富有创意与深意。

  此诗为典型的咏物诗,重心在借物喻人、托物言志。作者虽为唐人,就本诗而言,实开"以筋骨思理取胜"的宋调先河。诗中带给我们三层启示:第一,要以变化发展的眼光看待事物,不能被一时的景象所迷惑,学会对未来作出预判。第二,对外界的怀疑和轻视要保持警惕和清醒的头脑,更不能因此而限制自己。第三,要通过不断的努力使自己变强大,用成长的过程和结果来消解或改变外界的偏见。这首《小松》也正是杜荀鹤一生曲折命运的写照,他通过自己愈挫愈勇、永不言弃的努力,完成了一次又一次的人生逆袭。

(曹辛华)

# 白鹿洞二首（其一）

### 王贞白

读书不觉已春深，一寸光阴一寸金。
不是道人来引笑，周情孔思正追寻。

**主题诗句**　读书不觉已春深，一寸光阴一寸金。

　　作者王贞白（875—?），字有道，号灵溪。信州永丰（今江西广丰）人。唐末五代著名诗人。唐乾宁二年（895）登进士，七年后授职校书郎。在登第授职之间的七年中，他随军出塞抵御外敌，写下了许多边塞诗，有不少反映边塞生活、激励士气的佳作。征戍之情，深切动人。对军旅之劳、战争景象描写，气势豪迈、色彩浓烈、音调铿锵。归隐后，曾在西山建"山斋"，传道授业，常与罗隐、方干、贯休等名士同游唱和。手编所作诗三百首及赋文等，为《灵溪集》，共七卷。王贞白"学力精湛，笃志于诗"，其诗"内涵深刻，意存高远""清秀典雅，辞意工丽"，对江西文坛曾产生过一定的影响。

**注释**

　　①白鹿洞：即白鹿洞书院，我国最早建立的书院之一，被称作"中国古代四大书院之首"，位于九江庐山五老峰下。作者曾在此读书求学。②一寸光阴一寸金：形容时间宝贵，年华不可虚度。③道人：指生活在书院附近的道教徒、道士，或炼丹服药、修道求仙之士。④周情孔思：周公、孔子的思想感情。常用以赞美人之高尚情操。唐李汉《唐吏部侍郎昌黎先生韩愈文集序》："日光玉洁，周情孔思，千态万貌，卒泽于道德仁义，炳如也。"

### 赏析

　　本诗在《全唐诗》及《全唐诗外编》中皆未收录，但流传只此一家说，应可信。今人或许不知王贞白是谁，但一定知道"一寸光阴一寸金"。其传诵之广，足与"低头思故乡"相媲美。将这句至理箴言放回其出处，会看到作者的原意——光阴何以宝贵，是因为光阴能用来读书，光阴能变成学问。

　　首句"读书不觉已春深"是说自己专心读书，不知不觉就到了春末。"春深"犹言春末、晚春。从这句诗中可以看出，作者读书入神，每天都过得紧张而充实，全然忘记了时间。春天快过完了，是他不经意中发现的。这一发现令作者甚感意外，颇多感慨。他觉得光阴过得太快了，许多知识要学，时间总不够用似的。次句写作者的感悟。"一寸光阴一寸金"，一寸光阴，指极短的时间，这里以金子喻光阴，谓时间宝贵，应该珍惜。这是王贞白由第一句叙事自然引发出来的感悟，也是他给后人留下的不朽格言，千百年来一直勉励人们，特别是读书人珍惜时间、注重知识积累，不断充实和丰富自己。

　　"不是道人来引笑，周情孔思正追寻"是叙事，补叙自己发觉"春深"，是因为"道人来引笑"。"道人"指白鹿洞的道人。"引笑"指逗笑、开玩笑。道人修禅养性是耐得住寂寞、静得下心的了，而作者需要道人来"引笑"，才肯放松一下，休息片刻，可见他读书之专心致志，非同寻常。这不，道人到来之时，作者正在深入钻研周公孔子的精义、教导呢。"周情孔思"，当指古代读书人所读的儒家典籍。

　　作者通过生动刻画自己的读书生活，使其学海遨游、追寻真理的痴迷形象跃然纸上。因此，这首诗虽有劝人发奋之意，却毫无说教之感，在轻松中讲道理，用自然的方式感染人。

（曹辛华）

# 劝学诗

### 赵恒

富家不用买良田，书中自有千钟粟。
安居不用架高堂，书中自有黄金屋。
出门莫恨无人随，书中车马多如簇。
娶妻莫恨无良媒，书中自有颜如玉。
男儿欲遂平生志，六经勤向窗前读。

**主题诗句**　男儿欲遂平生志，六经勤向窗前读。

作者赵恒（968—1022），宋朝第三位皇帝，宋太宗第三子，母为元德皇后李氏。至道元年（995），被立为太子。至道三年（997）即位，共在位二十五年，庙号"真宗"。赵恒好文学，善书法。谚语"书中自有黄金屋，书中自有颜如玉"相传即出自他语，其目的在于鼓励读书人读书科举，参政治国，使得宋朝能够广招贤士。

**注释**

①黄金屋：指代荣华富贵的生活。②簇：聚拢在一起、聚集成一团。③颜如玉：指代美貌的女子。④六经：经过孔子整理而传授的六部先秦古籍，这六部经典著作依次为《诗》《书》《礼》《易》《乐》《春秋》。

**赏析**

中国历史上出现过不计其数的劝学诗、劝学文，其中传诵最广、影响最大的当数署名宋真宗赵恒的《劝学诗》。廖寅在《宋真宗〈劝学诗〉形成过程及作伪原因考述》一文中提出质疑，认为宋真宗时代最显著的特点就是由开拓进取转向因循保守，而真宗本人的基本价值取向是自然和清静无为，作为一个崇尚清静无为、因循保守的君主，是绝不可能写出反映宋代这种观念的诗，即一个人的社会地位、经济地位可以通过读书获得。但是宋真宗所推行的科举改革使得《劝学诗》所呈现的图景成为现实，这些图景自然会成为士人，尤其是普通读书人的真切感受，于是逐渐产生了描写《劝学诗》某些片段图景的诗文和民谣，后在长期的流传中逐渐整合，最终汇聚成《劝学诗》这样一幅完整的读书人梦想图。

此诗的前四句渲染读书的目的和效果，内容主要讲富人之家不用买良田，如果勤于读书自然能收获千钟粮食，延续财富；要想安家建楼，也必须勤于读书，自然能够收获理想金屋；出门不必在意没有前呼后拥之人，因为读书成才能够拥有香车骏马；也不用忧愁娶不到妻子，功成名就后何患无妻？古时人们讲求"学而优则仕"，每个读书人都希望凭借才学踏入仕途，做官才能拥有良田千亩，琼楼玉宇，家财万贯，美人在侧，而通往仕途的唯一路径就是努力拼搏读书。"男儿欲遂平生志，六经勤向窗前读"则是告诉人们实现目的的途径，读书可以极大程度地获得物质财富（千钟粟、黄金屋）、妻妾美女（颜如玉）、高官荣华（如簇之车马）。但是若要实现这些愿望，还必须勤奋苦读儒家经典书籍，能够忍受无数个寒窗苦读，加倍付出读书的心血与汗水。

虽然有学者批评这首诗宣扬的观点中含有"万般皆下品，唯有读书高"的意思，但其中传达的"开卷有益"的主题却是大家都认可的，且这些平直无华、通俗易懂的语言，直击人性之软肋，形象直观地告诉人们发奋读书的好处。对于普通读书人而言，这些话的引导作用，远非普通说教可比。因而，此诗在发展教育方面的积极意义，是不容忽视的。

（刘勇刚、梅国春）

## 和董传留别

苏轼

粗缯大布裹生涯，腹有诗书气自华。<br>
厌伴老儒烹瓠叶，强随举子踏槐花。<br>
囊空不办寻春马，眼乱行看择婿车。<br>
得意犹堪夸世俗，诏黄新湿字如鸦。

**主题诗句**　粗缯大布裹生涯，腹有诗书气自华。

作者苏轼（1037—1101），字子瞻，号东坡居士，眉州眉山（今属四川）人，祖籍河北栾城。北宋时期著名的文学家、书法家、政治家，他的诗、词、文、赋乃至书法、绘画、文艺理论批评等造诣，都达到了一流的水平。他的诗作独具风格，与黄庭坚并称"苏黄"；词开豪放一派，与辛弃疾同是豪放派代表，并称"苏辛"。

**注释**

①董传：字至和，洛阳人，有诗名于当时，曾经在凤翔与苏轼相过从。②烹瓠叶：典出《诗经·小雅·瓠叶》："幡幡瓠叶，采之亨之。"③踏槐花：唐代李淖《秦中岁时记》载："进士下第，当年七月复献新文求解。故语曰：'槐花黄，举人忙'。"④择婿车：五代王定保在《唐摭言》中云："唐进士放榜，例于曲江亭设宴。其日，公卿家倾城纵观，高车宝马，于此选取佳婿。"

**赏析**

治平元年（1064）十二月，苏轼自凤翔任满返京，途经长安时所作。

董传是苏轼在凤翔时所熟识的友人，据苏轼《上韩魏公一首》中的记载，董传"其为人，不通晓世事，然酷嗜读书。其文字萧然有出尘之姿，至诗与楚词，则求之于世可与传比者，不过数人。"但是，就是这样一位饱读诗书的士子却没有博得功名。苏轼作此诗称扬董传其人，并对其加以勉励。

首联为传世名句，高步瀛《唐宋诗举要》便评价此句说："飘然而来，有昂头天外之慨。""腹有诗书气自华"，一个人的华贵气质并不完全体现于外在的服饰穿着，胸有丘壑、腹笥丰赡的人自然会内化出优雅脱俗的精神品格。

颔联说董传"厌伴老儒烹瓠叶"，瓠叶为古代人伴酒的酸菜。是董传真的厌倦了这种粗食浊酒吗？难道董传也开始向荣华富贵低头了吗？当然不是。宋朝的政治是皇帝与士大夫"共治天下"，想要辅佐皇帝、抚育黎民，实现自己的理想抱负必须走上入仕一路。"强随"二字为我们道明了真相，董传还是那个"不戚戚于贫贱，不汲汲于富贵"，保持着初心与本真的读书人，他参加科举考试的最终目的还是实现理想，为朝廷尽忠，为百姓出力。

颈、尾两联则是苏轼对董传的殷切期望与美好祝愿：董传家境贫寒，若将来中了进士虽然不能像孟郊那样骑着高头大马，"一日看尽长安花"，但是，只要肯努力上进，那些公卿大夫的"择婿车"也足够让人眼花缭乱了。此处又正应了宋真宗赵恒《劝学诗》中"书中自有颜如玉"一句。中第之后春风得意，足以向世俗夸耀一番，你看黄纸诏书上那如鸦的黑字墨迹尚未见干呢！

从整体来看，全诗对仗工整，用典贴切。如"囊空不办寻春马"一句用孟郊《登科后》的典故，除了表达预祝董传中举的心愿，"长安"这一暗含意象更能带给身在其地的董传以身临其境之感。另外，本诗所用意象亦鲜明生动，"诏黄新湿字如鸦"，用色彩鲜明的黄色与黑色给人以强烈的视觉冲击，更能达到赠别诗的心理预期值。

（刘勇刚、孙震宇）

## 题胡逸老致虚庵

黄庭坚

藏书万卷可教子，遗金满籝常作灾。
能与贫人共年谷，必有明月生蚌胎。
山随宴坐图画出，水作夜窗风雨来。
观水观山皆得妙，更将何物污灵台。

**主题诗句** 藏书万卷可教子，遗金满籝常作灾。

作者黄庭坚（1045—1105），字鲁直，号山谷道人、涪翁，谥号"文节"，世称黄山谷、豫章先生。洪州分宁（今江西修水）人。北宋著名文学家、书法家，江西诗派开山之祖。诗名卓著，又与苏轼并称"苏黄"。作品有《山谷词》《豫章黄先生文集》等。黄庭坚事亲至孝，为《二十四孝》中"涤亲溺器"故事的主角。

**注释**

①胡逸老：生平不详，据"逸老"二字，可知为某胡姓隐居遁世的老人。致虚庵为其书斋名。②遗金满籝：语本《汉书·韦贤传》："遗子黄金满籝，不如一经。"③籝：竹箱。④年谷：一年中种植的谷物。⑤明月：指明珠。⑥灵台：指心。

**赏析**

宋徽宗崇宁初年，黄庭坚被重新起用不久，再次以"幸灾谤国"之罪被除名，羁管宜州，此诗约作于此时。胡逸老隐居遁世，取其书斋名为"致虚庵"，处处显示着他不慕荣利，清静无为的高贵品格。

诗题为《题胡逸老致虚庵》，但是作者首先从虚处落笔，大发议论：苏轼有所谓"诗书继世长"的名句，书斋中的万卷藏书可以传给后辈儿孙，但是留给子孙满箱的黄金却容易招致祸灾，不能长久。这是历史经验与教训的总结，从中也更能显示出胡逸老诗礼传家的淳朴家风。

当然，不仅是家庭中读书风尚的流传，胡逸老的仁爱之心也足以给子孙留下福报。他能够和贫穷的百姓分享自己一年来所收获的粮食，这样的德行必然有"明月生蚌胎"的福荫。此处用了韦端的典故，韦端秉性良善，颇得时誉，与金尚、第五巡并称"京兆三休"，韦端之子韦康、韦诞也是雅度弘毅、文敏笃诚之人，故而孔融称赞道："不意双珠，近出老蚌，甚珍贵之。"作者用此典故，意谓胡逸老也必然能像韦端那样，佳子弟出于门庭。

在表达了赞扬与祝愿之后，黄庭坚在颈联将笔端落到正面描写致虚庵上来。白天若是闲坐在致虚庵中，眼前的山景仿佛图画一般映入眼帘；到了夜晚若是倚坐于窗前，则能听到水声淅沥似是风雨袭来。此一联用了拟人的手法，山"出"水"来"，仿佛是山水发挥了主观能动性一样，要刻意来为致虚庵的清幽雅致做点缀，而且来自视觉与听觉的双重冲击，更为致虚庵平添了几分诗意。故而方回赞之为"奇句"，潘德舆也说此联为"奇语"，诚哉斯言！想象胡逸老在山环水绕的致虚庵中静坐冥思、课子耕读的场景，那份清幽与高雅自是不言而喻了。

尾联收束全诗，并在情理上有所升华。观山观水都能得到无穷的妙处，这自然是佳山胜水带给人的享受，但是，若没有自然澄明、自由放旷的心境，山水的诸般妙处恐怕也是不易获得的。末句又暗用了六祖惠能的偈子"本来无一物，何处惹尘埃"，只要心灵澄澈，世间烦恼便打扰不得了。

(刘勇刚、孙震宇)

# 神童诗（节选）

汪洙

少小须勤学，文章可立身。
满朝朱紫贵，尽是读书人。
学问勤中得，萤窗万卷书。
三冬今足用，谁笑腹空虚。
自小多才学，平生志气高。
别人怀宝剑，我有笔如刀。
朝为田舍郎，暮登天子堂。
将相本无种，男儿当自强。
学乃身之宝，儒为席上珍。
君看为宰相，必用读书人。

**主题诗句** 少小须勤学，文章可立身。

作者汪洙，字德温，生卒年不详，北宋庆元鄞县（今属浙江宁波）人。九岁善赋诗，号称汪神童。哲宗元符三年（1100）进士，官至观文殿大学士。他写了不少通俗易懂、便于孩童记诵的诗歌，当时的教书先生把其中的三十多首编成一本书，取名《神童诗》，与《三字经》成为广为流传的儿童启蒙教材。

**注释**

①朱紫：朱衣紫绶，即红色官服、紫色绶带。这里指高级官员。

## 赏析

今天我们耳熟能详的"万般皆下品，唯有读书高"，还有"久旱逢甘雨，他乡遇故知。洞房花烛夜，金榜挂名时"等诗句，均出自《神童诗》。

本诗为《神童诗》节选。开头四句，直奔主题，点明了从小勤奋读书的重要性：赋诗作文能够成为今后安身立命、建功立业的本事。看看朝堂上那些穿着朱衣紫绶的官员们，全都是读书之人。科举考试是古代选拔官吏的重要途径，很多出身中下层的士人想要有所作为，只能刻苦读书以求金榜题名。

接下来"学问勤中得"四句进一步强调勤奋学习的作用。"萤窗"出自晋代车胤的典故，车胤家境贫寒，家中没有多余的钱买灯油，于是他捉了很多萤火虫放在口袋里，起到夜读照明的作用。"万卷书"出自唐代诗人杜甫的名句："读书破万卷，下笔如有神。"三年寒窗苦读，如今取得的学问足以够用，还有谁敢笑话"我"腹中空虚呢？

"自小多才学"到"男儿当自强"八句刻画出少年的鸿鹄之志。从小就多学识，平生志向远大，别人的利器是怀中宝剑，而"我"手中的笔也可以锋利如刀，因此"我"早晨还是在乡野间耕作的农夫，晚上就有可能登临天子的朝堂。"将相本无种"一句语出《史记·陈涉世家》中"王侯将相宁有种乎"。想象一下，穿着俭朴的少年高呼王臣将相并不是天生的，好男儿自立自强都有博取功名的机会，一位卓尔不群、志存高远的少年形象跃然纸上。

最后四句意思是：学问是我们身上的宝物，儒雅的谈吐是座席上的珍品；看看那些做宰相的人物，都是从读书人中选定的。与开头几句相照应，再一次强调了读书的重要性。

这首诗是一首"劝学诗"，诗中反复强调的刻苦勤奋、好学不倦的精神值得当代青少年学习并发扬。但是，诗中宣扬的"唯有读书高"的思想和强烈的功名利禄观念，在当今社会却不完全适用，我们应理性看待。

（刘勇刚、邹露）

# 冬夜读书示子聿八首（其三）

陆游

古人学问无遗力，少壮工夫老始成。
纸上得来终觉浅，绝知此事要躬行。

**主题诗句**　纸上得来终觉浅，绝知此事要躬行。

作者陆游（1125—1210），字务观，号放翁，越州山阴（今浙江绍兴）人，宋徽宗时尚书右丞陆佃之孙。陆游一生经历徽宗、钦宗、高宗、孝宗、光宗、宁宗六朝，深受爱国忠君思想影响，以"上马击狂胡，下马草军书"为毕生之志，是南宋著名的文学家、史学家、爱国诗人，被称为"南宋四大家之一"。有《剑南诗稿》八十五卷。

**注释**

①子聿：陆子聿（1178—1250），字怀祖，越州山阴（今浙江绍兴）人，是陆游最小的儿子。亦作子通、子聿，亦称十五郎。生于淳熙五年（1178），卒于淳祐十年（1250）。子聿以父致仕恩补官，历新喻丞、汉阳令、溧阳令、奉议郎等官职，官至吏部侍郎、中奉大夫。②遗：余，保留。③工夫：做事所耗费的时间，也作"功夫"。④始：才。⑤纸上：书本上。⑥绝知：彻底了解。

**赏析**

该诗作于宋宁宗庆元五年（1199）十二月，作者七十五岁，闲居山阴，读书有悟，把自己的心得以诗歌的形式写下来，教育小儿子陆子聿，组诗共八首，这是其中的第三首。此诗说明做学问的艰苦，贵在坚持，老而不倦,并强调书本知识重在实践的道理。

前两句"古人学问无遗力,少壮工夫老始成",句意是古代做学问的人都是竭尽了全力的。全诗以古人做学问的经历和经验,告诉儿子做学问应不遗余力,终生为之奋斗。强调学问要从"少壮"开始努力,趁着精力充沛,早下功夫。从少壮一直坚持积累,老年才有可能做出成绩,才有可能取得成功。做学问是从年少到年老不断积累的过程,是持之以恒地积土成山、积水成渊的过程。要趁着年少、精力旺盛去努力,抓住青春时光,打下坚实的基础。

后两句"纸上得来终觉浅,绝知此事要躬行","纸上得来"的书本知识是间接知识,是理论知识,仅局限于此是远远不够的。光凭书本上得来的知识毕竟肤浅,那么做学问应该如何学习书本知识呢?末句作出回答,要彻底了解事物还必须亲身实践。书本上的知识,只有经过亲身实践,才能转化成自己的实际本领和技能。"绝知此事"指彻底了解事物的规律,"要躬行"指不要止于学来的书本知识、理论知识,而是要积极应用于实践,在实践中领悟、完善、提升书本知识,同时也培养自己勤于思考、勤于动手的能力,做一个知行合一的人。

作者从书本知识和社会实践的关系着笔,强调书本知识用于实践的重要性,这是陆游治学为人的真知灼见。这首诗蕴含思辨和哲理,语言浅近明白,诗境意味深长。老父亲语重心长地告知孩子做学问的真谛:书本上的间接经验也需要应用于实践,在实践中不断修正和完善,在书本知识与实践的互参互渗中,把书本上的知识变成自己的实际本领。

(江合友)

# 观书有感二首（其一）

朱熹

半亩方塘一鉴开，天光云影共徘徊。
问渠那得清如许？为有源头活水来。

**主题诗句** 问渠那得清如许？为有源头活水来。

作者朱熹（1130—1200），字元晦，一字仲晦，号晦庵，又号晦翁，别称紫阳，徽州婺源（今属江西）人，生于南剑州尤溪（今属福建尤溪）。南宋思想家、哲学家和教育家。绍兴十八年（1148）进士。历任江西南康、福建漳州知府和浙东巡抚等职，做官清正有为，振举书院建设。官拜焕章阁侍制兼侍讲。宁宗庆元六年（1200）去世。嘉定二年（1209）追赐谥号为"文"。是理学集大成者，被后世尊称为朱子。著有《四书章句集注》《朱子语类》等。

**注释**

①方塘：又称半亩塘，在福建尤溪城南郑义斋馆舍（后为南溪书院）内。②鉴：古代用来盛水或冰的青铜大盆，此处指像鉴一样可以照人。③天光云影共徘徊：天的光和云的影子倒映在塘水之中，不停地变动。④徘徊：来回移动。⑤渠：第三人称代词，它。这里指方塘中的水。

**赏析**

朱熹《观书有感二首》作于何时何地，缘何而作，学界历来说法不一。一说认为，这首诗写于鹅湖之会后一年，即宋孝宗淳熙三年（1176）春，朱熹至婺源省墓而游学三清山，在三清山的三清宫游憩时触景顿悟，有感而发作此诗。另一说认为，这两首诗作于宋孝宗乾道二年（1166）。此处根据朱熹写给许顺之的书信《答许顺之》（四部丛刊初编缩本《朱文公文集》卷三十九）推断，此时作者居闽北崇安五夫里。这是组诗中的第一首，是写读书体会的哲理诗。

朱熹善于以理趣入诗，但在表达手法上，突破了宋诗"以议论为诗"的窠臼，完全以鲜明的形象说理。全诗宛如一幅生动活泼的画卷，池塘清澈明净的水面上浮现无垠的蓝天、动荡不羁的白云。前两句"半亩方塘一鉴开，天光云影共徘徊"。"半亩方塘"比作自己的心智，半亩大的方形池塘像镜子一样展现在眼前。"天光云影共徘徊"是指天的光和云的影倒映在塘水之中，来回移动，这种生动、多变的形象，使人心旷神怡，心胸开阔，作者借以比喻读书使人心智变得开阔辽远。

后两句"问渠那得清如许？为有源头活水来"，朱熹由描写形象的景物转为简洁透辟的说理。为何能倒映如此多的景物？因为池塘水无比清澈澄明。"半亩方塘"里的水很深、很清，所以它能够反映"天光云影"动态徘徊的情态。作者进一步发问：为什么方塘的水会这样清澈呢？因为有那永不枯竭的源头活水！朱熹放开了眼界，从远处看，在"方塘"的"源头"，找到了答案。

全诗形象生动且富于理趣，通过一系列的比喻来阐释哲理。作者把"半亩方塘"比作心智；把镜子的容量比作自己开阔的心智；将"源头活水"比喻知识是不断更新和发展的，从而不断积累，只有在人生的学习中不断地读书、学习、运用和探索，才能使自己永葆活力，就像方塘拥有源头活水一样。

（江合友）

# 偶成

朱熹

少年易老学难成,一寸光阴不可轻。
未觉池塘春草梦,阶前梧叶已秋声。

**主题诗句** 少年易老学难成,一寸光阴不可轻。

**注释**

①学:学问,或指学业、事业。②一寸光阴:日影移动一寸的时间,形容时间短暂。③不可轻:不可以轻视,不能轻松放过。唐姚合五古《送李余及第归蜀》:"一杯不可轻,远别方自兹。"北宋徐积《赠张才父》:"奇正要两存,众寡不可轻。"④未觉:没有感觉、觉醒。⑤池塘春草梦:东晋诗人谢灵运《登池上楼》中有"池塘生春草,园柳变鸣禽",是描写南方早春景色的诗句。⑥阶:台阶。⑦梧:梧桐,是一种落叶乔木。唐杜牧《齐安郡中偶题二首》其二:"秋声无不搅离心,梦泽蒹葭楚雨深。自滴阶前大梧叶,干君何事动哀吟。"

**赏析**

此诗大约写于朱熹晚年,主旨是勉励年轻人珍惜青春年华,莫轻易错过。作者主张必须刻苦学习,以期有所作为;这既是勉励别人,也是自勉。

前两句"少年易老学难成,一寸光阴不可轻",作者通过自己切身体会告诫年轻人:人生易老,学问难成,一定要珍惜光阴。因为人生"易老",所以每一寸光阴"不可轻",都要珍惜。因为"时不我待",所以年轻人要充分利用自己的青春年华，一心向学，切莫让宝贵的、一去不复返的光阴，从身边白白地溜走。

后两句"未觉池塘春草梦，阶前梧叶已秋声"，作者用描写春天、秋天的诗句比喻年少和年老两个人生阶段，上句借用谢灵运《登池上楼》"池塘生春草，园柳变鸣禽"，是一幅早春美景图。但还没有从春天美梦中醒来，台阶前的梧桐树叶已经在秋风中发出掉落的声音。作者以此来比喻时间如梭，光阴易逝，呼应前二句年华易老，学问难成，再次劝诫年轻人一定不要浪费光阴，强调珍惜光阴的重要性。

这首诗从主题立意上说，与陶渊明的"盛年不再来，一日难再晨。及时当勉励，岁月不待人"（《杂诗》），有异曲同工之妙。全诗信手拈来，毫不费力，确实是"偶成"。全诗用比喻来说理，形象生动，明白晓畅。通过春梦未醒、梧叶秋声来比喻光阴转瞬即逝，告诫年轻学子青春易逝，学问难成。所以要珍惜青春年华，早早开始，打下坚实基础，之后要脚踏实地，日积月累，才能在学问上有所成就。

（江合友）

# 书院

刘过

力学如力耕,勤惰尔自知。
但使书种多,会有岁稔时。

**主题诗句** 力学如力耕,勤惰尔自知。

作者刘过(1154—1206),字改之,号龙洲道人。吉州太和(今江西泰和)人。四次应举不中,流落江湖,布衣终身。曾为陆游、辛弃疾所赏,亦与陈亮、岳珂友善。词风与辛弃疾相近,抒发抗金抱负,狂逸俊致,与刘克庄、刘辰翁并称"辛派三刘",又与刘仙伦合称为"庐陵二布衣"。其词豪放多壮语,有《龙洲集》《龙洲词》传世。

**注释**

①力耕:努力耕作。唐元结《喻瀼溪乡旧游》:"昔贤恶如此,所以辞公卿。贫穷老乡里,自休还力耕。"②尔:你。③种:种植。北宋葛书思《喜子胜仲登第》:"从此莫教书种断,孙曾应复值昌辰。"④岁稔:岁,年成。⑤稔:丰稔,丰收成熟。唐张九龄《奉和圣制瑞雪篇》:"君恩诚谓何,岁稔复人和。预数斯箱庆,应如此雪多。"

**赏析**

劝学是诗人经常吟诵的主题,历来佳作频出,或勉励人们珍惜时间,或强调勤学苦读,或要求志存高远,或分享读书之道。刘过的《书院》是《游郭希吕石洞二十咏》组诗中的一首,主旨是勉励人们勤学苦读,观览群书,以取得学问上的大丰收。

前两句"力学如力耕,勤惰尔自知",作者把读书比作农夫种地,其中的勤奋、懒惰自己知道,形象生动,易于理解。与之相映成趣的是,唐代颜真卿《劝学》,勉励男儿勤奋读书"三更灯火五更鸡,正是男儿读书时";宋真宗赵恒《劝学诗》"男儿欲遂平生志,六经勤向窗前读";北宋汪洙《勤学》:"学向勤中得,萤窗万卷书"。学问是需要勤奋才能得来的,就像前人囊萤夜读、凿壁取光,勤奋夜读,博览群书。第二句"勤惰尔自知",勤劳懒惰只有自己知道,强调读书要勤勤恳恳,切莫偷懒,自欺欺人。民国时熊伯伊《四季读书歌》中的"读书求学不宜懒,天地日月比人忙",也可与之相互印证。

后两句"但使书种多,会有岁稔时"接着前面的比喻,如果勤奋读书,学业有成,如同农夫种田获得大丰收。只有"书种多",博览群书,"学田"里才可能取得大丰收。类似的表达,如唐杜甫《郑典设自施州归》"群书一万卷,博涉供务隙",意思是群书万卷,忙里偷闲多读书;唐韩愈《赠别元十八协律六首》"读书患不多,思义患不明",读书担心不够多,积累不够深厚;唐皮日休《闲夜酒醒》"醒来山月高,孤枕群书里",描写博览群书的状态;唐杜甫《奉赠韦左丞丈二十二韵》"读书破万卷,下笔如有神",是说博览万卷群书后,自然下笔不凡。

整首诗比拟生动,浅近真切,富含哲理,意味深长。语言质朴自然,口语入诗,通俗易懂,朗朗上口。

(江合友)

## 观书

于谦

书卷多情似故人,晨昏忧乐每相亲。
眼前直下三千字,胸次全无一点尘。
活水源流随处满,东风花柳逐时新。
金鞍玉勒寻芳客,未信我庐别有春。

**主题诗句** 书卷多情似故人,晨昏忧乐每相亲。

作者于谦(1398—1457),字廷益,号节庵,官至少保,世称"于少保"。钱塘(今浙江杭州)人。祖籍考城(今河南兰考)。明朝大臣、民族英雄、军事家、政治家。永乐十九年(1421)登进士第。他一生清正廉洁、高风亮节,在国难当头之际整军备武、安邦定国。天顺元年(1457),英宗复辟,因"谋逆"罪被冤杀。有《于忠肃集》。

**注释**

①晨昏忧乐每相亲:从早到晚不管忧愁或快乐都时常与我相亲近。②三千字:此为泛指,并非确数。③胸次:胸中、心里。④活水源流随处满:化用朱熹《观书有感二首》其一。⑤逐:挨着次序。⑥金鞍:饰金的马鞍。⑦玉勒:饰玉的马笼头。此泛指马鞍、笼头的贵重华美,代指富贵子弟。

**赏析**

于谦自幼好学,酷爱读书,养成了读书的习惯,深知读书的益处。科举发展到明代,积弊已显,当时士子读书以做官为目的,达到目的之后就放弃书本，渐次成为官场恶习。面对这种时代风气，于谦作《观书》一诗，力赞读书的益处和读书的乐趣，从而批评现实，劝诫士子。

首联"书卷多情似故人，晨昏忧乐每相亲"，写个人读书的独特感受。书卷就像自己亲密的老朋友，多情相伴，每天伴随左右，忧乐共享。畅游在书海之中，悠哉乐哉。

颔联写读书的乐趣和收获。上句"眼前直下三千字"，写自己读书之快、之多，更能感知到作者如饥似渴的读书状态。下句"胸次全无一点尘"，写读书时精诚专一、内心一尘不染的通透澄明之感，既是非常快乐的事，同时也是自我提高、境界升华之有意义、有收获的事。无论是快乐，还是通透，都是读书的感受，属于比较务虚的笔法。

颈联由虚入实，具体写读书的益处。"活水源流随处满"化用朱熹《观书有感二首》其一"问渠那得清如许，为有源头活水来"句，是说通过持之以恒的读书，内心有活水源源不断地注入，充满活力和创新力，新鲜的想法源源不断地涌来，用之不竭。"东风花柳逐时新"，说读书像拥有春风，可以吹开百花，吹绿柳芽，让人时常更新知识，认知水平和人生境界得到显著提高。

尾联联系现实，批评不良的读书风气，劝诫士子改变读书态度。"金鞍玉勒寻芳客，未信我庐别有春"，跨上口衔玉勒的马，端坐金鞍之上，权贵们犹叹芳踪难寻，谅谁也不信这书斋里别有春景。讽刺只求高官厚禄的人，错过了人世间最美的风景，而我坐拥书城，芳踪春色，尽在书斋。以权贵为反衬，劝诫士子们好学勤读，书卷必不负人。

全诗直抒胸臆，说理形象，比拟生动，富有感染力。读书，可以启智，可以明理，可以润泽心灵，可以涵养品格，可以开阔眼界，可以提升境界，使人受益无穷，这是玩物丧志、游手好闲者所无法领略的精彩世界。

(江合友)

## 读书有所见作

萧抡谓

人心如良苗,得养乃滋长。
苗以泉水灌,心以理义养。
一日不读书,胸臆无佳想。
一月不读书,耳目失精爽。

**主题诗句** 一日不读书,胸臆无佳想。

作者萧抡谓,清代诗人。生平爵里不详。

### 注释

①心:古人以心为思维器官,故后沿用为脑的代称。又为思想、意念、感情的通称。②理义:合于一定的伦理道德的行事准则。指讲求儒家经义的学问。③胸臆:内心,心中所藏。④精爽:精神、魂魄。犹言神清气爽。

### 赏析

这是一首五言古诗。

从"心以理义养"来看,作者所谓"读书"的书,应指清代科考时的四书五经。但是"作者之用心未必然,而读者之用心未必不然。"(谭献《〈复堂词录〉序》),我们不妨以广义的读书来理解这首诗。

这首诗列举了读书的益处与不读书的坏处,告诉人们要热爱读书,读书要持之以恒,并将其道理表达得淋漓尽致。

读书是一种成本最低的投资，经过日积月累，读过的书就会变成人生最宝贵的财富。"腹有诗书气自华"（苏轼语），气质并非一日养成，要长期读书，长期学习，目光就会比一般人看得长远。自古以来，古人就给我们留下了很多劝学的文章和句子，荀子以《劝学》鼓励学习，宋濂以《送东阳马生序》勉励年轻人珍惜自己良好的学习环境，周恩来十三四岁就以"为中华之崛起而读书"为志向，这些文章和句子都告诉我们一个道理：读书很重要。

萧抡谓这首五言古诗，语言通俗，到口即消，极易理解，宣传效果是显而易见的。他说，人的心灵就像刚种下的幼苗，需要得到滋养才能够茁壮成长；"苗以泉水灌，心以理义养"，幼苗需要用泉水来灌溉，而心灵则需要道德礼义来养育。"一日不读书，胸臆无佳想"，一天不读书，心中就没有那些奇思妙想；"一月不读书，耳目失精爽"，一个月不读书，就会感到自己的耳朵和眼睛失去听觉和视觉的灵敏。"书犹药也，善读之可以医愚"（刘向《说苑》），从不读书或是长期不读书，那就冥顽不灵了。虽然读书不是人生的唯一出路，但是读书可以充实自己，提高自身素质，拓展自己的视野。

读书的目的是什么？对于宋真宗的《劝学诗》，封建社会的读书人恐怕无人不知。道是："富家不用买良田，书中自有千钟粟。安居不用架高堂，书中自有黄金屋。出门莫恨无人随，书中车马多如簇。娶妻莫恨无良媒，书中自有颜如玉。男儿欲遂平生志，六经勤向窗前读。"读书当然不排斥功利性，但是过分追求荣华富贵、功名利禄，也会使人走向邪恶。萧抡谓的"读书所见"，是要读书人"心有理义""胸有佳想""耳目精爽"，由宋真宗的物质层面上升到精神层面，无疑要高于宋真宗的"励学"，这是我们选录此诗的原因所在。

（星汉）

# 水调歌头·春日赋示杨生子掞

张惠言

百年复几许,慷慨一何多!子当为我击筑,我为子高歌。招手海边鸥鸟,看我胸中云梦,蒂芥近如何?楚越等闲耳,肝胆有风波。

生平事,天付与,且婆娑。几人尘外相视,一笑醉颜酡。看到浮云过了,又恐堂堂岁月,一掷去如梭。劝子且秉烛,为驻好春过。

**主题诗句** 看到浮云过了,又恐堂堂岁月,一掷去如梭。

作者张惠言(1761—1802),字皋文,号茗柯,武进(今江苏常州)人。乾隆五十一年(1786)高中举人,乾隆五十二年(1787)赴礼部会试,中正榜,任命为内阁中书或国子监学等职。张惠言考取了景山宫官学教习,教授内务府佐领以下官宦子弟,开始了长达八年的教学生涯。嘉庆四年(1799),中二甲进士,改庶吉士,充实录馆纂修官。六年(1801)四月,改翰林院编修。七年(1802)六月,卒于官,年四十二。为常州词派之开创者,著有《茗柯文编》。

**注释**

①击筑:筑,古代一种弦乐器,似筝,以竹尺击之,声音悲壮。②云梦、蒂芥:汉司马相如在《子虚赋》谓:"吞若云梦者八九于其胸中,曾不蒂芥。"云梦:泽名,在今湖北。蒂芥:微细芒刺。曾不蒂芥:言不觉其有。

**赏析**

《水调歌头》共五首,此其二。这首词基本用赋体,直接抒情,写的是要"留春"。

上阕开篇"百年复几许，慷慨一何多！"复几许，又能几许？一何多，又何其多！人生百年之短与慷慨意气之多，使人觉得有志之士，更应互相勉励，互相鼓舞，及时地进德修业。这就是"子当为我击筑，我为子高歌"的意思。这里无非表现作者与杨子揆是多么志同道合，声气相应。接下去是虚写，让意境更开阔、更深远。"胸中云梦"，其实就是胸中块垒，是一肚子牢骚、抑塞之气，这是一层意思。但又说"云梦"也不过像"蒂芥"，显得怀抱宽广，心情旷达，把一些不如意的事，看成小事一桩，这又是一层意思。词中用这个典，既承认自己胸中有"云梦"这样大的忧愤，又表示可以把它们看成"细故"，"细故蒂芥，何足以疑！"（贾谊《鹏鸟赋》），视如等闲。"楚越等闲耳，肝胆有风波。"这是用《庄子》中的话，当理解为：楚越虽为两国，存在矛盾，但就"同"的角度看，也就没有什么大不了的。肝胆同属一体，关系密切，但就"异"的角度看，也有矛盾和斗争。这是一种哲理、一种思想方法，但实际上是一种聊以自慰的话。

下阕正面强调"成事在天"而"谋事在人"，含有不汲汲于求取功名，而应当及时地充实自己之意。"几人尘外相视，一笑醉颜酡"是一种比较超脱的态度，也是另一种生活道路。作者似乎有意于此，但随即以"又恐"两字捩转。在"出世"还是"入世"的思想矛盾中，他还是取后者，因此说恐怕"青春背我堂堂去"（唐薛能《春日使府寓怀二首》其一句），一事无成人渐老啊！结句"劝子且秉烛，为驻好春过"点出本篇主旨，说秉烛夜读，就是要及时努力，唯有这样才能留住春天，不让美好的春光很快地过去。

这首词所反映的，并不是古人行乐观的翻版，篇中融注了慷慨之音、沉郁之意，成为自立新场的春感之作。

（褚宝增）

# 拼搏进取

## 诗经·唐风·蟋蟀

蟋蟀在堂，岁聿其莫。今我不乐，日月其除。
无已大康，职思其居。好乐无荒，良士瞿瞿。
蟋蟀在堂，岁聿其逝。今我不乐，日月其迈。
无已大康，职思其外。好乐无荒，良士蹶蹶。
蟋蟀在堂，役车其休。今我不乐，日月其慆。
无以大康。职思其忧。好乐无荒，良士休休。

**主题诗句** 好乐无荒，良士瞿瞿，良士蹶蹶，良士休休。

《诗经》是我国最早的一部诗歌总集，本称《诗》，汉代尊为经典，始称《诗经》。共收西周初年至春秋中叶的民歌和朝庙乐章歌辞三百零五篇，另有笙诗六篇有目无词。全书按音乐分风、雅、颂三类。汉代传诗者有齐、鲁、韩、毛四家，今传《诗经》为《毛诗》。

**注释**

①岁聿其莫：聿，语助词；莫，古"暮"字。②日月其除：除，去。下两章"迈""慆"意思相近。③职思其居：职，相当于口语"得"。④瞿瞿：警惕的样子。⑤蹶蹶：勤快。⑥役车：一种安上方箱的车子，可供运输用。⑦休休：安闲的样子。

**赏析**

这是一首劝人勤奋的诗。这首诗三章意思相同，头两句是感物伤时。作者从蟋蟀已由野外迁居屋内，天气渐渐转寒，想到今年的日子剩下不多了。"蟋蟀在堂"一句既带有引起下文"兴"的意味，又可看作是"直陈其事"的"赋"。其意象与下文抒发的正意似相关联而又不完全关联,这较《诗经》中一些单纯的"兴"或比的"兴"用法要复杂一些。三四句则是直接导入述怀:作者由岁暮引起对时光流逝的感慨,他宣称要抓紧时机好好行乐一番,不然便是白白浪费了光阴。其实这不过是欲进故退,虚晃一枪罢了,后面四句即针对三四句而发的。把三章诗五六两句意思合起来是说:不要过分地追求享乐,应当好好想想自己负责的工作,对分外的事务也不可漠不关心,尤其不能只顾眼前,还要想到今后可能出现的忧患。最后两句三章联系起来意思是:喜欢玩乐,可不要荒废事业,要像贤士那样,时刻提醒自己,做到勤奋向上。后四句诗虽有说教意味,但并非唱高调,作者没有否定"好乐",只是要求节制在一定限度内:"好乐无荒"。这是有其合理性的,在今日开放的时代,这样的告诫,仍不为多余。

关于此诗的作者,有人根据"役车其休"一句遂断为农民,其实是误解,作者并非说自己"役车其休",只是借所见物起情而已,因"役车休息,是农功毕无事也"(孔颖达《毛诗正义》),故借以表示时序移易,同"岁聿其莫"意思一样。此诗作者身份难以具体确定,姚际恒说:"观诗中'良士'二字,既非君上,亦不必尽是细民,乃士大夫之诗也。"(《诗经通论》),可备一说。

全诗有感而发,直吐心曲,坦率真挚;以重章反复抒发,语言自然中节,不加修饰,这是本诗艺术上的特点。押韵与《诗经》多数篇目不同,采用一章中两韵交错,各章一、五、七句同韵;二、四、六、八句同韵,后者是规则的间句韵。

(蒋立甫、周啸天)

# 离骚（节选）

屈原

长太息以掩涕兮，哀民生之多艰。
余虽好修姱以鞿羁兮，謇朝谇而夕替。
既替余以蕙纕兮，又申之以揽茞。
亦余心之所善兮，虽九死其犹未悔。
…………
朝发轫于苍梧兮，夕余至乎县圃。
欲少留此灵琐兮，日忽忽其将暮。
吾令羲和弭节兮，望崦嵫而勿迫。
路漫漫其修远兮，吾将上下而求索。

**主题诗句**　路漫漫其修远兮，吾将上下而求索。

作者屈原（前339—前278），名平，字原，战国时楚国诗人、政治家。怀王时曾任左徒、三闾大夫，主张联齐抗秦。于怀王、顷襄王时两遭佞臣进谗，而被放逐汉北、江南。因国事不堪，而自沉汨罗江。他根据楚声楚歌，而创制楚辞，是中国历史上第一位伟大的爱国诗人。著有《离骚》《天问》《九歌》《九章》等。

**注释**

①修姱：洁净而美好。②鞿羁：本指马缰绳和络头，比喻束缚。③谇：进谏。④替：废。⑤纕：佩带。⑥申：重复。⑦发轫：出发。⑧苍梧：山名，传说为舜所葬之地。⑨县圃：神山，在昆仑山之上。⑩灵琐：

神之所在处。⑪羲和：神话中的太阳神。⑫崦嵫：神话中日所入之山。

## 赏析

《离骚》与屈原的政治生涯、战国时代的政治风云密切相关，故全诗有极现实的思想内容和生活内容。但历史和艺术的原因，诗中又运用了大量超现实的语言意象、创作手法，把历史与神话、真实与想象奇特地糅合为一。它是如此华藻要妙，波谲云诡，如此惊采绝艳，炫惑眼目，以至于读者只有紧紧把握住它的语义意象、历史内容及象征意蕴等诸多层面构成的审美结构关系，方能深入诗的意境而做到心领神会。

诗云滋兰九畹，树蕙百亩，畦种夷车，间杂衡芷，均以树木喻人。他辛勤培植人才，以济时用。但在遭到政治打击迫害之后，必有受累者，亦必有变节者。随俗则存，矢志则亡。作者何尝未清醒意识到这一点？无奈他独立不迁，禀性难移："亦余心之所善兮，虽九死其犹未悔。"对他来说，屈心抑志是窝囊的，清白死直反倒痛快。

在《离骚》中，屈原写理想追求，驰骋想象，在天国飞行。第一次飞行就从舜灵所在的苍梧出发："朝发轫于苍梧兮，夕余至乎县圃"，其目的是要由昆仑神山之县圃，登上天庭，谒见天帝。从苍梧到县圃，是一整日的飞行，作者想在此"灵琐"小憩，无奈日色已暮。他不禁吁请羲和弭节，欲留驻飞光。此时离目的尚遥，然而屈原却表达了"路漫漫其修远兮，吾将上下而求索"这一矢志不渝追求真理的信念。

《离骚》有如一部大型交响乐，它的情感内容丰富、复杂、矛盾而又统一。作者被楚国遗弃，然而"落红不是无情物"，他本人却无法离弃他的故土。所以有人认为抒情主人公人格结构的核心就是对祖国的苦恋，对后世的民族英雄则是一个楷模。

（周啸天）

# 长歌行

### 汉乐府

青青园中葵,朝露待日晞。
阳春布德泽,万物生光辉。
常恐秋节至,焜黄华叶衰。
百川东到海,何时复西归。
少壮不努力,老大徒伤悲。

**主题诗句** 少壮不努力,老大徒伤悲。

汉乐府,汉时乐府官署名称,其所采制的诗歌亦称汉乐府。汉代乐府官署大规模搜集歌辞始自武帝时,采诗的目的一是考察民情,二是丰富乐章,以供宫廷各种典礼以及娱乐之用。汉乐府歌辞多感于哀乐,缘事而发,现存作品多为东汉人所作。宋人郭茂倩所编《乐府诗集》是收罗汉迄五代乐府最为完备的一部诗集。

**注释**
①长歌行:汉乐府曲题,属《相和歌·平调曲》,可以长声歌唱。②葵:蔬菜名,今称冬寒菜。③朝露:清晨的露水。④晞:干燥、晒干。⑤阳:温和。⑥布:布施、给予。⑦德泽:恩惠。⑧焜黄:通焜煌,有光泽的样子。⑨徒:白白地。

**赏析**
这是一首劝学诗,劝人及时努力,在古诗中是不可多得的箴言诗。

青青，从《诗经》始，就不只写颜色，而更多地用于形容植物少壮时茂盛的样子，在这个意义上同于"菁菁"。后来的"青年""青春"等词，就是由此衍生出来的。在此诗中，它与篇末"少壮"二字相呼应。唱人生而从园中葵起调，这在写法上被称作"托物起兴"，即"先言他物以引起所咏之辞也"。园中葵在春天的早晨亭亭玉立，青青的叶片上滚动着露珠，在朝阳下闪着亮光，像一位充满青春活力的少年。作者由园中葵的蓬勃生长推而广之，写到整个自然界，由于有春天的阳光、雨露，万物都在闪耀着生命的光辉，到处是生机盎然、欣欣向荣的景象。这四句，字面上是对春天的礼赞，实际上是借物比人，是对人生最宝贵的东西——青春的赞歌。人生充满青春活力的时代，正如一年四季中的春天一样美好。这样，在写法上它同时又有比喻的意义，即所谓"兴而比"。

"朝露待日晞"，即晨露未晞，还处在朝气蓬勃的时刻。然而，晨露易晞，如乐府哀歌《薤露》所说的："薤上露，何易晞。露晞明朝更复落，人死一去何时归。""阳春"二句喻少壮时一切欣欣向荣；下二句则照应晨露易晞的意思，谓人生之易老。

"常恐秋节至"表达对"青春"稍纵即逝的珍惜，其中一个"恐"字，表现出人们对自然法则的无能为力，青春凋谢不可避免。

"焜黄"一词，向来皆据《文选》注释为花色衰败的样子。然汉晋古书此词不曾二见，而常见"焜煌"一词，吴小如先生认为这实际上是同一个词，不过"黄""皇（煌）"通用罢了，其义应指花色缤纷灿烂的样子，与前"光辉"一词呼应，是说一旦秋天到来，色泽鲜美的花叶恐怕也会衰败了。

末二句以百川东流入海为喻，言韶光一去不再复返，末二句更因势利导，劝人及时努力，不可虚度青春。作者并不因为生命短暂而产生无所作为的结论，反而劝人及时建树，实现人生的价值，其主题严肃而健康，又毫无空洞说教的毛病。由于作者以形象的比喻进行说服，言者循循善诱，闻者自易接受。

（周啸天）

# 杂诗十二首（其一）

陶渊明

人生无根蒂，飘如陌上尘。
分散逐风转，此已非常身。
落地为兄弟，何必骨肉亲！
得欢当作乐，斗酒聚比邻。
盛年不重来，一日难再晨。
及时当勉励，岁月不待人。

**主题诗句** 及时当勉励，岁月不待人。

作者陶渊明（365—427），一名潜，字元亮，别号五柳先生，浔阳柴桑（今江西九江）人。东晋名臣陶侃曾孙，东晋末到刘宋初杰出的诗人、辞赋家、散文家。曾任江州祭酒、建威参军、镇军参军、彭泽县令等职，最后一次出仕为彭泽县令，八十多天便弃职而去，从此归隐田园。他的诗风格平淡、自然，语言简洁、含蓄，寓有意境。他是中国第一位田园诗人，于宋文帝时卒，友人私谥曰"靖节先生"，有《陶渊明集》传世。

**注释**
①根蒂：即"根柢"。②非常身：不是平常往日的自己。③欢：好友。④及时：抓住时光。

**赏析**
陶渊明的《杂诗》共十二首。前八首多写嗟老伤时的内容，反映的显然是同一时期的思想与心情。据其第六首所言："奈何五十年，忽已亲此事"，一般推断这八首诗当写于陶渊明五十岁，即晋安帝义熙十年（414），是由中年进入老境时的作品。其余四首多写旅途行役之困苦，当是壮年出仕时所作。该诗是这组诗的第一首，是意蕴十分深刻的一首诗。

人，不是一棵树，一辈子就站在原地，不作移动。每个人，一生都在不断行走，由此作者写道"人生无根蒂，飘如陌上尘"，人，就像一粒尘土，飘扬道途之上。"分散逐风转，此已非常身"，这粒尘土被大风又簸又扬，不知飘向何方。这样鼓荡颠簸一番，等它停下的时候，落在那里，早已不是原来的尘土了。人，也一样，行走风尘，一番漂泊，一番坎坷，停顿下来，早已经不是当年的自己。就这样经历无限曲折坎坷，我们聚在一起，多么难得！由此作者十分感叹说道"落地为兄弟，何必骨肉亲"，我们飘荡尘世，跨越关山，涉过江河，相逢一处，就该如同兄弟一般，何必一定要有骨肉亲情呢？

陶渊明有过几次移居，他的移居都是为了寻找和他一样志同道合的好友，他在《移居》中写道"昔欲居南村，非为卜其宅。闻多素心人，乐与数晨夕"，书写的就是这种心情。既然我们是相互的知音君子，友情深厚，就应该"得欢当作乐，斗酒聚比邻"，作为最好的朋友，相聚一处，是这样愉悦欢乐，那就揭开酒坛，招呼邻居们一道畅饮。"盛年不重来，一日难再晨"，这最好的年华，一旦过去，再不回返，就像今天过去了，就再没有今天这样清风拂面的清晨一样，生命就是这样不断改换、不作停留的。

这样一种欢愉难得、光阴难再的情怀，恰如《古诗十九首》所写"昼短苦夜长，何不秉烛游"，容易产生一种及时行乐的意味。可作者不是这样，而是会心说道"及时当勉励，岁月不待人"，正因为岁月匆匆，时不我待，所以我们更应该把握时光，相互勉励，不让这大好年华飘散于风尘当中。

当然，陶渊明"勉励"的具体内容是什么，我们很难捕捉，但抓住生命的翅翼，迈开奋进的步伐，自然给人们一种不断奋进攀登的鞭策与激励。

（黄全彦）

# 行路难三首（其一）

李白

金樽清酒斗十千，玉盘珍羞直万钱。
停杯投箸不能食，拔剑四顾心茫然。
欲渡黄河冰塞川，将登太行雪满山。
闲来垂钓碧溪上，忽复乘舟梦日边。
行路难，行路难，多歧路，今安在？
长风破浪会有时，直挂云帆济沧海。

**主题诗句**　长风破浪会有时，直挂云帆济沧海。

作者李白（701—762），字太白，号青莲居士，被称为"谪仙人"，生于四川江油青莲乡（今四川青莲镇），一说生于西域碎叶城（今吉尔吉斯斯坦托克马克）。唐代伟大的浪漫主义诗人，被后人誉为"诗仙"，与杜甫并称为"李杜"。天宝二年（743），李白四十三岁，诏翰林院，故世称李翰林。其人爽朗大方，爱饮酒作诗，喜交友。他的诗想象丰富，构思奇特，气势雄浑瑰丽，风格豪迈，是唐代诗歌艺术的高峰。今有《李太白集》传世。

**注释**

①行路难：乐府古题，多写世路艰难等内容。②珍羞：精美的菜肴。羞：古"馐"字，美味的食物。③直：同"值"。

**赏析**

李白此诗约作于壮年时期，那时他正漫游各地，谋求出仕以建功立业。起四句"高开低走"。"金樽清酒斗十千"，语出汉曹植《名都篇》诗

"美酒斗十千"。好酒每斗十千钱（万钱），是夸言其价格昂贵。"玉盘珍羞直万钱"，是说精美的菜肴亦价值万钱。"停杯投箸不能食，拔剑四顾心茫然"，二句化用鲍照《拟行路难十八首》（其六）诗"对案不能食，拔剑击柱长叹息"。如此盛筵，正好大快朵颐，而作者却没有胃口，推杯掷筷，拔剑而起，茫然四顾，无所适从。

作者当欢不欢，究为何事？这便逗出了下文"欲渡黄河冰塞川，将登太行雪满山"，以自然之旅的行路艰难，比喻政治之旅的行路艰难。仕途既不顺利，知难而退可也，又何必自寻烦恼？令人纠结的是，作者并不想放弃，他对政治还有所盼望。于是乃有下文"闲来垂钓碧溪上，忽复乘舟梦日边"。二句暗用了两个历史典故：相传姜太公曾在磻溪（今陕西宝鸡市东南）垂钓，得遇周文王，后辅佐文王之子武王灭商，建立了周王朝；伊尹曾梦见自己乘船从日月旁边经过，后得遇商汤，辅佐商汤灭夏，建立了商王朝。用此二典，以姜太公、伊尹自比，可见作者自我期许之高。这中间的四句，抑而后扬，诗情复又振起。

然而梦想是梦想，现实是现实。一旦返观现实，作者再次跌落到苦闷之中。"行路难！行路难！"一迭连声的叹息，使读者感觉到，作者仿佛就站在我们面前。"多歧路，今安在？"二句换韵，乘势也换出新意：行路之难，不仅难在路有障碍，还难在岔道甚多，正确的路今在何处？想到这里，作者豁然开朗："天生我材必有用"（李白《将进酒》），天生我材也必有路！黄河不通，太行不通，大海总是通的吧？大海既不会有冰块阻塞，也不会被大雪覆盖啊。于是乃有末二句"长风破浪会有时，直挂云帆济沧海"。几经感情的煎熬与挣扎，理想主义与乐观主义还是占了上风，诗的旋律最终又拉升回到高音区。

此诗感想复杂，情绪激烈，时沉九渊，时腾九天。其自强不息的信念，为理想而百折不回的价值观，既带有盛唐时代精神的投影，也是李白个性气质的典型体现。

（钟振振）

# 前出塞九首（其六）

**杜甫**

挽弓当挽强，用箭当用长。
射人先射马，擒贼先擒王。
杀人亦有限，列国自有疆。
苟能制侵陵，岂在多杀伤。

**主题诗句** 挽弓当挽强，用箭当用长。

作者杜甫（712—770），字子美，自号少陵野老，河南巩县（今河南巩义）人。少贫，举进士不第，困居长安。天宝末年，始官右卫率府胄曹参军。安史之乱中，自鄜州投奔肃宗朝廷，为叛军所获，掳往长安。后逃出长安，至凤翔谒肃宗，拜右拾遗。因上疏触怒肃宗，出为华州司功参军。关中饥荒，遂弃官去，辗转入成都，依剑南节度使严武，严武奏为参谋、检校工部员外郎。严武卒，无所依。蜀中乱，乃举家出三峡沿江东下。中途卒于耒阳，年五十九。后人尊为"诗圣"。与李白齐名，并称"李杜"。有《杜工部集》。

**注释**
①亦有限：也有个限度，有个主从。②自有疆：总归有个疆界。③苟能：如果能。④侵陵：侵犯。

**赏析**
杜甫先写《出塞》九首，后又写《出塞》五首；加"前""后"以示区别。《前出塞》是写天宝末年哥舒翰征伐吐蕃的时事，意在讽刺唐玄宗的开边黩武，本篇原列第六首。

诗的前四句，像是当时军中流行的作战歌诀，颇富韵致，饶有理趣，深得议论要领。所以清人黄生说它"似谣似谚，最是乐府妙境"（《杜诗说》）。两个"当"，两个"先"，妙语连珠，开人胸臆，提出了作战步骤的关键所在，强调部伍要强悍，士气要高昂，对敌有方略，智勇须并用。四句以排句出之，如数家珍，宛若总结战斗经验。然而从整篇看，它还不是作品的主旨所在，而只是下文的衬笔。后四句才道出赴边作战应有的终极目的。"杀人亦有限，列国自有疆。苟能制侵陵，岂在多杀伤。"作者慷慨陈词，发出振聋发聩的呼声：拥强兵只为守边，赴边不为杀伐。不论是为制敌而"射马"，不论是不得已而"杀伤"，不论是拥强兵而"擒王"，都应以"制侵陵"为限度，不能乱动干戈，更不应以黩武为能事，侵犯异邦。这种以战去战、以强兵制止侵略的思想，是恢宏正论，安边良策；它反映了国家的利益、人民的愿望。所以，清人张远在《杜诗会粹》里说，这几句"大经济语，借戍卒口说出"。

从艺术构思来说，杜甫采用了先扬后抑的手法：前四句以通俗而富哲理的谣谚体开势，讲如何练兵用武，怎样克敌制胜；后四句却讲如何节制武功，力避杀伐，逼出"止戈为武"的本旨。先行辅笔，后行主笔；辅笔与主笔之间，看似掠转，实是顺接，看似矛盾，实为辩证。因为如无可靠的武备，就不能制止外来侵略；但自恃强大而穷兵黩武，也是不可取的。所以作者主张既拥强兵，又以"制侵陵"为限，才最符合广大人民的利益。清人浦起龙在《读杜心解》中很有体会地说："上四（句）如此飞腾，下四（句）忽然掠转，兔起鹘落，如是！如是！""飞腾"和"掠转"，指作品中的奔腾气势和波澜；"兔起鹘落"指在奔腾的气势中自然地逼出"拥强兵而反黩武"的深邃题旨。在唐人的篇什中，以议论取胜的作品较少，而本诗却以此见称；它以立意高、正气宏、富哲理、有气势而博得好评。

（褚宝增）

# 上堂开示颂

黄蘖禅师

尘劳迥脱事非常,紧把绳头做一场。
不经一番寒彻骨,怎得梅花扑鼻香。

**主题诗句** 不经一番寒彻骨,怎得梅花扑鼻香。

作者黄蘖禅师,又名黄檗(?—850 或 855、857),唐代禅宗高僧,曹溪六祖之嫡孙,初居高安黄蘖山,故又称黄蘖禅师。唐大中二年(848),裴休知宣州,迎请黄蘖禅师,创建广教寺。大中四年(850),圆寂于宛陵开元寺,赐谥号"断际禅师"。唐武宗会昌年间,裴休在洪州钟陵县(今江西省进贤县钟陵乡)两次记载黄蘖禅师的语录,收录在《钟陵录》《宛陵录》中,后人整编为《传心法要》。

**注释**

①尘劳:佛教徒谓世俗事务的烦恼。②迥脱:迥,远离,指超脱。③紧把:紧紧握住。④怎得:怎能。

**赏析**

诗歌的意思是:摆脱尘念劳心并不是一件容易事,必须拉紧绳子、俯下身子,在事业上卖力气。如果不经历冬天那刺骨的严寒,梅花怎会有扑鼻的芳香?

开示是指对佛法的正确解释;《瑜伽师地论》说道:"开示者,谓他展转所生疑惑,皆能除遣";"开示者,谓即显示此应遍知,此应永断等差别故"。由此可知,开示主要在于断除疑惑。

颂词称为赞偈、偈颂。它是佛教十二部经或九分教的经体之一，是佛教文献的重要组成部分，也是人们礼佛时所唱的颂词。是一种略似于诗的有韵文辞，一般以五言四句或七言四句为一偈，与诗歌的形式相近，用以表达对佛菩萨功德的赞颂，以及修行者的见地。纯为诗体形式（韵文）的偈颂，称为"孤起偈"，即伽陀。如果是诗体与长行（散文体）间杂使用，则称为"重颂偈"，即祇夜。著名偈语有唐代高僧惠能大师《菩提偈》："菩提本无树，明镜亦非台。本来无一物，何处惹尘埃。"关于梅花，宋范成大《梅谱·前序》说："梅，天下尤物，无问智愚贤不肖，莫敢有异议。""尤物"，这里指特别珍异的花卉，也就是说，梅是一种品质高出群芳的植物。可见，梅花本来就象征一种高洁的精神；倘再就其经受的"彻骨寒"与最终获得的"扑鼻香"，予以因果上的提示，则作为喻体的"梅花"，更寄寓着另一层深刻的道理。

该诗是一首借梅花傲雪迎霜、凌寒独放的性格，指出人生没有简简单单的成功，勉励人克服困难、立志成就事业的格言诗。该诗本是黄檗禅师在上法堂时向徒众宣示佛教精义所说的两句颂词，颂词被记录在《传心法要》《宛陵录》中。他使用这个比喻是要说明，只有经历了磨难和考验，佛教徒才能达到透彻领悟佛法、摆脱尘俗一切痛苦的光明境界。黄檗禅师借此诗偈，表达对坚志修行得成果的决心，同时，这两句诗也说出了人对待一切困难所应采取的正确态度，经常被后世用来启发人们认识人生道路中苦与乐、劳动与收获、失败与成功的关系，被赋予以崭新的时代精神，具有了更加积极的内涵和意义。

（曹辛华）

# 将进酒

### 李贺

琉璃钟,琥珀浓,小槽酒滴真珠红。
烹龙炮凤玉脂泣,罗屏绣幕围香风。
吹龙笛,击鼍鼓。皓齿歌,细腰舞。
况是青春日将暮,桃花乱落如红雨。
劝君终日酩酊醉,酒不到刘伶坟上土。

**主题诗句** 况是青春日将暮,桃花乱落如红雨。

作者李贺(790—816),字长吉。河南府福昌昌谷(今河南宜阳)人。中唐诗人,与李白、李商隐称为"唐代三李",后世称李昌谷。他因仕途失意而热衷于诗歌创作。诗作抒发理想抱负,反映藩镇割据、宦官专权和社会剥削的历史画面。诗作想象奇特、物象奇险、造语奇隽,有"诗鬼"之誉,著有《昌谷集》。

**注释**

①琉璃钟:形容酒杯之名贵。②琥珀:借喻酒色。③真珠红:真珠即珍珠,这里借喻酒色。④烹龙炮凤:指厨肴珍异。

**赏析**

这首诗的前五句描写一幅奇丽熏人的酒宴图,场面绚丽斑斓,有声有色,给读者极强烈的感官刺激。作者似乎不遗余力地搬出华艳辞藻、精美名物,目不暇接:"琉璃钟""琥珀浓""真珠红""烹龙炮凤""罗屏绣幕"，其物象之华美、色泽之瑰丽，简直无以复加。

诸物象之间没有动词连接，就像一组蒙太奇镜头，将画面与画面按照内在逻辑顺序一一呈现出来。杯、酒、滴酒的槽床……这些具体意象的相继出现，给读者一种酒宴进行着的意念。

"吹龙笛，击鼍鼓。皓齿歌，细腰舞。"四句写宴乐的鼓点愈来愈急，连串三字句法衬得歌繁舞急，仅十二字，就将音乐歌舞之美妙写得尽态极妍，不禁让读者目不暇接。这似乎已不是普通宴饮，而是抵死的狂欢。下面的诗句作者开始解释这炊金馔玉、浩歌狂舞的原因。

"况是青春日将暮，桃花乱落如红雨。"春光正美，太阳却冷酷地移向地平线；青春正美，白发却已在悄悄滋长。曾在繁茂的桃花园中，看花瓣随风如雨而落，那真是令人目眩神迷的美。但每一秒的美丽，都是以死亡为代价的。何等奢侈的美丽！人们伸手想挽留残春，但最终留下的，只是那空荡荡的枝头和指间的几片残红。在这凄艳的花雨中，在这渐渐拉长的日影下，愈转愈急的歌弦舞步是想追上时间的脚步，在时间鼓点均匀而无情的敲击声中，入唇的玉液琼浆已变得苦涩。

"劝君终日酩酊醉，酒不到刘伶坟上土。"诗的前一部分是大段关于人间乐事瑰丽夸张的描写，但结尾笔锋倏转，出人意料地出现了死的意念和"坟上土"的惨淡形象，透露出一片苦涩幽怨的意绪。刘伶"一饮一斛，五斗解酲"也未必真的逃避了痛苦。狂呼痛饮，及时行乐固然痛快，但是，即使秉烛夜游，人生又有几何，再回首已百年身，酒闲人寂之后，留下的只有深沉的孤独和空虚之感。况且生时的辉煌更加衬托出死后的悲凉，正是前后这种极度的反差和不协调给读者带来极大的震撼。人生总难免面对差别，在差别面前，庄子喜欢否定它，以求心灵的宽慰和淡泊；作者李贺则喜欢确认它甚至放大它，以强化主体对生命、生活的敏感和执着。

（曹辛华）

# 题乌江亭

杜牧

胜败兵家事不期,包羞忍耻是男儿。
江东子弟多才俊,卷土重来未可知。

**主题诗句** 江东子弟多才俊,卷土重来未可知。

作者杜牧(803—852),字牧之,号樊川居士,京兆万年(已废,入今陕西西安)人。唐文宗大和二年(828)进士,同年复中贤良方正直言极谏科。历事文宗、武宗、宣宗三朝,累官至知制诰、中书舍人。他好读书,工诗文。诗以七言绝句著称,多咏史抒怀,英发俊爽,在晚唐颇负盛名,与李商隐并称"小李杜"。有《樊川文集》传世。

**注释**

①不期:难以预料。②包羞:忍受全部耻辱。③卷土重来:谓失败之后,重整旗鼓,大队人马杀回来,卷起漫天尘土。

**赏析**

这首七言绝句,为中国历史上的悲剧英雄项羽而发。

项羽出身于战国楚贵族,秦末,随叔父项梁在吴中(今江苏苏州一带)起义。项梁战死后,他率军在巨鹿(今河北平乡西南)之战中摧毁秦军主力,威震天下。秦亡,他自立为西楚霸王。后来刘邦发动与他争夺天下的楚汉战争,他恃血气之勇,刚愎自用,屡犯战略错误,终致全军覆没。

据《史记·项羽本纪》记载,他率八百余骑突出重围后,遭数千汉军一路追杀，至乌江（今安徽和县），只剩二十八骑。乌江亭长在江边停船相候，劝他渡江，说江东（特指长江下游东部地区）虽小，也还有千里之地，数十万人，足以为王。项羽拒绝道：当年起兵反秦时，我与江东子弟八千人渡江西上。今无一人回还。就算江东父兄爱怜我，仍奉我为王，我还有什么脸去见他们？于是转身与汉军殊死搏斗，杀敌数百人后自刎而死。

"亭"，秦汉时期的基层行政单位，大略十里一亭，十亭一乡。唐代已无此名目。诗题是沿用古称，还是指当时乌江边实建有纪念项羽的亭台楼阁？我们不得而知。

全诗是说：胜败乃兵家常事，谁也说不准。能忍受耻辱，才是男子汉。（项羽你为何不能忍一时之耻，渡江回江东去呢？）江东子弟人才济济，豪杰甚多，重新拉起一支队伍，东山再起，也未可知啊！

项羽宁死不过江东，人们对此多给予"知耻近乎勇"的正面评价。杜牧此诗，好就好在独具只眼，换了一个新的角度来立论——光"知耻"是不够的，男儿还须"忍耻"。"知耻"，只"近乎勇"，还不是"勇"。能"忍耻"，并能努力以"雪耻"，才不仅是"勇"，而且是"智"（明智）。

诗词崇尚形象思维，主张用艺术形象来说话，一般不支持抽象议论。但也不绝对，例如此诗就偏以抽象议论取胜。取胜的诀窍何在？在其议论的新颖与精辟，能够发人深思。

男儿当自强（时代进步了，如今女儿也当自强）。初创业时，自强还不难；但在经历过辉煌而一败涂地、跌回到原点时，是否还能自强不息，"包羞忍耻"，从零开始，就不那么容易了。但真正的男儿，必须能够经得起这样的考验！

这便是杜牧此诗给我们的启示。

（钟振振）

# 畲田调（其四）

王禹偁

北山种了种南山，相助刀耕岂有偏。
愿得人间皆似我，也应四海少荒田。

**主题诗句** 北山种了种南山，相助刀耕岂有偏。

作者王禹偁（954—1001），字元之，济州钜野（今山东菏泽）人，北宋诗人、散文家，宋初有名的直臣，世称王黄州。出身于磨面为生的贫苦人家。太平兴国八年（983）考中进士，历任右拾遗、左司谏、知制诰、翰林学士。为官敢于直言讽谏，屡受贬谪。作为北宋诗文革新运动的先驱，他的诗作多反映社会现实，风格清新平易，留存后世不少反映民间疾苦的好作品。北宋初年，诗坛的风气，只是一味追求文字华丽，内容却很空洞，在此背景下，他首先提倡尊崇杜甫和白居易的现实主义传统，推动了宋朝诗歌的发展。著有《小畜集》三十卷。

**注释**

①畲田：农民烧草木为灰做肥料的耕种方法。②四海：指全国各地，指天下、全国。

**赏析**

北宋淳化二年（991），王禹偁任大理评事，因上疏为遭受诬告的同僚徐铉辩冤而触怒宋太宗，被贬官至商州（今陕西商洛）任团练副使。商州地处偏僻荒远，多深山穷谷，车辙不通，农业仍是刀耕火种，且民风民俗极其质朴淳厚。《畲田调》就是作者贬谪第二年春天所创作的一组七言绝句。这组诗歌的序言部分叙述了作者有感于上雒郡南深山穷谷中，山民刀耕火种、酿黍稷、烹鸡豚、行酒啖炙、群力而作的情景。诗歌内容不但描述了当地的农业特色，而且说明了在集体耕作中，通过共食会饮，所凝聚的情感与力量，十分令人动容。

这首诗承接其上三首展现劳动欢乐场景，表现山民的勤劳和愉快心情，续写赞颂山民相助力耕的主旨，抒写了山民们在团结互助、勤奋劳作中产生的自豪感。其中，前二句以轻快的笔调描述了畲田中山民们协力互耕、依次而进的耕作特点，表现出互帮互助的协作精神。北山耕作完成之后又接着耕种南山。这种淳美的民风习俗代代相传，只要乡里乡亲谁家有事，"虽数百里如期而集"（《〈畲田调〉并序》）。无论是"北山种了种南山，相助刀耕岂有偏"，还是"杀尽鸡豚唤劚畲，由来递互作生涯"（《畲田调》其二），皆是说明邻里之间无所遗留，无所偏颇之意，写出了乐意相助的无私情意。

最后由"愿得"一句引出议论，以山民的口吻抒写为农的自豪感，寄托一种美好的愿望。末尾二句不仅是劳动者的心声，也是作者的政治志向，原序说："亦欲采诗官闻之，传于执政者，苟择良二千石暨贤百里，使化天下之民如斯民之义，庶乎污莱尽辟矣。"作者希望能把"商州经验"向全国推广，"四海少荒田"，也就是唐诗说的"四海无闲田"，庄稼收成好了，百姓的生活才能更加美好。

此诗仿效当地民歌格调写成，朴素浅近，生动地表现了山民的劳动生活，呈现出浓郁的民俗美。同时，也道出一个深刻的哲理：团结互助，共同劳动，积极进取，不仅能创造物质财富，而且可以使人的精神得到升华。

（刘勇刚、梅国春）

# 登飞来峰

## 王安石

飞来山上千寻塔，闻说鸡鸣见日升。
不畏浮云遮望眼，自缘身在最高层。

**主题诗句** 不畏浮云遮望眼，自缘身在最高层。

作者王安石（1021—1086），字介甫，号半山，临川（今江西抚州）人，北宋著名的思想家、政治家、文学家、改革家。在政治上，王安石政绩显著。熙宁二年（1069），任参知政事，次年拜相，主持变法。元祐元年（1086），保守派得势，新法皆废，郁然病逝于钟山，赠太傅，获谥"文"，世称王文公、王荆公。今有《王临川集》等传世。

### 注释

①千寻塔：很高很高的塔。寻：古时长度单位，八尺为寻。②自缘：又作"只缘"，自然是因为。缘：因为。

### 赏析

对于此诗所咏何地？释者往往各执一词，有说皇祐二年（1050）夏，王安石在浙江鄞县知县任满回江西临川故里，途经杭州时写下此诗。又据刘成国《王安石年谱长编》考证，王安石登临的是越州的飞来山，即浙江绍兴城外的宝林山。无论二者谁真谁假，对于创作时间可以肯定，这是王安石初涉宦海之作，时值作者壮年，心胸抱负不凡，正好借登高山耸塔一抒胸臆，表达宽阔情怀，可看作其力图革新变法的前奏。

诗作开篇第一句，用"千寻"这一夸张的词语，借写峰上古塔之高，也写出了作者立足点之高。接着以广阔、辽远的胸怀与视野，抒写眼前旭日东升的辉煌景致，展现王安石朝气蓬勃、胸怀大志，对前途充满信心，奠定了全诗昂扬向上的情感基调。古人常在诗里写登高望远，同王之涣《登鹳雀楼》的名句"欲穷千里目，更上一层楼"一样，王安石此一句的妙处也是在于给人营造一种积极向上、勇于上进的鼓励意味，更与杜甫"会当凌绝顶，一览众山小"有异曲同工之妙。但相较之下，王安石此句更加展现出自己作为一个政治变革家拨云见日、高瞻远瞩的思想境界和豪迈气概。

  诗的后两句承接前两句写景议论抒情，使诗歌既有生动的形象又有深刻的哲理，是全诗的精华。"浮云"意指眼前的困难、障碍，比喻一切阻碍历史前进的势力。古人常有浮云蔽日、邪臣蔽贤的忧虑，而王安石却加上了"不畏"二字，气势夺人，表现了他在政治上高瞻远瞩、不畏奸邪的勇气和决心。"自缘"又作"只缘"，可能是后人改写，二者虽仅一字之差，表达效果上却稍逊一筹，"自缘"有一种属于成功者登顶的自豪感，读之韵味无穷。"不畏浮云遮望眼，自缘身在最高层"与苏轼"不识庐山真面目，只缘身在此山中"一脉相承，不仅表现技法极为相似，同样蕴含着深刻的哲理。王诗体现的是肯定哲理，即当人们的认识达到一定的高度，就能透过现象看到本质。换言之，人只有站得高、看得远、不畏惧未来，才能不被眼前的困境所击退。苏诗就否定方面而言，即如果一个人没有秉持全面、客观、正确的态度观察事物、体认事物，就会被事物的假象所迷惑。二者的说理归根到底就是启发人应该要有长远的追求和宏大的格局，不应被眼前的利益所拘束和局限。

（刘勇刚、梅国春）

## 次韵李节推九日登南山

陈师道

平林广野骑台荒,山寺钟鸣报夕阳。
人事自生今日意,寒花只作去年香。
巾欹更觉霜侵鬓,语妙何妨石作肠。
落木无边江不尽,此身此日更须忙。

**主题诗句**　落木无边江不尽,此身此日更须忙。

作者陈师道（1053—1102）,字履常,一字无己,号后山居士,彭城（今江苏徐州）人,北宋文学家,"苏门六君子"之一。出身官宦,到他少时已家道中落。陈师道勤奋好学,十六岁时以文章拜见曾巩并拜入他的门下,后得苏轼指导。他一生安贫乐道,闭门苦吟,有"闭门觅句陈无己"之称。陈师道是江西诗派代表人物之一,诗歌以拗峭惊警见长,有《后山先生集》。

**注释**

①李节推：节推是"节度推官"的略称,为节度使属官,掌勘问刑狱,本诗中的"李节推"疑是李泌。②南山：位于彭城县南三里,名南山,又名云龙山。③平林：平原上的树林。④广野：广阔的原野。⑤骑台：指戏马台。⑥寒花：寒花即菊花。⑦巾欹：头巾倾斜。⑧语妙：《汉书·贾捐之传》中记载,"君房下笔,言语妙天下。"⑨石作肠：铁石心肠。

**赏析**

本诗是重阳登高即景抒怀之作,是元祐四年（1089）陈师道任徐州州学教授时所作。

　　作者提笔即点明时间、地点。日落时分他已登上云龙山，极目远视山下平阔的原野与荒凉的戏马台。首联为读者展现了一幅秋日山野图，作者紧紧抓住"荒"字，营造了荒林、荒野、荒台三个意象，同时又衬有古寺肃穆的撞钟之声，从视觉和听觉两个角度营造了萧索阴冷的氛围。戏马台曾经也是繁盛之地，东晋刘裕北伐归来曾在此地大会宾僚，群贤毕集，一时文士如谢灵运、谢宣远均有诗咏。百年前的兴盛更能反衬出现如今的凄凉，傍晚落日之景更给人以时光流逝的无奈之感，作者在写景中融入了世事变迁、人事代谢的伤感。景非一景，悲秋伤感古今相通。

　　颔联极富意趣。世事繁杂，人世变换，每到重阳佳节就会引起万千思绪。年年岁岁，秋日山峦下的菊花却依然如同去年一般散发幽香。花无情，人有意，自然界中的菊花能够在滚滚流逝的时间之中保持着美丽，达到一种永恒，而人却在岁月的消磨下渐而衰老，走向终结。

　　颈联加强了自我情感的抒发。当年孟嘉落帽而不自觉，尚显豁达，作者则反拨琵琶，头巾歪斜露出鬓角的白发，尽显悲哀。此年作者三十余岁，还未进入老年，但他感受到人生稍纵即逝的短暂，一个"更"字增强了情感表达的力度。

　　尾联曲终奏雅，体现了作者昂扬进取的奋斗精神。落叶年年落不尽，滚滚江水永奔腾，在大自然面前，人显得多么渺小，生命多么短暂。既然如此，更不应该一味地保持悲观情绪，时间不待人。作者忙于政务，因此他十分珍惜登高临赏的机会，同时自我勉励，要把握时光，拼搏进取。

　　暗用典故是本诗的特色，戏马台蕴含刘裕大会群贤之典，巾欹暗藏孟嘉落帽之事，诗中又化用了李煜、杜甫、皮日休等人诗文中的语句。事典和语典兼得，并不是简单挪用，而是将典故与写景、抒情巧妙融合，用意极为熨帖。

（刘勇刚、王毅）

## 题画

### 李唐

云里烟树雨里滩，看之容易作之难。
早知不入时人眼，多买燕脂画牡丹。

**主题诗句** 云里烟树雨里滩，看之容易作之难。

作者李唐（1066—1150），字晞古，河阳三城（今河南孟州）人，两宋之际著名画家。初以卖画为生，宋徽宗时入画院。擅长山水、人物，苍劲古朴、气势雄壮，开南宋水墨苍劲、浑厚一派先河。晚年去繁就简，改为大斧劈皴，开创边角式构图，用笔峭劲。初师李公麟，后衣褶变为方折劲硬，自成风格，并以画牛著称。

**注释**

①燕脂：即胭脂，一种用植物做成的红色颜料。

**赏析**

题画诗是中国古代诗歌表现形式之一，在唐代进入文人视野，宋代蔚然成风。有学者统计，两宋时期题画诗共存三千六百一十九首，南宋就有两千一百五十一首。在北宋，山水题画诗是题画诗的主流。但是到了南宋，雍容华贵的花鸟画受到宫廷及士大夫阶层的青睐，尤其是"院体"创作更为强调设色和工笔，追求雅趣，吸引了一大批创作者与欣赏者。

该诗作于李唐南渡初到杭州时，明代郁逢庆《书画题跋记》记载了钱塘人宋杞云对李唐的回忆：李唐初到杭州，无人赏识，靠卖纸画糊口，生活十分艰辛。他作此诗，借当时社会上崇尚艳丽花鸟画的风气婉转表达自己不为人赏识的不平与郁闷。

"云里烟树雨里滩,看之容易作之难",由此句可知本诗所题之画乃山水画。简单七个字便将整个画面展现在读者眼前,构图极为完整,俨然一幅江南烟雨图。树林为一片水气所罩,仿佛置于天上云层之中,河滩时隐时现,水天一色。整幅画面虽涵盖的空间极为博大,上天下水,却浑然一体,总的画面感虽是朦胧的,但是树林的轮廓依然清晰可见,线条感突出。荫翳的绿色在淡淡水雾的衬托下更为鲜明,色彩感强烈。河水潺潺,具有流动感,令观赏者仿佛能够听到淙淙的流水之声。将线条感、色彩感和流动感融于一幅画作之中,实属不易,因此作者才说"看之容易作之难"。从这个角度来说,将清晰、动态的画面通过诗句透现出来,也是需要一双妙手的。

该诗虽为题画,但实质上是借题发挥,抒发作者内心之愤懑。"早知不入时人眼,多买燕脂画牡丹",南宋时期较之山水画,富丽堂皇的花鸟画更符合士大夫群体的审美取向,而诗人的画作不为时人所欣赏,只能在街头售卖。李唐调侃说,要是早知如此,我就"多买燕脂画牡丹"了。事实上,他非但没有这么做,反而更加努力,在山水画领域开拓创新,他的《长夏江寺图》《清溪渔隐图》以"大斧劈皴"的笔法、繁富凝重的画面效果和聚焦局部的构图方式对南宋画坛产生了重大影响。因此,面对生活遭际的困窘,作者并非选择一味地沉沦与媚俗,而是坚守自己的本心,努力拼搏,完成自我的蜕变。这样一种拼搏进取的精神在诗中借反话道出,既以诙谐语见作者精神之旷达,又宛如一把利剑撕开了社会的黑暗面,表达对那些违背初心、一味迎合世俗之人强烈的鄙视与批判。

全诗虽充满批判意味,但字里行间并没有充斥作者的牢骚之语,而是以山水画的创作之难作为切入点,以反语和调侃表达自己深沉的郁悒之感,不卑不亢,实乃佳作。

(刘勇刚、王毅)

## 王氏能远楼

### 范梈

游莫羡天池鹏，归莫问辽东鹤。
人生万事须自为，跬步江山即寥廓。
请君得酒勿少留，为我痛酌王家能远之高楼。
醉捧句吴匣中剑，斫断千秋万古愁。
沧溟朝旭射燕甸，桑枝正搭虚窗面。
昆仑池上碧桃花，舞尽东风千万片。
千万片，落谁家？愿倾海水溢流霞。
寄谢尊前望乡客，底须惆怅惜天涯。

**主题诗句** 人生万事须自为，跬步江山即寥廓。

作者范梈（1272—1330），字亨父，一字德机，人称文白先生，清江（今江西樟树）人。元代官员、诗人。与虞集、杨载、揭傒斯并称"元诗四大家"。历官翰林院编修，后任福建闽海道知事等职。有《范德机诗集》。

**注释**

①句吴：即勾吴，吴国。春秋时吴国以善造剑（有干将、莫邪等）著称。②昆仑池上碧桃花：传说是西王母居住于昆仑山，上有瑶池，种有桃树，三千年一开花。③流霞：传说中神仙所饮，东汉王充《论衡·道虚》："每饮一杯，数月不饥"。④寄谢：传告，告知。

### 赏析

范梈于元成宗大德十一年（1307）初到京城，这一年他三十六岁。春日的某一天，他与朋友同饮于大都郊外的王氏能远楼，有所感触，写下此诗。

开篇"游莫羡天池鹏，归莫问辽东鹤"两句，破空而来，想落天外。辽东鹤，指传说中的辽东人丁令威修道升仙，化鹤归飞之事。"人生万事须自为，跬步江山即寥廓。"笔锋一转，反观世人自身，要自作自为，自力更生走好人生"跬步"。作者认为凡人不必去羡慕神仙的超能力，而是走好人生的每一步，哪怕是半步，日积月累，可以进入一个深邃广阔的世界。这里体现了作者放弃幻想，扎实进取，展现了其胸怀博大和其志向高远。

"请君得酒勿少留，为我痛酌王家能远之高楼"，回到眼前，描写痛饮王氏能远楼之情状，这一句是总写其事。"醉捧句吴匣中剑，斫断千秋万古愁"，这一句是铺叙饮酒状貌。"醉捧"利剑，斩断愁丝。"醉捧"是上文"痛酌"的结果，醉憨之态，如在眼前。这四句刻画出范梈摒弃世俗、孤高傲世的品格。语气上直截了当，作者痛饮美酒，借剑消愁，以解胸中块垒。

后面八句从"沧溟朝旭射燕甸"到"底须惆怅惜天涯"，意思紧密相连，意象纷呈，想象奇特。作者先将诗境纵横捭阖开去，转而写景，最后以抒情作结。"沧溟"句，谓大海上朝阳升起，光照眼前大都郊外的大地；"桑枝"句写阳光普照，眼前的窗棂为之生辉，暗用日出扶桑的神话传说。虽是写眼前实景，已暗藏虚笔。"昆仑"二句，由实入虚，直写虚幻、悬想之景。瑶池仙境的桃花，热烈开放，在东风中飘舞。虚笔中藏着实景，能远楼下的池塘，桃树开花，恍若仙境。虚实结合，想象之境，与开篇"游莫羡天池鹏，归莫问辽东鹤"二句相呼应。"千万片，落谁家？"由仙境想象复归人境，仍回到"人生万事须自为"上来，所以作者大呼"愿倾海水溢流霞"。结句寄语思乡的朋友，不必乡愁百结、惆怅无涯，而应积跬步以致远，走出自己的一片天地，且紧扣楼名"能远"的题意。

（江合友）

## 最高楼·呈管竹楼左丞

### 滕斌

梅花月,吹老角声寒。剑气拂云端。台星才入朝天阙,将星旋出破烟蛮。半年来,勋业事,笑谈间。

谁更说元龙楼下卧。谁更说元规楼上坐。终不似、竹楼宽。有时呼酒摘星斗,有时提笔撼江山。问何如,容此客,倚栏干。

**主题诗句** 有时呼酒摘星斗,有时提笔撼江山。

作者滕斌,一作滕宾(1308—1323),字玉霄,黄冈(今属湖北)人,一说睢阳(今河南商丘)人。元武宗至大年间,为翰林学士。出为江西儒学提举,后弃家入天台山为道士。有《玉霄集》。

**注释**

①管竹楼左丞:名不详,竹楼当为其号。②梅花:军乐曲名。③台星:《晋书·天文志》中指出,"三台六星,两两而居。"④将星:古人认为帝王将相与天上星宿相应,将星即象征大将的星宿。⑤元龙:东汉陈登,字元龙。《三国志·魏书·陈登传》:"许汜与刘备并在荆州牧刘表坐,表与备共论天下人,汜曰:'陈元龙(登)湖海之士,豪气不除。'"陈登豪放而有匡世济民之志,卧百尺楼下感受元龙豪气,是一种殊荣。⑥元规:东晋庾亮,字元规。《晋书·庾亮传》:"亮在武昌,诸佐吏殷浩之徒,乘秋夜往,共登南楼,俄而不觉亮至,诸人将起避之。亮徐曰:'诸君少住,老子于此处兴复不浅。'便据胡床,与浩等谈咏竟坐。"

## 赏析

古代士子常以诗文拜谒当朝名流和权贵，求得延誉，跻身仕途，称援引。滕斌此词，措辞不卑不亢，甚为委婉得体。

上阕赞颂管氏文武兼备，功勋卓著。首句"梅花月"，既含有"疏影横斜水清浅，暗香浮动月黄昏"（宋林逋《山园小梅二首》其一）的境界，又含有"梅吹动三军"（唐沈佺期《塞北二首》其一）的气氛，故"吹老"二字才显得悲壮凄凉。引入张华"剑气"方不觉突兀，自然地赞美了管氏的英气直冲霄汉。左丞位列三公，能出入朝廷，朝见皇帝。"台星""将星"二句以对偶形式结伴而出，谓管氏出将入相，文武兼备，他刚入朝廷为辅弼大臣，旋即又奉命率军，扫荡南方。结句"半年来，勋业事，笑谈间"，赞颂管氏效率神速、功勋显赫，使其运筹帷幄、决胜千里的军事才能和儒将风采跃然纸上。

下阕吐露钦羡仰慕和希冀援引之情。"元龙""元规"二典，体现出作者丰富的文史知识储备及驾驭能力，并与上阕的"台星""将星"在形式上互为呼应，词人要说，历史上的殊荣和雅事，如今已不值夸耀了。"终不似、竹楼宽"，因为无论是元龙的百尺楼还是元规的南楼，最终都及不上管氏的竹楼。赞誉之辞，无以复加。"谁更说"二句对偶，为气势不衰，"有时"二句第三次对偶，渲染管氏宴娱吟咏的豪兴雅致，狂放恣肆如见，文采风流传神。结句"问何如，容此客，倚栏干"，委婉探试，逗露希求援引之意。"此客"即词人自己。请问左丞，您可容许我在竹楼的一角凭栏眺望啊？不明说干谒之意，却以漫不经意的"倚栏干"暗示。

求援引，非为耻也，古人读书入仕，乃为"官以载道"，目的是"利安元元"。只有这样才能最大限度地发挥自己的才能，服务社会，报效国家。这是词人勇于向上的积极表现。

（褚宝增）

# 明日歌

钱鹤滩

明日复明日,明日何其多。
我生待明日,万事成蹉跎。
世人若被明日累,春去秋来老将至。
朝看水东流,暮看日西坠。
百年明日能几何?请君听我明日歌。

**主题诗句** 我生待明日,万事成蹉跎。

作者钱鹤滩(1461—1504),字与谦,名福,因家住松江鹤滩附近,自号鹤滩,松江府华亭(今上海松江)人,吴越国太祖武肃王钱镠之后。明孝宗弘治三年(1490)进士第一,官翰林修撰,三年告归。茶陵派领袖李东阳的门生,诗文以敏捷见长,作品《明日歌》流传甚广。有《鹤滩集》。

**注释**

①蹉跎:错过机会,虚度光阴。②若:一作"苦"。有的版本作"世人苦被明日累"。③累:牵累,妨碍。这一句的意思是:世间的人如果被"等待明天"所妨碍。④百年:指人的一生。

**赏析**

《明日歌》的作者有两说,一说是钱鹤滩(名钱福),另一说是文徵明次子文嘉(1501—1583)。署名文嘉的《明日歌》文字与此多有不同:"明日复明日,明日何其多!日日待明日,万事成蹉跎。世人皆被明日累,明日无穷老将至。晨昏滚滚水东流，今古悠悠日西坠。百年明日能几何？请君听我明日歌。"今以钱鹤滩所作为准。

首四句"明日复明日，明日何其多。我生待明日，万事成蹉跎"，针对常见的以"明日"为推诿理由的现象展开评论，以无限感慨的口吻说："明天又一个明天，明天何等的多。如果天天只空等明天，那么只会空度时日，一事无成。"人生在世，时间是最宝贵的，我们要珍惜当下，要脚踏实地。时间是无价的，一去不复返。只有紧紧抓住今天，才能有充实的明天，才能有所作为，有所成就。

接下来四句"世人若被明日累，春去秋来老将至。朝看水东流，暮看日西坠"，劝诫年轻人不要被"等待明天"所拖累，要珍惜时间，不然将会老大徒伤悲。作者以假设的口气说，如果以"等待明天"为借口敷衍塞责，就会累于明日，一事无成。朝看"水东流"，夕看"日西坠"，时间的长河奔腾向前，早上还在看年华似水，傍晚就在看太阳西下，人生活在"寄明日"的牵累里，年复一年的时光流转，人也会加速衰老。

最后两句"百年明日能几何？请君听我明日歌"，再一次重申时光易逝，人的一生不过百年，能有多少个明天？浪费光阴，以"等待明天"为借口是极为荒谬的，请诸君听我的《明日歌》，以警醒迷失的世人，珍惜当下，才不会令岁月蹉跎。

全诗七次提到"明日"，说理通俗易懂，既是警世，也是自勉。它没有空泛地教诲世人珍惜时光，而是针对人们普遍存在的拖延症，围绕"明日"二字展开说理。全诗语言形象生动，以杂言歌谣的形式，用口语化、形象化的词语，读来朗朗上口，顺耳好记。"朝看水东流，暮看日西坠"两个写景句子穿插在议论当中，笔法变化，使全诗变得活泼生动。

（江合友）

# 竹石

郑燮

咬定青山不放松,立根原在破岩中。
千磨万击还坚劲,任尔东西南北风。

**主题诗句** 咬定青山不放松,立根原在破岩中。

作者郑燮(1693—1766),字克柔,号板桥,江苏兴化人,画家、文学家。乾隆元年(1736)进士。曾知山东范县、潍县,多有惠民政绩。吏治文名,为时所重。以为民请赈忤上官,愤而辞归。能诗,擅书。早年及晚年客居扬州,以鬻画为生。擅长画兰、竹、石,自称"四时不谢之兰,百节长青之竹,万古不败之石,千秋不变之人"。书杂隶法,创为"六分半书"。其诗、书、画,世称"三绝"。诗词皆不同于流辈,而有挚语,能关心民生疾苦。著有《郑板桥集》。

### 注释

①破岩:有缝隙的岩石。

### 赏析

郑板桥生活在清朝中期,是当时著名的书画家,尤喜好并擅长画竹。这首七绝,便是他为自己画的一幅《竹石》图而题写的诗篇。按诗的题材分类,它既属"题画",又是"咏物"。所咏之物为"竹","石"在画和诗里,都只是陪衬;但所咏又不仅是"竹",更在于"人"——包括作者自己在内的那些历经磨难而自强不息的人。当然,这是从广义上说;若论其狭义,在特定的历史文化语境里,它主要是指正直的、有节操的"士"。

何以见得？请看首句"咬定青山不放松"，落笔便将此"竹"定位为山里的竹。"青山"属于"野"而不属于"朝"，那么，"青山"之"竹"也就有了象喻"山林之士"的可能。再看第三句"千磨万击还坚劲"，"坚劲"一词，最早是用来形容人的，《管子·地员》曰"其人坚劲"；后世才用来形容竹，南朝宋戴凯之《竹谱》曰"箭竹……坚劲"。此语之用，双绾"竹"与"人"，极当留意，不可草草略过。最后再看末句"任尔东西南北风"，从一个第二人称的"尔"字，可以反推出全诗用的是第一人称"我"的口吻。"我"就是"竹"，"竹"就是"我"，不言而喻，以"竹"拟"人"之义，尽在其中。

若从写作艺术的层面去考量，首句写"竹"对"青山"的主动选择与执着坚守，以喻"我"不慕荣利，远离红尘的价值取向；次句写"竹"扎根于岩石裂缝，生存环境如此恶劣，以证"我"生命力之旺盛与顽强；第三句写"竹"暨"我"迭遭无数折磨打击而仍旧坚强劲健；卒章显志：由于"坚劲"，故任你刮东风、西风、南风还是北风，其奈我何！从暗示到明说，亦"竹"亦"人"，不粘不脱，淋漓酣畅，一气呵成，不愧为名家手笔。"咬定青山"一语，尤属原创，以俗为雅，生脆泼辣，鲜活地体现了板桥道人倔强的个性特征。

（钟振振）

## 忆秦娥·娄山关

### 毛泽东

西风烈,长空雁叫霜晨月。霜晨月,马蹄声碎,喇叭声咽。

雄关漫道真如铁,而今迈步从头越。从头越,苍山如海,残阳如血。

**主题诗句** 雄关漫道真如铁,而今迈步从头越。

作者毛泽东(1893—1976),字润之,笔名子任,湖南湘潭人。中国人民的伟大领袖,伟大的马克思主义者,伟大的无产阶级革命家、战略家、理论家,中国共产党、中国人民解放军和中华人民共和国的主要缔造者和领导人之一,马克思主义中国化的伟大开拓者,中国共产党第一代中央领导集体的核心,领导中国人民彻底改变自己命运和国家面貌的一代伟人。他对马克思列宁主义的发展、军事理论的贡献以及对共产党的理论贡献被称为毛泽东思想。毛泽东也被人们尊称为"毛主席"。

**注释**
①娄山关:又名太平关,遵义市北大娄山脉中段遵义桐梓交界处,从四川入贵州的要道上的关口。海拔一千四百余米,古称天险,自古为兵家必争之地。②咽:本义是声音因哽塞而低沉,这里用来描写在清晨寒气中可听到时断时续的军号声。③漫道:莫道。

**赏析**
上阕起句"西风烈,长空雁叫霜晨月",刻画了当时的战场环境——时值隆冬,北风呼啸,冷月当空,大雁凄鸣。接下来继续铺叙"霜晨月,马蹄声碎，喇叭声咽"。这四句也许并非自然之景，乃是作者的眼中之景，即作者当时的心情投射在周围景物时所看到的意象。上阕的整体色调是灰暗的，基调是沉郁的。

下阕的过片虽然语调比较舒缓了，但"真如铁"三字，突出了夺取这座雄关的艰辛——作者通过"铁"这一物象的坚硬、沉重，艺术地把"艰辛"具体化、形象化了，"真如铁"这个"铁"字用得极妙，让人有超现实之感；而句中的"漫道"二字却又展露出藐视艰辛的豪迈情怀。"雄关漫道真如铁"的内涵极为丰富，一直以来被传为佳句。词以"苍山如海，残阳如血"这两个景句来收笔，极具画面感和视觉冲击力。

从艺术角度分析，这首小令文字不多，却极具艺术特色。首先是"叠韵"手法的运用，起到了前后衔接和强化氛围的作用。上片的"霜晨月"和下片的"从头越"都具有这样的效果。其次是构思巧妙。按照一般的章法，下阕可以写人之困顿、路之艰难，以抒行军艰难之慨，进而深化这种基调，写成一首行路难的抒情之作。但作者并未如此，而是笔锋一转，横空出世，全词的调子来了一个一百八十度的大转弯，激抒自己一腔英雄豪气以及对革命必然获胜的信心。最后是章法井然中注意起伏变化。上阕写景，下阕抒情；但又景中含情，情中有景，情景一体，水乳交融。而且其结构的独特之处还在于上阕沉郁，下阕激昂；上阕取冷色调，下阕取暖色调，色彩对比强烈，感情对比亦同样强烈。这充分反映了作者的革命乐观主义精神和作为一代伟人指挥若定的超然气魄。

（段维）

# 长征

**毛泽东**

红军不怕远征难,万水千山只等闲。
五岭逶迤腾细浪,乌蒙磅礴走泥丸。
金沙水拍云崖暖,大渡桥横铁索寒。
更喜岷山千里雪,三军过后尽开颜。

**主题诗句** 红军不怕远征难,万水千山只等闲。

**注释**

①长征:1934年10月,中央红军主力从中央革命根据地出发进行战略大转移,击溃了敌人多次的围追堵截,战胜了无数艰险,行军二万五千里,终于在1935年10月到达陕北革命根据地。②五岭:越城岭、都庞岭、萌渚岭、骑田岭、大庾岭,横亘在湖南、两广、江西之间。③细浪:作者自释,"把山比作'细浪''泥丸',是'等闲'之意。"④乌蒙:山名。乌蒙山,在贵州西部与云南东北部的交界处,北临金沙江,山势陡峭。⑤金沙:金沙江。1935年5月,中央红军曾渡过这里。⑥大渡桥:指四川省西部泸定县大渡河上的泸定桥。⑦岷山:位于甘肃省西南、四川省北部。⑧三军:指红军一方面军、二方面军、四方面军。

**赏析**

"红军不怕远征难,万水千山只等闲。"首联就题直起,体现出藐视一切艰难险阻的气魄。"远征"是写长征行程之远、时间之长;"难"是写长征牺牲之大、经历之苦。然而面对长征途中的千难万险,铿锵有力的

"不怕"二字，下笔千钧。"等闲"两字将困难轻轻一描，呼应了前面的"不怕"。

"五岭逶迤腾细浪，乌蒙磅礴走泥丸。"颔联是就首联之意的细化描写：俯瞰五岭和乌蒙山这两个典型的高山峻岭，以点带面地描绘了"腾越五座岭"和"疾跨乌蒙山"两幅"长征图"。"腾细浪"与"走泥丸"是何等地藐视困难！"腾"和"走"属于动态化描写的"炼字"，使静止的山有了生气，既是写山，也是写红军对山的征服，反衬了红军大无畏的革命乐观主义精神。

"金沙水拍云崖暖，大渡桥横铁索寒。"如果说颔联的切入点是"山"，那么颈联则从"水"的层面选择了"巧渡金沙江"和"强渡大渡河"两幅"长征图"。作者把寒冷的金沙江水写得如此温暖，那是在战斗胜利后，作者在江畔流露出的胜利喜悦。另一处水是大渡河，红军在阴冷的天气下夺取泸定桥，泸定桥的铁索高悬在湍急的河面之上，寒光闪闪，不由地让人想起大渡河战役的惨烈场面。一"暖"一"寒"，对比强烈，既是客观事实，又是作者的心理感受。

"更喜岷山千里雪，三军过后尽开颜。"尾联描述了长征最后的历程，那是一幅"喜踏岷山雪"的"长征图"。此联是对首联的回应。开头言"不怕"，结尾压"更喜"，强化了主题。"更喜"写出了战士们的双重喜悦，一是战胜雪山的喜悦，二是胜利在望的喜悦。

从艺术层面分析，这首七律有不少值得称道的地方。首先是章法的规范。比如首联用"不怕"和"只等闲"为下联定下基调，中间两联是对首联的具体补叙，其中颔联、颈联分别描写"山"与"水"，注意了两联的"错位"。尾联就颔联和颈联之意转结，而且回头照应首联。其次是夸张手法的运用，颔联"五岭逶迤腾细浪，乌蒙磅礴走泥丸"，气概无双。

（段维）

## 水调歌头·重上井冈山

**毛泽东**

久有凌云志,重上井冈山。千里来寻故地,旧貌变新颜。到处莺歌燕舞,更有潺潺流水,高路入云端。过了黄洋界,险处不须看。

风雷动,旌旗奋,是人寰。三十八年过去,弹指一挥间。可上九天揽月,可下五洋捉鳖,谈笑凯歌还。世上无难事,只要肯登攀。

**主题诗句**　世上无难事,只要肯登攀。

**注释**

①弹指:本为佛教用语。指勾指弹一下的工夫,极言时间短暂。②五洋:指世界五大洋,即太平洋、大西洋、印度洋、北冰洋和南冰洋。这里泛指世界。

**赏析**

上阕记行,叙事写景,抒发故地重游的感慨。起句点题。"凌云志"一语双关,既是毛泽东很久以来就渴望登高峻的井冈山,同时又在表明自己年纪虽老,仍怀有宏伟的革命理想。"千里来寻故地,旧貌变新颜",一个"寻"字体现出毛泽东内心深切的怀旧情感。接下来的描写是补叙"旧貌变新颜"的:映入毛泽东眼帘的新井冈山是莺歌燕舞,流水潺潺,1960年冬修建的从江西宁冈砻市至井冈山茨坪的盘山公路,将昔日羊肠小道,建设成今日高入云端的盘山公路。前结"过了黄洋界,险处不须看",语意双关,言近旨远。1928年秋,中国工农红军以不足一营的守军,凭借黄洋界天险,英勇抗敌,终将来犯之敌击退,这就是毛泽东在《西江月·井冈山》词中所描述的"黄洋界上炮声隆，报道敌军宵遁"。"不须看"三字，看似轻巧，实则千钧，体现出毛泽东内心的豪壮，包含着藐视人世间的一切艰难险阻。

下阕述情言志，抒发革命领袖勇攀高峰、敢于斗争、敢于胜利的壮烈情怀。"风雷动，旌旗奋，是人寰"是对自己从创建井冈山革命根据地以来如火如荼的革命斗争历程的回顾：自"山下旌旗在望，山头鼓角相闻，敌军围困万千重，我自岿然不动"的井冈山起步，经过"红旗跃过汀江，直下龙岩上杭"，再到"风展红旗如画"武夷山下；经过"风卷红旗过大关"广昌路上，到"不周山下红旗乱"龙岗之战，再到"六盘山上高峰，红旗漫卷西风"……"百万雄师过大江"，一直到"一唱雄鸡天下白"的中华人民共和国成立。三十八年的革命和建设过程，也不过像一挥手之间便很快过去了。而在这短短的时间内，中国人民在中国共产党的领导下，不但取得了新民主主义革命的伟大胜利，而且在社会主义革命和建设事业中也取得了举世瞩目的伟大成就。从该词看出，毛泽东对过去不做过多的流连，而是积极地着眼于现在，放眼于未来："可上九天揽月，可下五洋捉鳖，谈笑凯歌还"。这三句表明毛泽东壮志凌云的政治抱负和绝不惧怕任何艰难险阻的坚定决心及胜利信心。"世上无难事，只要肯登攀"以富有哲理的格言作结，号召全国人民树立壮志，勇攀高峰，努力战胜目前的险阻和困难。

从艺术角度看，这首长调无疑属于"豪放词"。全词将叙事、写景、抒情、议论巧妙结合。上阕开头四句是叙事，但其中也含有景和情的描写。接下来五句写景，而景中又有情、有理。下阕前三句叙事，也含有情和景。最后则在眼前景、往日事的基础上生发出充满哲理意味的总结。

（段维）

# 以身报国

# 诗经·秦风·无衣

岂曰无衣？与子同袍。王于兴师，修我戈矛。与子同仇！
岂曰无衣？与子同泽。王于兴师，修我矛戟。与子偕作！
岂曰无衣？与子同裳。王于兴师，修我甲兵。与子偕行！

**主题诗句**　岂曰无衣？与子同袍。王于兴师，修我戈矛。与子同仇！

《诗经》是我国最早的一部诗歌总集，本称《诗》，汉代尊为经典，始称《诗经》。共收西周初年至春秋中叶的民歌和朝庙乐章歌辞三百零五篇，另有笙诗六篇有目无诗。全书按音乐分风、雅、颂三类。汉代传诗者有齐、鲁、韩、毛四家，今传《诗经》为《毛诗》。

## 注释

①袍：长袍。②王：此指秦君。一说指周天子。③于：语助词。④兴师：起兵。⑤泽：通"襗"，内衣，如今之汗衫。⑥作：起。⑦裳：下衣，此指战裙。⑧甲兵：铠甲与兵器。⑨行：往。

## 赏析

这首诗可以被看作中国最早的军歌。秦地接近西戎，民风强悍，尚勇好战，本诗很鲜明地体现了这样的风格。

这是一首激昂慷慨、同仇敌忾的战歌，表现了秦国军民团结互助、共御外侮的高昂士气和乐观精神，其独具矫健而爽朗的风格正是秦人爱国主义精神的反映。全诗叙说着将士们在大敌当前、兵临城下之际，以大局为重，与周王室保持一致，一听"王于兴师"，磨刀擦枪、舞戈挥戟，奔赴前线共同杀敌的英雄主义气概。

"与子同袍"，通常的解释是"同穿一件战袍"，甚至可以说，对于来自人民的战士，"无衣"未尝不是真实情况，遭到外族侵略的时候，流血牺牲都不怕，无衣又何在话下！其说虽振振有词，但并不一定符合事实。本诗的写作背景，一般认为是周幽王末年，这个时期，与周王室关系不深的秦人却表现得相当积极，他们只等周幽王一声令下，马上奋勇向前。秦国重视军事，能够傲视六国，一统天下，无疑有一支强有力的军队。这样的军队，岂会"无衣"！但是诗要表达的真意不在于此，而在表达一种战士的气质：为国作战，藐视任何艰苦和困难，慷慨勇敢上战场。同时，该诗也传达出这样一种信息：将士们坚强团结，情同手足，共同面对并战胜一切。后人称战友关系为"袍泽之谊"，正是从此而来。"王于兴师，修我戈矛"及相应几句，语言单纯明快，而更显有力，彰显了将士们奔赴战场时义无反顾、慷慨前进的英雄形象。

整首诗节奏明快，语言简短有力，充满阳刚之气和战斗精神，仿佛能看到苍茫的黄土高原上秦军甘苦与共、英勇无畏的征战场面。

诗共三章，采用了重叠复沓的形式。每一章句数、字数相等，但结构的相同并不意味着简单的、机械的重复，而是不断递进、有所发展的。如首章结句"与子同仇"，是情绪方面的，说的是他们有共同的敌人；二章结句"与子偕作"，作是起的意思，这才是行动的开始；三章结句"与子偕行"，行训往，表明诗中的将士们将奔赴前线共同杀敌了。这种重叠复沓的形式固然受到乐曲的限制，但与舞蹈的节奏起落与回环往复也是紧密结合的，而构成诗中主旋律的则是一股战斗的激情，激情的起伏跌宕自然形成乐曲的节奏与舞蹈动作，正所谓"长言之不足，故嗟叹之。嗟叹之不足，故不知手之舞之足之蹈之也"（《礼记·乐记》）。

（周啸天）

## 九歌·国殇

### 屈原

操吴戈兮被犀甲,车错毂兮短兵接。
旌蔽日兮敌若云,矢交坠兮士争先。
凌余阵兮躐余行,左骖殪兮右刃伤。
霾两轮兮絷四马,援玉枹兮击鸣鼓。
天时怼兮威灵怒,严杀尽兮弃原野。
出不入兮往不反,平原忽兮路超远。
带长剑兮挟秦弓,首身离兮心不惩。
诚既勇兮又以武,终刚强兮不可凌。
身既死兮神以灵,子魂魄兮为鬼雄。

**主题诗句**　身既死兮神以灵,子魂魄兮为鬼雄。

作者屈原（前339—前278),名平,字原,战国时楚国诗人、政治家。怀王时曾任左徒、三闾大夫,主张联齐抗秦。于怀王、顷襄王时两遭佞臣进谗,而被放逐汉北、江南。因国事不堪,而自沉汨罗江。他根据楚声楚歌,而创制楚辞,是中国历史上第一位伟大的爱国诗人。著有《离骚》《天问》《九歌》《九章》等。

**注释**

①国殇:指为国捐躯的人。殇:指未成年而死。②吴戈:吴国制造的戈。③被:通"披",穿着。④犀甲:犀牛皮制作的铠甲,特别坚硬。⑤毂:车轮的中心部分,有圆孔,可以插轴,这里泛指战车的轮轴。⑥左骖:战车左边的马。⑦殪:死。⑧右:指右骖。⑨霾:通"埋"。古代作战,在激战将败时,埋轮缚马,表示坚守不退。⑩枹:鼓槌。⑪天时怼:指上天都怨恨。

⑫秦弓：指良弓。⑬心不惩：壮心不改。⑭神以灵：指死而有知，英灵不泯。

### 赏析

　　战国的秦楚争雄战争，从怀王后期开始，屡次以楚方失利告终。《史记·楚世家》记载："（怀王）十七年春，与秦战丹阳。秦大败我军，斩甲士八万，虏大将军屈匄……遂取汉中之郡……乃悉国兵复袭秦，战于蓝田。"而当时楚国的士气民情并不低落，屈原这篇追荐阵亡将士的祭歌，就反映了这样一种同仇敌忾和忠勇的爱国激情。

　　全诗可分两段。第一段从"操吴戈兮被犀甲"到"严杀尽兮弃原野"，描绘严酷壮烈的战争场面。诗一开始就用开门见山、放笔直干的写法：战士们披坚执锐，白刃拼杀。古时战车，作用有如坦克，双方轮毂交错，"短兵（相）接"。诗从战斗最激烈处写起，极为简劲。在这个"近景"描写后，诗中展开了一个战场的"全景"：旌旗遮天蔽日，秦军阵容强大。敌若云，箭如雨。处于劣势的楚国将士却并没被危险与敌威所压倒，他们争先恐后，奋不顾身，奋勇当先。作者用了特写式笔触着力刻画了楚方主将：他高踞战车之上，身先士卒，临难不苟。他的左右骖乘一死一伤，车轮如陷泥淖，驷马彼此牵绊，进退不得，却继续援槌击鼓，指挥冲杀，流尽最后一滴血，直到全军覆没。"严杀尽兮弃原野"，是一个"定格"的画面：战场上尸横狼藉。喊杀声停止了，笼罩着一片死样的沉寂。楚国将士身首离异，然而还佩着长剑，挟持秦弓。楚军失败了，这是一场令人肃然起敬的悲壮的失败。

　　诗的后段，用了一种义薄云天的慷慨之音，对殉国者进行了热烈赞颂。"出不入兮往不反"二句，与荆轲《易水歌》同致，"壮士一去兮不复还"，是以身殉国者共有的豪言壮语。烈士们用鲜血实践了他们的誓言。他们死不倒威，死而不悔，可杀而不可侮。他们生命终结而精神不朽，到了另一个世界，也仍是出类拔萃的"鬼雄"！

（周啸天）

# 白马篇

曹植

白马饰金羁，连翩西北驰。借问谁家子，幽并游侠儿。
少小去乡邑，扬声沙漠垂。宿昔秉良弓，楛矢何参差。
控弦破左的，右发摧月支。仰手接飞猱，俯身散马蹄。
狡捷过猴猿，勇剽若豹螭。边城多警急，虏骑数迁移。
羽檄从北来，厉马登高堤。长驱蹈匈奴，左顾凌鲜卑。
弃身锋刃端，性命安可怀？父母且不顾，何言子与妻！
名编壮士籍，不得中顾私。捐躯赴国难，视死忽如归！

**主题诗句**　捐躯赴国难，视死忽如归！

作者曹植（192—232），字子建，曹操子。汉末建安中封平原侯，徙封临菑侯，以才学为曹操所重，几欲立为太子。魏立，于文帝、明帝两朝备受猜忌，怀志难伸，郁郁而终。文学批评家钟嵘亦赞曹植"骨气奇高，词彩华茂，情兼雅怨，体被文质，粲溢今古，卓尔不群。"有宋辑本《曹子建集》，今有《曹植集校注》。

**注释**

①金羁：金饰的马笼头。②连翩：连续不断，原指鸟飞的样子。③幽并：幽州和并州，在今河北、山西、陕西一带。④垂：同"陲"，边境。⑤楛矢：用楛木做成的箭。⑥月支：箭靶的名称。⑦散：射碎。⑧马蹄：箭靶的名称。⑨螭：传说中形状如龙的黄色猛兽。⑩羽檄：军事文书，插鸟羽以示紧急，必须迅速传递。⑪顾：看。⑫凌：压制。⑬鲜卑：中国东

北方的少数民族。

**赏析**

　　这是一篇正面歌颂武艺超群而以身许国的英雄人物的诗作。诗中的白马大侠并非现实生活中某个具体的豪侠人物，而是作者按其理想塑造的一个高大全形象。作者在描写诗中人物身上，也寄托着自己的抱负，当然，诗中这个武艺高强到神妙的人物，又并不等于作者自己。

　　一个电影片头式的描写——"白马饰金羁，连翩西北驰"。前人说曹植极工起调，所言不虚。"借问谁家子"到"勇剽若豹螭"为第二段，是插叙或补叙少年的经历与身份——原来是一位久经沙场而武艺高强的英雄。这里问答式和上下左右的铺陈描写，自然是学习汉乐府民歌的表现方法。幽并二州古称多慷慨悲歌之士，这位"幽并游侠儿"行侠仗义的品格也就是天生就有、"出乎其性"的了。古人比武最重要的一项是射箭，看他左右开弓，纷纷中的——这里"参差"，当训为纷纭。这段铺叙的必要性在于，突出为国效力亦当靠身手，不能仅有死国之志。

　　"边城多警急"到"左顾凌鲜卑"为第三段，上接篇首，说明白马大侠快马赴边所为何事。盖汉魏时期，北边的匈奴和鲜卑常为边患，诗中将两族同写可见并非实指某一具体的战争，而是泛泛虚指。

　　"弃身锋刃端"到"视死忽如归"为最后一段，直抒以身许国的豪情，即郭茂倩总结的"言人当立功立事，尽力为国，不可念私也"（《乐府诗集》），大义凛然，慷慨激昂之至。

（周啸天）

# 咏怀八十二首（其三十九）

### 阮籍

壮士何慷慨，志欲威八荒。
驱车远行役，受命念自忘。
良弓挟乌号，明甲有精光。
临难不顾生，身死魂飞扬。
岂为全躯士？效命争战场。
忠为百世荣，义使令名彰。
垂声谢后世，气节故有常。

**主题诗句** 垂声谢后世，气节故有常。

作者阮籍（210—263），字嗣宗，陈留尉氏（今河南尉氏）人，三国魏诗人，"竹林七贤"之一。阮籍身处魏晋易代之际，仕途险恶。他内心痛恨当时的朝政，却无力改变，只得纵酒自遣，明哲保身。主要作品有《咏怀八十二首》，诗中运用了大量的比兴、寄托、象征等手法，隐晦表达出自己对当时黑暗时代的抨击，抒发出个人的高远志向。

### 注释

①念自忘：忘掉个人私心杂念。②乌号：一种出名的好弓。《淮南子·原道训》："射者扦乌号之弓，弯棋卫之箭。"③全躯士：苟且保全自我的人。④令名：美名。⑤垂声：留名。⑥谢：告诉，流传。⑦常：典范，永恒。

### 赏析

在魏晋那样一个混乱黑暗的年代，阮籍更多地给人一种愤世嫉俗、清高孤傲的形象，其实他同样是一个有着浓厚家国情怀与一腔热血之人，这首诗就是典型。

"壮士何慷慨，志欲威八荒。"国家危难，有志之士该是怎样激昂奋发？他的理想是平定八方，安稳天下。当时的中国，政治上长期分崩离析，边境的胡人也是虎视眈眈，不断侵略骚扰，诗里的"志欲威八荒"，写出了人民的共同心声。既然有这样的雄心壮志，所以是"驱车远行役，受命念自忘"，壮士驾驭战车，奔赴疆场，接受保卫国家的使命，早已把自我利益抛诸脑后，携带良弓良箭，披挂明亮铠甲，显示出壮士的雄姿英发。

到了战场，果然非同一般，"临难不顾生，身死魂飞扬"，保家卫国，沙场征战，面临危险艰苦、生死考验，根本没有顾惜过自己的生命，哪怕战死沙场，不屈的精神仍是昂扬奋发。屈原《国殇》"身既死兮神以灵，子魂魄兮为鬼雄"，写的就是为国捐躯、身死魂在的英雄气概，阮籍这里有着同样的志愿。

为什么会有这样舍生忘死的坚毅精神呢？"忠为百世荣，义使令名彰"，在作者看来，那是因为"忠"与"义"，因为这份忠义，使自己在百代之后仍然荣耀，使自己的声名永世流传。只要自己在后代有了不朽名声，那就为气节树立了典范，作为永久的楷模。《孟子》言："生，亦我所欲也；义，亦我所欲也。二者不可得兼，舍生而取义者也。"诗里讲的是同样道理。

该诗昂扬奋发，壮采惊人。叙述明晰，层次严谨。由出征、到作战、再到感慨，全面刻画出一个志在疆场的慷慨男儿形象，令人感动振奋。尤其诗里将"身死"与"气节"作了很好的发挥，作者认为即使身体死了，永恒的气节仍然流传后世不坏不朽，这才是人生真正意义与价值所在。此诗对后来的边塞诗有着深刻影响，同时也激励了一代又一代的仁人志士。

（黄全彦）

## 代出自蓟北门行

### 鲍照

羽檄起边亭,烽火入咸阳。
征师屯广武,分兵救朔方。
严秋筋竿劲,虏阵精且强。
天子按剑怒,使者遥相望。
雁行缘石径,鱼贯度飞梁。
箫鼓流汉思,旌甲被胡霜。
疾风冲塞起,沙砾自飘扬。
马毛缩如猬,角弓不可张。
时危见臣节,世乱识忠良。
投躯报明主,身死为国殇。

**主题诗句** 投躯报明主,身死为国殇。

作者鲍照(414?—466),字明远,东海(今山东郯城)人。南朝宋杰出的文学家、诗人。他与颜延之、谢灵运同为宋元嘉时代的著名诗人,合称"元嘉三大家"。鲍照被称为"上挽曹、刘之逸步,下开李、杜之先鞭"的诗人,有《鲍参军集》。

**注释**
①蓟:古代燕国京都。②羽檄:古代的紧急军事文书。③边亭:边境的瞭望哨。④广武:地名,在今山西代县北。⑤朔方:汉郡名,位于今内蒙古河套地区一带。⑥飞梁:凌空飞架的桥梁。⑦国殇:为国牺牲的人。

### 赏析

这是一首慷慨悲壮的边塞诗。

"羽檄起边亭，烽火入咸阳。征师屯广武，分兵救朔方。"紧急文书从边关传来，战火已经烧到咸阳，这里的"咸阳"，并不一定真的指咸阳，而是指中原地带。在这样的情况下，驻扎在边关的出征军队，驰骋疆场，拯救生民。

"严秋筋竿劲，虏阵精且强。天子按剑怒，使者遥相望。"正值深秋时节，箭杆强劲有力，射向敌军，可敌人的战阵也是严密强悍的。天子持剑，英气勃勃，派遣来到前线的使者绵绵不绝。"雁行缘石径，鱼贯度飞梁。箫鼓流汉思，旌甲被胡霜。"军士振奋，就像一排排大雁一样，整齐行进在崎岖石径上。就像一队队游鱼一般，跨越那凌空飞架的桥梁。昂扬的箫鼓声激荡着家国的精神，旌旗和盔甲就这样笼罩于胡霜当中。

"疾风冲塞起，沙砾自飘扬。马毛缩如蝟，角弓不可张。"边关征战，最是艰辛。飓风在塞外卷起，四面沙砾飘飞。在这凄冷入骨的时节，战马的身躯，冷得缩在一起；它的鬃毛就像刺猬一般根根直竖。牛角做成的硬弓都因战士双手被冻而不能拉开。

这样的艰难苦辛，出征在外，每个人都会望而生畏，惨然变色，可诗歌下片却是一转，"时危见臣节，世乱识忠良。投躯报明主，身死为国殇。"正是在时事艰危当中，展示出臣子的节义，正是在乱世洪流当中，见识了忠良的精神。这样的忠良志士，为了报答明主的恩情，哪怕捐躯赴难也在所不惜；为了国家的和平安稳，哪怕战死沙场，也奋身不顾。

该诗是典型的征战诗，将边关的两阵相对、沙场的残酷艰辛，刻画得淋漓尽致。尤其"时危见臣节，世乱识忠良"，很是惊警，历来名垂青史的华夏儿女，无不是在国家危亡关头，展示出自己勇于担当天下的使命意识。正是这样一种奋勇果敢的精神，使中华文明走过劫难，光大今天。

（黄全彦）

# 胡无人行

## 吴均

剑头利如芒,恒持照眼光。
铁骑追骁虏,金羁讨黠羌。
高秋八九月,胡地早风霜。
男儿不惜死,破胆与君尝。

**主题诗句** 男儿不惜死,破胆与君尝。

作者吴均(469—520),字叔庠,吴兴故鄣(今浙江安吉)人,主要生活于南朝齐梁时代,曾任梁建安王记室、国侍郎、奉朝请。具史才,曾因私撰《齐春秋》被免官。后奉诏撰通史,未成而卒。吴均诗文多描绘自然山水,风格清新挺拔,对当时文坛影响很大,人称"吴均体"。

**注释**
①胡无人行:乐府《相和歌辞》诗名,歌词多写边塞生活与征战之事。②芒:物体的锋刃之处。③恒:经常。④金羁:饰金的马笼头,指精锐骑兵。⑤黠羌:狡诈的羌人。⑥胡地:古代泛指北方和西北各民族居住地方。

**赏析**
魏晋南北朝时期的中国,边关最为危险,盘踞于边关的匈奴、鲜卑等草原民族,莫不想进军中原,由此而有后来的"五胡乱华",华夏文明遭遇劫难。

吴均这首诗写的是与羌人的战斗。

"剑头利如芒，恒持照眼光。"剑头锋利犹如芒刺一般，手持利剑，耀眼生光。"剑"一方面是兵器，同时也代指志士的抱负。春秋战国时的冯谖弹铗即暗示自己的才能志向，阮籍写有"弯弓挂扶桑，长剑倚天外"，书写的也是抱负，吴均这里隐含同样的意思。

正因为具备如此的武功和才能，从而生出一种勇猛精神。"铁骑追骁虏，金羁讨黠羌。"尽管胡虏骁勇，羌人狡诈，自己也无所畏惧，骑着战马，纵横疆场，奋力追击讨伐敌人。

战争是残酷的，如何残酷？作者没有具体书写，而是作了一个侧面烘托，"高秋八九月，胡地早风霜"。这天高气爽的八九月份，中原正是金秋时节，边关却是冷风扑面，严霜袭身，艰苦异常。

天气残酷，比天气更残酷的是战场，在这战阵冲杀当中，动辄就是性命交关，生死一瞬。只是"男儿不惜死，破胆与君尝"，真正的男子汉，从来就没有害怕过死亡，有着无所畏惧、一往无前的胆量。

这首诗洋溢着男儿征战沙场的精神，豪迈昂扬，尤其"男儿不惜死，破胆与君尝"，那种置生死于度外的慷慨雄武，真可谓英风扑面，豪气冲天。

中原汉民族以农耕文化为根本，安闲和平，与游牧民族的征战挞伐大不一样。因此中原王朝和草原部落作战中，往往处于下风。可儒家精神的贯注，使中国这片土地格外具有一种忠义气节，这种精神激励了人们，从而在面临外来侵略时，毫不畏惧，勇猛上阵，生死存亡，在所不惜。正是这等勇毅果敢的精神，保全了国家，固守了文化。今天，我们读到这样昂扬奋发的诗歌，自有其不朽的意义。

（黄全彦）

# 从军行七首（其四）

王昌龄

青海长云暗雪山，孤城遥望玉门关。
黄沙百战穿金甲，不破楼兰终不还。

**主题诗句**　黄沙百战穿金甲，不破楼兰终不还。

作者王昌龄（698—757），字少伯，河东晋阳（今山西太原）人。开元十五年（727）进士及第。他与李白、高适、王维、王之涣、岑参等人交往深厚。其诗以七绝见长，尤以边塞诗最为著名，语言流畅清丽，节奏明快，有"诗家夫子""七绝圣手"之称。著有《王江宁集》六卷。

**注释**

①青海：指青海湖。唐朝大将哥舒翰筑城于此，置神威军戍守。②楼兰：汉时西域国名，即鄯善国，在今新疆维吾尔自治区鄯善县东南一带。

**赏析**

这是一首边塞诗。

"青海长云暗雪山，孤城遥望玉门关。"作者在开篇描绘了一幅壮阔苍凉的边塞风景，概括了西北边陲的状貌。这两句话的意思是：青海湖上的天空，长云遮蔽，湖北面绵延着的雪山隐约可见，翻过雪山，就是河西走廊荒漠中的孤城，再往西，就可以看到玉门关。在唐代，西边有吐蕃，北边有突厥，当时的青海是唐军和吐蕃多次交战的地方，而玉门关外就是突厥的势力范围，所以这两座城池是大唐重要的边防城。看着青海湖和玉门关，就使战士想到曾经在这两个地方发生过的战斗场面，不由得心潮澎湃。可见这两句写景中包含丰富的感情,有戍守边疆将士们对边防的关注,有他们对自己能担负保家卫国责任的自豪,也有边疆环境的恶劣,将领戍边生活艰苦的孤寂心情,种种感情都融进了这苍凉辽阔、迷茫昏暗的景象中。

"黄沙百战穿金甲,不破楼兰终不还。"这两句由情景交融的环境描写转为直接抒情。"黄沙百战穿金甲",是概括力极强的诗句。戍边时间之漫长,战事之频繁,战斗之艰苦,敌军之强悍,边地之荒凉,都于此七字中概括无遗。"百战"是比较抽象的,冠以"黄沙"二字,就突出了西北战场的特征,"百战"而至"穿金甲",更可想见战斗之艰苦激烈,也可想见这漫长的时间中有一系列"白骨乱蓬蒿"式的壮烈牺牲。但是,金甲尽管磨穿,将士的报国壮志却并没有消磨,而是在大漠风沙的磨炼中变得更加坚定。"不破楼兰终不还",就是身经百战的将士豪壮的誓言。上一句把战斗之艰苦、战事之频繁写得越突出,这一句便越显得铿锵有力、掷地有声。

盛唐边塞诗有一个重要的思想特色,就是在抒写戍边将士豪情壮志的同时,并不回避战争的艰苦,本篇就是一个显例。可以说,三四两句不是空洞肤浅的抒情,正是因为有一二两句那种含蕴丰富的大处落墨的环境描写。典型环境与人物感情高度统一,是王昌龄绝句的一个突出优点。

(周子健)

## 北行别人

谢枋得

雪中松柏愈青青，扶植纲常在此行。
天下久无龚胜洁，人间何独伯夷清。
义高便觉生堪舍，礼重方知死甚轻。
南八男儿终不屈，皇天上帝眼分明。

**主题诗句** 义高便觉生堪舍，礼重方知死甚轻。

作者谢枋得（1226—1289），字君直，号叠山，信州弋阳（今江西上饶）人，著名的爱国诗人。南宋理宗宝祐四年（1256）与文天祥同科中进士。他文章奇绝，学通"六经"，淹贯百家。元灭南宋后，福建行省参政魏天佑奉元帝之命强之北行至大都，绝食而死。门人私谥"文节"。有《叠山集》。

**注释**
①龚胜：王莽篡汉，授太子师友、祭酒，拒不受命，绝食而死。②伯夷：商亡，伯夷不食周粟，饿死于首阳山。③南八：即南霁云，安史叛军破城被俘，不降而被杀。

**赏析**
这首诗表现了作者宁死不屈、大义凛然的民族气概。元世祖征辟谢枋得出仕，以病辞，福建行省参政魏天佑强迫其北上，至元都，绝食而卒。这首诗就写在其被迫北行前夕。

首联"雪中松柏愈青青，扶植纲常在此行"，起句比兴，松柏不畏霜雪，凌寒青青，自明己志。此次北行，作者的目的是扶植"纲常"，实践君臣之伦常，誓死忠于南宋，早已将个人生死置之度外，大义凛然的形象跃然纸上。

颔联为"天下久无龚胜洁，人间何独伯夷清。"这两句用典，借用龚胜、伯夷两个忠诚的爱国志士，表明自己宁死不屈的爱国心。龚胜是西汉末年人，哀帝时曾为光禄大夫。王莽篡汉后，曾遣使者欲拜为祭酒，龚胜说："岂以一身事二姓？"从此不开口饮食，十四日而卒。伯夷是商代孤竹君之子，商亡，他和弟弟叔齐耻食周粟，逃进首阳山采薇而食，以致饿死山中。作者感慨像龚胜、伯夷这样品行高洁的忠臣义士太少，表达了愿意向他们学习的坚定信念。

颈联"义高便觉生堪舍，礼重方知死甚轻"，"义高""礼重"指作者所信奉的"杀身成仁"的崇高价值观。这两句正面陈述"北行"的意义，表达自己舍生取义、杀身成仁的人生观。作者为了信念和道义，英勇无畏，视死如归，其高尚气节，令人动容。尾联"南八男儿终不屈，皇天上帝眼分明"，以典故作结，表明作者忠于故国，宁死不屈，不辱气节的壮志豪情。南八，即南霁云，韩愈在《张中丞传后叙》记载，南霁云随张巡守睢阳，安史叛军破城以后，他和张巡同时被俘，在被害之前，张巡对南霁云大呼："男儿宁可就死，绝不被不符合道义之事屈服！"南霁云慷慨应之，壮烈牺牲。作者愿意以南八为榜样，不屈服于蒙元强权，请皇天上帝作证，看清楚我必将舍生取义的英勇行为。

全诗用龚胜、伯夷、南八爱国英雄等典故，表达作者大义凛然的爱国精神。作者后来绝食而卒，以死明志，践行了其坚贞不屈的爱国志愿，凛然正气，拂拂纸上。这首诗虚字用得传神，尤为增色。如颔联"久无""何独"，不仅表示自己要追配古人，还表明决不向元朝统治者屈膝。颈联的"堪""甚"二字，以虚词隐含的情态，含蓄表明自己早就下定了"舍生取义"的决心。

(江合友)

# 元兵俘至合沙诗寄仲子

陈文龙

斗垒孤危势不支，书生守志定难移。
自经沟渎非吾事，臣死封疆是此时。
须信累囚堪衅鼓，未闻烈士竖降旗。
一门百指沦胥尽，唯有丹衷天地知。

**主题诗句** 须信累囚堪衅鼓，未闻烈士竖降旗。

作者陈文龙（1232—1276），字刚中，号如心，初名子龙，宋度宗为之改名文龙，赐字君贲，福建兴化（今福建莆田）人，南宋抗元名将。幼颖悟，苦学不厌。淳祐十一年（1251）入乡学，宝祐四年（1256）入太学。宋咸淳四年（1268）戊辰科进士。

**注释**

①沟渎：沟渠。②封疆：指统治一方的将帅，明清两代指总督、巡抚等。③衅鼓：古代战争时杀人或杀牲把血涂在鼓上行祭。④沦胥：泛指沦陷、沦丧。

**赏析**

南宋灭亡前后，壮烈殉国的文臣、文人之多，在历史上是很少见的。

陈文龙，宋度宗咸淳四年（1268）廷对第一名，文章清丽，受到贾似道的赏识，官至参知政事。由于反对贾似道误国误民的乖张措施，遭到贬谪。益王赵昰立于福州，复拜参知政事，守兴化军。元兵大举攻城，通判曹澄孙投降，他力屈被俘，即日绝食，到杭州死。他的诗留下来的仅有这首《元兵俘至合沙诗寄仲子》。"仲子"即他的第二子。

当时元人以数十万大军分路扑向福州，欲以消灭益王政权。兴化军只有少数地方武装，力量悬殊，怎么也挡不住元兵的进攻。起首一句"斗垒孤危势不支"，表明了守兴化军的艰苦形势。"斗垒"，营垒小而不坚，既孤且危，其势难支。而在极端艰危之中并不动摇："书生守志定难移"，表明自己虽是书生，然守土有责。颔联两句紧承上句而来。《论语·宪问》载孔子和他的弟子子贡，评论管仲的为人。子贡说，管仲原是公子纠的旧臣，齐桓公杀了公子纠，管仲不能为公子纠而死，也就罢了，到后来还做齐桓公的相，为他治理国家，不能算是"仁者"。孔子回答说："管仲相桓公，霸诸侯，一匡天下，民到于今受其赐，微管仲，吾其被发左衽矣。岂若匹夫匹妇之为谅也，自经于沟渎而莫之知也。"对于管仲不像普通人那样，讲小信小义，轻易地自缢于沟渎之中为公子纠而死，而能立大功于天下，泽及后世，予以高度赞扬。颔联上句"自经沟渎非吾事"，即化用孔子的语意，表明自己志向宏远，决不作无谓的牺牲，而要为国立功，并逗出下句的诗意："臣死封疆是此时"。国君死社稷，大臣死封疆，这是孔门的教导，在他看来，是天经地义的。不幸出了叛徒，战败被俘，"须信累囚堪衅鼓"。"累囚"，被拘系的囚徒。"衅鼓"，以血涂鼓的间隙。古代新铸器成，杀牲畜以血涂其隙，因以祭之，叫作"衅"。意思是说，宁可被敌人杀掉用他的血去涂鼓，也不会屈服。"未闻烈士竖降旗"是反用后蜀花蕊夫人《述国亡诗》"君王城上竖降旗，妾在深宫那得知"的诗意，表明决不投降。结联两句"一门百指沦胥尽，唯有丹衷天地知"，上句反映出他家属十口，相继死难，从题目来看，只有第二子犹存。末句表明碧血丹心，可贯天地。

作者是中国传统的爱国思想陶冶出来的一位忠臣，临危不惧、临难不苟。其诗大气磅礴，感情郁勃，足可撼懦夫之心灵。

（褚宝增）

# 过零丁洋

## 文天祥

辛苦遭逢起一经，干戈寥落四周星。
山河破碎风飘絮，身世浮沉雨打萍。
惶恐滩头说惶恐，零丁洋里叹零丁。
人生自古谁无死，留取丹心照汗青。

**主题诗句**　人生自古谁无死，留取丹心照汗青。

作者文天祥（1236—1283），字宋瑞，又字履善，号文山。江南西路吉州（今江西吉安）人。宋理宗宝祐四年（1256）中状元。一度掌理军器监兼权直学士院，三十七岁时自请致仕。德祐元年（1275）元军南下攻宋，文天祥散尽家财，招募士卒勤王，被任命为浙西、江东制置使兼知平江府。祥兴元年（1278）卫王赵昺继位后，拜少保，封信国公。后在五坡岭被俘，押至元大都，被囚三年，屡经威逼利诱，仍誓死不屈。至元十九年（1283）从容就义，终年四十七岁。

**注释**

①零丁洋：即"伶仃洋"，现在广东省珠江口外。②遭逢：遭遇。③起一经：因为精通一种经书，通过科举考试而被朝廷选拔，入仕做官。④四周星：四周年。⑤惶恐滩：在今江西万安赣江中，水流湍急，极为险恶。

**赏析**

祥兴元年（1278），文天祥在广东海丰北五坡岭兵败被俘，押到船上。

次年过零丁洋时作此诗。随后又被押解至崖山，张弘范逼迫他写信招降固守崖山的张世杰、陆秀夫等人，文天祥不从，出示此诗以明志。

首联"起一经"当指他二十岁中进士说的。"四周星"，文天祥于德祐元年（1275）起兵勤王，至祥兴元年（1278）被俘，恰为四个年头。此自叙生平，思今忆昔。从时间上说，拈出"入世"和"勤王"，一关个人出处，二关国家危亡，两件大事，一片忠心。这两句诗，讲两件事，似可分开独立，而实质上是连接在一起的。《宋史》说当时谢后下勤王诏，响应的人很少，这里所讲情况正合史实。

颔联接着从国家和个人两方面展开和深入加以铺叙。宋朝自临安弃守，恭帝赵㬎被俘，事实上已经灭亡。剩下的只是各地方军民自动组织起来抵抗。文天祥、张世杰等人拥立的端宗赵昰在逃难中惊悸而死，陆秀夫扶立八岁的赵昺建行宫于崖山，各处流亡，用山河破碎形容这种局面，加上说"风飘絮"，形象生动，而心情沉郁。这时文天祥的老母亲被俘，妻妾被囚，大儿子丧亡，真像水上浮萍，无依无附，景象凄凉。

颈联继续追述今昔不同的处境和心情，昔日惶恐滩边，忧国忧民，诚惶诚恐；如今零丁洋上孤独一人，自叹伶仃。惶恐滩是文天祥起兵勤王时曾路过的地方。零丁洋，现名伶仃洋，文天祥兵败被俘，押送过此。前者为追忆，后者乃当前实况，两者均亲身经历。这里"风飘絮""雨打萍""惶恐滩""零丁洋"都是眼前景物，信手拈来，对仗工整，出语自然而形象生动，流露出一腔悲愤和盈握血泪。

尾联笔势一转，忽然宕进，由现在度到将来，拨开现实，露出理想，如此结语，犹如撞钟，清音绕梁。全诗格调，顿然一变，由沉郁转为开拓、豪放、洒脱。"人生自古谁无死，留取丹心照汗青。"让赤诚的心如一团火，照耀史册，照亮世界，照暖人生。千秋绝唱，情调高昂，激励和感召古往今来无数志士仁人为正义事业英勇献身。

（褚宝增）

# 练裙带中诗（其一）

韩希孟

我质本瑚琏，宗庙供蘋蘩。
一朝婴祸难，失身戎马间。
宁当血刃死，不作衽席完。
汉上有王猛，江南无谢安。
长号赴洪流，激烈摧心肝。

**主题诗句**　宁当血刃死，不作衽席完。

作者韩希孟（1241—1259），女，巴陵（今湖南岳阳）人，生活在南宋理宗时代。开庆元年（1259）元兵攻陷岳州（今湖南岳阳），十八岁的韩希孟被元兵抓获，准备献给主将。押解途中，韩希孟跳水自杀。三天后，她的尸体浮出水面，在她的裙带中，发现一首绝命诗（裙带诗），诗意悲壮，有"我本瑚琏器，安肯作溺皿"等句。《宋史》卷四六〇有传。

**注释**

①瑚琏：古代祭祀时盛黍稷的尊贵器皿，比喻人特别有才能。出自《论语·公冶长》。该篇记载："子贡问曰：'赐也何如？'子曰：'女器也。'曰：'何器也？'曰：'瑚琏也。'"②蘋蘩：语出《左传·隐公三年》周郑交质的故事。该故事记载："蘋蘩蕴藻之菜……可荐于鬼神，可羞于王公"，祭品之意。③婴：缠系。

**赏析**

诗是赋体，写得简洁质朴，有汉魏古风。首联表明自己的身份。"瑚琏",本是宗庙祭器,因以喻出身高贵或才质不凡。《宋史》说希孟是北宋宰相韩琦的裔孙,聪敏知书;《南村辍耕录》说她是"襄阳贾尚书之子琼之妇";韩、贾都是高门,故有此"瑚琏"之喻。但"瑚琏"与下句中"蘋蘩"互见,则又暗用了一条古代礼法,表明自己还正当燕尔新婚。古礼:女之将嫁,必采蘋藻合鱼为牲,先礼于宗庙。句中用"蘋蘩",亦蘋藻之类,皆浮萍科植物;"宗庙供蘋蘩",不光是照应首句中的瑚琏祭器,也说明自己用蘋蘩装在瑚琏中祭过祖先,行过了婚前大礼。以下四句应联系开头两句作解。一方面,这样一位出身高门的新婚贵妇人,竟身陷虎口,遭此厄难,而不能为国家所庇护,岂不是人可悲,国也可悲吗?另一方面,既为瑚琏之质,行过蘋蘩之礼,虽身入他人之手,又岂可受枕席之辱而不以死殉节呢?这里,个人的祸难就和国家的沦亡联系在一起了。

"汉上有王猛,江南无谢安"两句,用了两个典故。王猛为氐族政权前秦的大臣。前秦建都长安,而汉水源出陕西,故称前秦为"汉上"。谢安是东晋宰相。东晋偏安建业,因以"江南"指东晋。这两人都有出色的政绩、军功,都强固了各自的国势。所谓"汉上有王猛,江南无谢安",是说蒙元得良将兴邦,南宋因权奸误国,但不忍直说伤心的现实,故借历史点出。这两个典故用得极妙。前秦和东晋对峙为敌,但王猛生前认为东晋无隙可乘,临死曾劝苻坚不可兴兵南下。王猛死后八年,苻坚不用猛言,集九十万大军企图一举灭晋。时谢安为相,临危不惧,使弟侄辈大败前秦军于淝水,乘胜夺回中原大片土地;而苻坚逃回关中,旋即被杀亡国。淝水之战使东晋振威,前秦覆国,乃因"汉上无王猛,江南有谢安",而韩希孟所处的南宋末世,恰恰是相反的悲剧,变成"汉上有王猛,江南无谢安"了。

一个弱女子,无力反抗,只有"长号赴洪流"!当年轻的生命离开人间时,在洁白的裙带上写下这首诗,她要把心中撕肝裂胆的怨屈愤恨之情留给后世。希望秉政者能治理好国家,保护臣民不受灾难。

(褚宝增)

# 就义诗

杨继盛

浩气还太虚，丹心照千古。
生平未报国，留作忠魂补。

**主题诗句** 生平未报国，留作忠魂补。

作者杨继盛（1516—1555），字仲芳，号椒山，直隶容城（今河北容城）人。明代中期著名谏臣。嘉靖二十六年（1547）进士。因上疏弹劾仇鸾开马市之议，贬狄道典史。后被再次起用。嘉靖三十二年（1553），上疏力劾严嵩"五奸十大罪"，遭诬陷下狱，嘉靖三十四年（1555）遇害，年四十。明穆宗即位后，追赠太常少卿，谥"忠愍"。有《杨忠愍集》。

**注释**

①浩气：正气，正大刚直的精神。唐李白《赠张相镐二首》其一："澹然养浩气，欻起持大钧。秀骨象山岳，英谋合鬼神。"②还：这里是回归的意思。③太虚：太空。④丹心：红心，即忠诚的心。唐骆宾王《从军中行路难二首》其一："绛节朱旗分白羽，丹心白刃酬明主。但令一被君王知，谁惮三边征战苦。"⑤千古：千秋万古，长远的年代。⑥生平：一辈子、一生。⑦报国：报效国家。⑧忠魂：忠于国家的灵魂、精神。⑨魂：指死后的灵魂，古人认为人死后仍有灵魂。

**赏析**

杨继盛为明嘉靖进士，官兵部员外郎。其时严嵩擅权误国，逸害忠良，先后杀害了主张抗拒北敌鞑靼、收复河套的宰相夏言、大将军陕西总督曾铣。其子严世蕃，尤贪横不法，党羽赵文华、胡宗宪之流，又贪污纳贿，侵吞军饷，谎报战功，泄露抗倭军情。杨继盛义愤填膺，于是毅然上疏弹劾严嵩"五奸十大罪"。为此触怒权奸，下狱备受酷刑，在狱三年，备经拷打，不屈服，后严嵩将他偷偷添加在死刑犯名单之后，惨遭杀害，年仅四十岁。《就义诗》是他临刑时的口号，写得大义凛然，表现了作者忠公刚直的高尚心志、报国忘身的赤忱，感人至深，字字血泪。原诗无题，诗题是后人代拟的。

前二句"浩气还太虚，丹心照千古"，说自己虽然死了，但浩气仍留天地之间，光耀千古。"浩气"指浩然正气，源于《孟子·公孙丑上》"我善养吾浩然之气"，"其为气也，至大至刚……则塞于天地之间"，后成为正直的士大夫之人生信念。作者舍生取义的高尚精神和气节，感动了京城百姓，深得民心。在押解他去会审的途中，观看的百姓站满了街道，以致道路阻塞，不能通行。大家齐声叹息，痛哭不已。杨继盛死后七年，严嵩罢官。后严嵩削籍为民，抄没家产，严世蕃伏诛。明穆宗即位后，为杨继盛平反，以其为直谏诸臣之首，追谥"忠愍"。

后二句"生平未报国，留作忠魂补"，感慨自己报国壮志未酬，不禁万分遗憾，但死后忠魂一定还要补报国家，以偿夙愿。作者"杀身成仁"的儒家价值观，孕育了临危不惧、大义凛然的英雄气概。作者表示，自己报国之心不但至死不变，而且死后也不会改变。

整首诗寥寥二十字，而忠贞报国之心，凛然可睹。作者表达了一腔忠肝义胆与至死不变的决心，一气呵成，如吐肝胆，如露心胸，如闻忠魂呼喊，感人肺腑。

（江合友）

## 狱中题壁

谭嗣同

望门投止思张俭,忍死须臾待杜根。
我自横刀向天笑,去留肝胆两昆仑。

**主题诗句** 我自横刀向天笑,去留肝胆两昆仑。

作者谭嗣同(1865—1898),字复生,号壮飞,湖南浏阳人,中国近代著名政治家、思想家,维新派人士。湖北巡抚谭继洵长子。谭嗣同早年曾在家乡湖南倡办时务学堂、南学会等,主办《湘报》,宣传变法维新,推行新政。光绪二十四年(1898),谭嗣同被光绪帝征召入京,以四品卿衔任军机章京,参与变法。失败后被杀,年仅三十四岁,为"戊戌六君子"之一。

**注释**

①望门投止:谓见有人家即去投宿。极言处境的窘迫。②张俭:东汉末年高平人,因弹劾宦官侯览,被反诬"结党",被迫逃亡,在逃亡中凡接纳其投宿的人家,均不畏牵连,乐于接待。事见《后汉书·张俭传》。③忍死:谓临终不肯绝气,有所期待。④杜根:东汉末年定陵人,汉安帝时邓太后摄政、宦官专权,杜根上书要求太后还政,太后大怒,命人将其装入袋中摔死,行刑者慕杜根为人,不用力,欲待其出宫而释之。太后疑,派人查之,见杜根眼中生蛆,乃信其死。杜根终得以脱。事见《后汉书·杜根传》。

**赏析**

这首七言绝句表达了对避祸出亡的康有为、梁启超等人的褒扬和祝愿，对阻挠变法者的憎恶蔑视，同时也抒发了愿为变法而献身的壮烈情怀。

光绪二十四年（1898），岁次戊戌，是年 6 月，光绪皇帝实行变法，8 月，谭嗣同奉诏进京，参与新政。9 月中旬，慈禧太后发动政变，囚禁光绪帝，并开始大肆捕杀维新党人。9 月 21 日，谭嗣同与杨深秀、刘光第、康广仁、杨锐、林旭五人同时被捕。这首诗即谭嗣同狱中所作。

第一句"望门投止思张俭"，是身陷牢狱的谭嗣同牵挂出逃的康有为等人之安危。但愿他们出逃顺利，也像汉朝的张俭一样，得到人们的同情、接纳和保护。

第二句"忍死须臾待杜根"，作者希望变法人士能如杜根一样忍死待机，完成变法维新的大业。

诗的后两句，着重说自己对于"死"的态度："我自横刀向天笑，去留肝胆两昆仑"。是说如若康、梁诸君能安然脱险，我自当从容地面对带血的屠刀，冲天大笑。表现了谭嗣同以身殉难、壮烈献身的英雄气概和大无畏精神。戊戌政变，对维新派进行大追捕的时候，谭嗣同表现出惊人的镇定，他劝梁启超尽快出走，说："不有行者，无以图将来；不有死者，无以酬圣主。"（梁启超《戊戌政变记》）自己要赴死营救光绪，故决心留下来。几位日本友人再三劝他东渡避难，他说："各国变法，无不以流血而成，今日中国未闻有因变法而流血者，此国之所以不昌也。有之，请自嗣同始！"（梁启超《戊戌政变记》）"两昆仑"，应是指出逃的康、梁诸人和留下来的同志，去者，留者，路途虽殊，价值同高，正像昆仑山的两座奇峰一样，比肩并秀。

用典，可以加大诗歌的容量。谭嗣同的学力深富，对史籍纯熟，故而诗中所用两个典故确当精切。该诗影射了慈禧专权的畸形政治，传达了对身处逆境同道的祝愿，表明了对未来的坚定信念。

（星汉）

# 鹧鸪天

### 秋瑾

祖国沉沦感不禁，闲来海外觅知音。金瓯已缺总须补，为国牺牲敢惜身！

嗟险阻，叹飘零。关山万里作雄行。休言女子非英物，夜夜龙泉壁上鸣。

**主题诗句**　金瓯已缺总须补，为国牺牲敢惜身！

作者秋瑾（1875—1907），女，字璇卿，又字竞雄，号鉴湖女侠，浙江山阴（今绍兴）人。中国女权和女学思想的倡导者，近代民主革命志士。秋瑾父秋寿南，官湖南郴州知州。光绪二十二年（1896），秋瑾与王廷钧结婚。后王纳资为户部主事，秋瑾两度随王赴京。光绪三十年（1904），自费东渡日本留学。先后参加过三合会、光复会、同盟会等革命组织。光绪三十三年（1907），与徐锡麟等密谋起义，事泄被捕，从容就义于绍兴轩亭口。

**注释**

①金瓯：指金的盆盂，比喻疆土之完固，亦用以指国土。②英物：杰出的人物。③龙泉：泛指宝剑。

**赏析**

光绪三十年（1904）六月，秋瑾冲破了封建家庭的罗网，东渡日本，去寻找光明和救国的真理，此后即投身民主革命。东渡后不久创作的这首《鹧鸪天》，表明了这位巾帼英雄甘赴国难的勇敢献身精神，风格慷慨豪壮，成为她这一时期的代表作。后来秋瑾被捕时，官府从她家搜出这首词稿，定为"罪状"之一。

上阕开篇"祖国"二句，直截了当地道出自己东渡日本是因为眼看祖国沦为帝国主义列强的殖民地而再也无法忍受下去，才决定到海外去觅知音。头两句互为因果，又互相补充，将千头万绪的感慨一股脑儿倾泻出来。上面说的是东渡的原因，下面"金瓯"两句则为陈说东渡的目的。用"金瓯""总须补"来阐述救国的道理。下句"为国牺牲敢惜身"中的"敢"字，乃"怎敢""岂敢"语气。此句以反问的口吻表达否定的意思，是对立志救国坚定态度的表白。前后两句以绝无选择余地的语气表达了一个革命志士决心力挽狂澜、为国献身的大无畏精神，这是全词的中心。

下阕"嗟险阻，叹飘零"，六字两顿，尽显哀婉、低缓，使词作在内容上发生一个转折，指出征途的艰辛和现状的悲凉。作者写出了一个孤身女子远离故国投身异域时所产生的孤独寂寞之感。正如秋瑾在给大哥秋誉章的信中所言："吾以为天下最苦最痛之无可告语者，惟妹耳，居无室家之乐，出无戚友之助，漂泊天涯，他日之结局实不能豫定也。"（常彬：《中国女性文学话语流变（1898—1949）》，人民出版社2007年版，第33—34页。）使我们感到了这个刚强的革命女性心灵深处也有柔弱的一面，具有浓烈的抒情意味。然而，秋瑾不愧为女中豪杰，其杰出之处就在于她对女性弱点的突破。"关山万里作雄行"便写出了她努力使自己重新奋起的感情上之新起点，表示决不为任何艰险所吓倒。这一句写出了词人斗争热情的回升。最后两句"休言女子非英物，夜夜龙泉壁上鸣"乃是词人以高昂的斗志向旧世界发出的挑战般的誓言。作者以夜夜鸣响的宝剑为喻，表示自己正跃跃欲试，时刻准备以鲜血实践"为国牺牲敢惜身"的誓言。全词充满了爱国主义的豪情壮志，侠气雄风、壮声英概，读后令人奋起。

（褚宝增）

# 和董必武同志七绝五首(其二)

朱德

黄河东岸太行陬,封锁层层不自由。
愿与人民同患难,誓拼热血固神州。

**主题诗句** 愿与人民同患难,誓拼热血固神州。

作者朱德(1886—1976),字玉阶,原名朱代珍,曾用名朱建德,伟大的马克思主义者,伟大的无产阶级革命家、政治家、军事家,中国人民解放军的主要缔造者之一,中华人民共和国的开国元勋,是以毛泽东同志为核心的党的第一代中央领导集体的重要成员。1976年7月6日在北京逝世。主要著作收入《朱德选集》。

**注释**

①太行:指太行山。②陬:隅、角落。③神州:古时称中国为"赤县神州",见于《史记·孟子荀卿列传》:中国名曰赤县神州。后用"神州"作为中国的别称,"赤县"也可作为中国的别称。宋夏竦《奉和御制会灵观甘露》:"岳灵飞观耸神州,上圣钦崇德日休。"宋陆游《书叹》:"神州克复知何日,北望飞蓬万里秋。"

**赏析**

1941年9月,在朱德、吴玉章、徐特立、谢觉哉、林伯渠等人的提议下,取《论语·公冶长》"老者安之""少者怀之"之意,在延安成立了"怀安诗社"。诗社同人披襟述怀,吮毫抒愤,唱酬应对,以诗言志。他们用诗作为武器,评世论事,歌颂抗日根据地的新景象,抨击国民党的黑暗统治。

"黄河东岸太行陬",是指抗日根据地所处位置在黄河东岸的太行山之东隅。

"封锁层层不自由"这句是接续上句而来的,在诗中,第一句可称为"起"句,那么这第二句就是"承"句。讲的是日寇对我太行山根据地的疯狂扫荡和严密封锁。封锁层层,状日寇封锁之严密,显现其狡诈与凶残。

第三句"愿与人民同患难"是"转"句。即便日寇封锁重重,造成抗日根据地极端困难,但英勇的八路军将士愿意和人民患难与共。

"誓拼热血固神州"是全诗的"合"句,即结束句,表达了八路军不怕流血牺牲、誓死保卫祖国的大无畏英雄气概。

从艺术角度审视,这首诗最大的特点就是不用"比兴",而直接采用"赋"笔来客观叙述抗日军民所面临的自然和人为的困难,表达了作为八路军主帅的作者自己甘与人民共患难的愿望。"赋"笔比较难以把握,写不好会成为平铺直叙,难以吸引人。这首七绝前两句极写八路军所面临的困难,后两句转为叙写八路军的抗日意志和必胜信念。这其实是一种善于运用"对比"手法的范例,这样写的好处是能够引起读者的情感起伏,从而增强艺术感染力。

(段维)

# 就义诗

吉鸿昌

恨不抗日死，留作今日羞。
国破尚如此，我何惜此头。

**主题诗句** 国破尚如此，我何惜此头。

作者吉鸿昌（1895—1934），字世五，原名吉恒立，抗日英雄，爱国将领，河南省扶沟人。1913年入冯玉祥部，从士兵递升至军长，骁勇善战。1932年加入中国共产党。1934年5月，吉鸿昌参与组织"中国人民反法西斯大同盟"，被推举为主任委员。1934年11月9日，吉鸿昌在天津法租界被军统特务暗杀受伤，并遭逮捕，后引渡到北平军分会。11月24日，经蒋介石下令，吉鸿昌被杀害于北平陆军监狱，时年四十岁。

**注释**

①羞：这里借指"耻辱"之义。唐杜牧《题乌江亭》："胜败兵家事不期，包羞忍耻是男儿。江东子弟多才俊，卷土重来未可知。"②国破：亡国。唐杜甫《春望》诗中有"国破山河在，城春草木深"的句子。杜甫诗中之"国破"以其离情之伤感而令人吁叹感怀，而吉鸿昌诗中之"国破"却因其壮志未酬身先死之憾而让他刻骨难忘。

**赏析**

"恨不抗日死，留作今日羞。"这一句寥寥几笔，就将他临难时的愤懑之情倾泻而出。1933年5月，吉鸿昌联合冯玉祥等组织抗日同盟军，同日军展开了英勇搏杀。在战斗中，吉鸿昌总是身先士卒，英勇无畏。他早已将自己的生死置之度外。而今国难未纾，敌寇未灭，自己却将倒在推行不抵抗政策的国民党反动派的枪口下，实为他平生之大憾。性格刚烈的吉鸿昌深感羞愧，发出感到耻辱的浩叹，其实并非为自己而发。大敌当前，外侮在即，然而蒋介石政府却不顾全国人民的意志，公然推行"攘外必先安内"的反动政策，对外屈膝退让，对内疯狂屠杀抗日爱国志士。吉鸿昌死在如此倒行逆施的反动派的枪口之下，这不仅是他个人的耻辱，更是国家、民族的耻辱。在生死的关头，吉鸿昌已将个人的命运同整个国家和民族的命运自觉地联系在了一起，体现出一个革命者博大宽广的胸怀和强烈的民族责任感。

"国破尚如此，我何惜此头。"这一句是说，东北沦陷，生灵涂炭，而日寇的野心也在肆意膨胀，华北危急，平津告难，在此国之将亡之际，腐败的国民党政府依然推行其不抵抗的卖国政策。吉鸿昌早已抱定了"宁为玉碎，不为瓦全"的决心。如果不能死在抗日前线上，那么留此头颅又有何用？其悲壮之势，豪迈之情，直逼云霄。

从艺术上看，这首小诗应列入五言古体诗，它不怎么讲究平仄格律，也没有回避重字"日"，但依旧押韵。诗中巧妙地化用了杜甫的诗意而不着痕迹。再就是全诗均用"赋笔"白描，十分注重运用"对比"手法，如"恨"与"留"、"死"与"羞"的对比，强化了"羞"与"何惜"的强烈感情。头两句近似为对偶句，加快了调动情感的节奏，看似松散的五言古体诗，因对偶感觉凝练而厚重。

（段维）

# 三十五岁生日寄怀

陈毅

1936年，余游击于赣南五岭山脉一带，往来作战，备极艰苦。八月值余三十五岁生辰，赋此寄怀。

大军西去气如虹，一局南天战又重。
半壁河山沉血海，几多知友化沙虫。
日搜夜剿人犹在，万死千伤鬼亦雄。
物到极时终必变，天翻地覆五洲红。

**主题诗句**　日搜夜剿人犹在，万死千伤鬼亦雄。

**作者陈毅**（1901—1972），字仲弘，四川乐至人。1923年加入中国共产党。历任中国工农红军第四军第十二师师长、第二十二军军长、新四军军长、第三野战军司令员、上海市市长、国务院副总理、外交部部长等职。中国人民解放军创建人和领导人之一，军事家。中华人民共和国十大元帅之一。1972年1月6日，在北京因病去世。1977年《陈毅诗词选集》出版。

**注释**

①备极：很，非常。②鬼亦雄：革命战士死后还是英雄。③五洲：五大洲，这里泛指世界各地。

**赏析**

陈毅出生在1901年8月26日，1936年8月，是为三十五岁。三十五岁为中年，但当时的陈毅，已经经受了十七年阶级斗争和九年革命战争的磨炼，可谓百折不挠、沉雄刚毅。生日，本是喜庆的日子，但在这首诗中，我们看到的完全是以身报国的家国情怀，融小我于大我，祝愿革命获得成功，国家和民族获得新生。

首联谓红军主力北上长征，气势如虹。毛泽东《长征》："红军不怕远征难，万水千山只等闲"是"气如虹"的形象注脚。与此同时，南方的游击战争，又如火如荼地开展起来。陈毅当年因为老营盘战争负伤，未能参加长征，故留在赣粤一带，指挥游击战争。颔联即写南方游击战争的艰苦。敌人对中央革命根据地实行"树砍光、屋烧光、人杀光"的"三光"政策，血流成河，很多革命战友都牺牲了。南方三年游击战争（1934年至1937年）备极艰苦。陈毅在《赣南游击词》中写道："夜难行，淫雨苦兼旬。野营已自无篷帐，大树遮身待晓明。几番梦不成。""叹缺粮，三月肉不尝。夏吃杨梅冬剥笋，猎取野猪遍山忙。捉蛇二更长。"颈联写道，敌军日搜夜剿，但我军巍然屹立，就算牺牲了的，也是鬼中豪雄。此联集中反映了无产阶级革命战士以身报国、无所畏惧、敢于斗争、善于斗争的精神。陈毅在《赣南游击词》中写道："满山抄，草木变枯焦。敌人屠杀空前古，人民反抗气更高。再请把兵交。""讲战术，稳坐钓鱼台。敌人找我偏不打，他不防备我偏来。乖乖听安排。"尾联展望未来，物极必反，天翻地覆的日子终将到来，革命的红旗一定会插遍中国，红遍全球。

这首七律情感真切，语言流畅自然，对仗工稳，章法谨严。描写现实，血流成河，令人切齿扼腕；展望未来，红旗招展，令人昂首高歌。"化沙虫""鬼亦雄"的典故，使诗歌充满韵味，雅俗共赏。生日寄怀，抒发的全部是以身报国的家国情怀，现实残酷，却充满了乐观情怀、浪漫气息，足见陈毅这位无产阶级革命家包揽山河的广阔胸襟和大无畏的英雄气概。

（刘兴超）

# 梅岭三章

陈毅

1936年冬,梅山被围。余伤病伏丛莽间二十余日,虑不得脱,得诗三首留衣底。旋围解。

其一
断头今日意如何?创业艰难百战多。
此去泉台招旧部,旌旗十万斩阎罗。

其二
南国烽烟正十年,此头须向国门悬。
后死诸君多努力,捷报飞来当纸钱。

其三
投生革命即为家,血雨腥风应有涯。
取义成仁今日事,人间遍种自由花。

**主题诗句** 此去泉台招旧部,旌旗十万斩阎罗。

**注释**

①梅岭:又名大庾岭,在江西、广东两省交界处,岭上多梅花,故名。②泉台:阴间。③国门:国都的城门。④血雨腥风:喻指反动派的残暴统治。⑤涯:边界、尽头。

**赏析**

序中所说"梅山"即"梅岭",也即大庾岭的核心部位——江西大余县。今大余县城西南十二公里的梅关乡梅山村黄坑北侧山坡上,有陈毅的

《梅岭三章》诗碑，此即当时陈毅被围处。

这三首诗，是于战斗最艰苦的时候写的，当时陈毅已经作了最坏的打算，可以说是面对死亡的宣言。

第一首直面"断头"，表现了将革命进行到底的坚强意志和决心。面对死亡，作者并不后悔革命，反之，就算到了阴间，也要召集旧部，继续革命斩阎罗。"创业艰难百战多"，词约义丰，回顾一生的革命事迹，几多感慨。三四句设想新奇，堪称妙句，想到当时蒋介石读之，亦当胆寒。"旧部"者，已牺牲的战友也。"旌旗十万"，足见被屠杀的革命志士之多。

第二首勉励在世的战友，继续努力奋斗，以胜利的消息当作"纸钱"祭祀牺牲的"我"。这让我们想起了陆游《示儿》中的名句："王师北定中原日，家祭无忘告乃翁。"前二句用伍子胥典，表示就算死了也要看着反动派的灭亡。将我的眼挖出放于国门，还有另一方面的原因，说明自己是反动派的眼中钉、肉中刺，他们必要悬"我"之头于国门以"示众"。

第三首展望未来，表现了革命必胜的信念。投身革命，即以革命为家，反动派的血腥屠杀，总有结束的一天。今日"我"舍生取义、杀身成仁、为国捐躯，在后继者的努力下，反动派的统治总会结束，自由民主的新中国，必将屹立于世界强国之林。

古人云，"死生亦大矣""蝼蚁虽小，尚且偷生"，生命只有一次，面对死亡，英勇的革命者是什么态度？陈毅的《梅岭三章》作出了响亮的回答。为了信念与理想，为了国家与民族，革命者勇往直前，以身报国，视死如归，无所畏惧。这种精神，必将激励着世世代代的中华儿女为了信念与理想浴血奋斗！

这三首诗，作于生死存亡的紧要关头，表心曲，勉同志，瞻未来，言辞真切动人。斩阎罗的设想、伍子胥头悬国门的典故，让诗歌充满了积极的浪漫主义色彩。首句"断头今日意如何"与尾句"人间遍种自由花"前后呼应，形象地说明了革命的成功，就是无数革命先烈用生命和鲜血换来的。

（刘兴超）

## 就义诗

杨超

满天风雪满天愁,革命何须怕断头。
留得子胥豪气在,三年归报楚王仇。

**主题诗句**　满天风雪满天愁,革命何须怕断头。

作者杨超(1904—1927),1904年12月出生于河南省新县。五岁时随家迁居江西省德安县。1925年在北京大学加入中国共产党。1926年赴德安担任县委书记。1927年4月,蒋介石背叛革命,12月,杨超不幸在九江被特务逮捕。1927年12月27日被国民党反动派枪杀于南昌德胜门外下沙窝。

**注释**

①子胥:伍员(前559—前484),字子胥,春秋时楚国人。据《史记·伍子胥列传》,伍子胥父伍奢兄伍尚无罪为楚平王所杀,伍子胥逃到吴国,取得了吴王阖闾的信任,成为阖闾的重臣,是姑苏城的营造者。公元前506年,伍子胥、孙武带吴兵攻打楚国,破楚郢都,时楚平王已死,伍子胥乃掘其墓,鞭其尸三百鞭。后夫差即位,听信谗言,伍子胥被杀。

**赏析**

杨超烈士,出身于地主家庭,家庭富裕,七岁起先后在德安陈氏私塾和郭氏私立小学读书,后考入南昌心远中学、北京大学,具有深厚的国学修养。1925年,杨超在北京大学加入中国共产党,满心喜悦,赋诗告诉妻子李竹青:"革命原知事竟成,书生有路请长缨。鲲鹏却爱天涯远,不听山阳夜笛声。"(《有感寄李竹青》)诗的意思是,"我"知道革命一定会成功,"我"有幸能像西汉的终军一样请缨杀敌。"我"愿做振翅天涯的鲲鹏,建立不世功业,不愿听哀悼战友的笛声。七绝格律工稳,语句流畅,用典丰富精当,意象壮美,气势恢宏,可见他在诗词方面的精深造诣。若杨超不牺牲,当成为我们党一位重要诗人。可惜这样文武全才的战士,竟于二十三岁的年龄为国民党反动派所枪杀!

这首《就义诗》,作于1927年12月27日,是杨超在刑场上口诵的。首句"满天风雪满天愁",该诗作于岁末,应是实景,描写了当时刑场的环境气氛。这个"满天风雪",既指南昌城的风雪,也喻指笼罩在全国上空的白色恐怖、愁云惨雾,蒋介石背叛革命,残酷镇压革命。"愁",为国家前途担忧,为中国人民命运担忧。"革命何须怕断头",这是对第一句的回头。面对白色恐怖,面对蒋介石举起的屠刀,革命志士无所畏惧,就是断头又何妨?多年之后,陈毅写道:"断头今日意如何,创业艰难百战多。此去泉台招旧部,旌旗十万斩阎罗。"可见,面对屠刀,革命者无所畏惧,视死如归,那是薪火相传的。三四句又是对第二句的形象化解释。为什么不怕断头?就是"我"身虽死,但豪气犹存。魂魄归来,尚可复仇。这不是迷信,这体现的是一种革命的浪漫主义豪情。《国殇》的"子魂魄兮为鬼雄",李清照的"死亦为鬼雄",陈毅的"此去泉台招旧部",表达的都是这个意思。关于这两句诗,还有另外一种解释,"我"的豪气感动同志,革命同志会为我复仇,向反动派讨还血债。这种解释也通,但缺失了诗歌的想象与豪情,也就少了很多精彩。伍员鞭尸典故的运用,助添了诗歌的万丈豪气,料得国民党反动派头目读到这首诗,也应胆战心惊。

(刘兴超)

## 南京书所见

李少石

丹心已共河山碎,大义长争日月光。
不作寻常床箦死,英雄含笑上刑场。

**主题诗句** 丹心已共河山碎,大义长争日月光。

作者李少石(1906—1945),原名国俊,又名振,字默农,"少石"是在重庆工作时的化名。广东省新会县(今广东江门市新会区)人。1926年加入中国共产党。1927年前往香港从事秘密工作。1930年与廖仲恺之女廖梦醒结婚。1932年奉命到上海工作。1934年因叛徒出卖被捕,1937年抗战全面爆发,获释出狱。1943年赴重庆工作,任周恩来的英文秘书。1945年10月8日傍晚,正值毛泽东在重庆谈判期间,李少石送来访的柳亚子回沙坪坝,返回时中弹牺牲,时年39岁。有《少石诗注》。

**注释**

①丹心:赤心、忠心。文天祥《过零丁洋》:"人生自古谁无死,留取丹心照汗青。"②大义:正道,代表正义的道理。③床箦:床和竹席,泛指床铺。

**赏析**

1933年5月10日,李少石奉命回上海,任中共江苏省委宣传部部长。1934年2月28日,李少石因叛徒出卖被捕。在从上海解往南京的途中,他写下了《南京书所见》。

首句是说,因日寇入侵,国家危亡,山河破碎,"我"的心亦随之破碎。杜甫《春望》:"国破山河在,城春草木深。"诗中所言,则山河亦破碎不堪。第二句是说,民族、国家大义,光芒万丈,不逊色于日月之光辉。这是自言己志,剖白心迹,也是对广大共产党员的赞颂。保家卫国,抵御侵略,反对国民党反动腐朽的独裁统治,建设繁荣富强的新中国,都是民族大义,家国大义。《史记·屈原贾生列传》:"推此志也,虽与日月争光可也。"屈原爱国忧民,《离骚》:"长太息以掩涕兮,哀民生之多艰。"赤胆忠心的革命战士,哪个不是如此?九一八事变后,蒋介石为了稳固自己的统治,实施"攘外必先安内"的政策,先剿共后抗日,对积极抗日的共产党员大肆搜捕、屠杀。但革命战士不会屈服,故作者三四句写道:"不作寻常床箦死,英雄含笑上刑场。"这里用东汉马援的典故,男子汉大丈夫,当战死沙场,马革裹尸,不能安稳地老死在床席子之上。这里活用典故,把沙场换作刑场,符合作者所处的现实,不改变典故的含义。李少石此次被国民党押往南京,抱定了必死的决心,故云"英雄含笑上刑场"。当年谭嗣同临刑曾赋绝命诗:"有心杀贼,无力回天。死得其所,快哉快哉!"烈士为国捐躯,死得其所,痛快,故"笑"是发自内心的。此诗题目是《南京书所见》,李少石也并没有被国民党反动派押上刑场,则山河破碎、烈士以身殉国,当为少石所见,南京为国民党首都,多少正义之士被押到此地"正法",但革命战士无所畏惧,"含笑上刑场",后起者云集,反动派无可奈何,只有坐等灭亡。

全诗语言自然,明白晓畅,爱国之热忱,皆从肺腑中流出,意象壮美,豪气干云,引马援之典,表示吾道不孤,其来有自,增加了诗歌的说服力和感染力。

(刘兴超)

# 参考书目

1. ［唐］孟郊撰，华忱之校订：《孟东野诗集》，人民文学出版社1959年版。
2. 萧三主编：《革命烈士诗抄》（第三编），中国青年出版社1959年版。
3. ［清］彭定求等编：《全唐诗》，中华书局1960年版。
4. 臧克家讲解，周振甫注释：《毛主席诗词讲解》，中国青年出版社1962年版。
5. 《周总理诗十七首》，四川人民出版社1977年版。
6. 《朱德诗选集》，人民文学出版社1977年版。
7. 《董必武诗选》，人民文学出版社1977年版。
8. 《陈毅诗词选集》，人民文学出版社1977年版。
9. 南充师范学院中文系古典文学教研组选注：《古代诗歌选》，四川人民出版社1979年版。
10. ［东晋］陶渊明著，逯钦立校注：《陶渊明集》，中华书局1979年版。
11. ［唐］杜甫著，［清］仇兆鳌注：《杜诗详注》，中华书局1979年版。
12. 萧涤非、程千帆等撰：《唐诗鉴赏辞典》，上海辞书出版社1983年版。
13. ［清］沈德潜等编：《清诗别裁集》，上海古籍出版社1984年版。
14. 《瞿秋白文集》，人民文学出版社1985年版。
15. 唐圭璋主编：《唐宋词鉴赏辞典》，江苏古籍出版社1986年版。
16. ［清］吴之振、吕留良、吴自牧选，［清］管庭芬、蒋光煦补：

《宋诗抄》，中华书局 1986 年版。

17. 缪钺等撰：《宋诗鉴赏辞典》，上海辞书出版社 1987 年版。

18. 《鲁迅全集》，人民文学出版社 1987 年版。

19. ［清］袁枚著，周本淳标校：《小仓山房诗文集》，上海古籍出版社 1988 年版。

20. ［唐］白居易著，朱金城笺注：《白居易集笺校》，上海古籍出版社 1988 年版。

21. 唐圭璋主编：《金元明清词鉴赏辞典》，江苏古籍出版社 1989 年版。

22. 《先秦汉魏六朝诗鉴赏辞典》编委会编：《先秦汉魏六朝诗鉴赏辞典》，三秦出版社 1990 年版。

23. 钱仲联等撰写：《元明清诗鉴赏辞典》，上海辞书出版社 1994 年版。

24. 中共中央文献研究室编：《毛泽东诗词集》，中央文献出版社 1996 年版。

25. ［唐］王维撰，陈铁民校注：《王维集校注》，中华书局 1997 年版。

26. ［宋］苏轼著，［清］冯应榴辑注，黄任轲、朱怀春校点：《苏轼诗集合注》，上海古籍出版社 2001 年版。

27. ［宋］陆游：《剑南诗稿校注》，上海古籍出版社 2005 年版。

28. ［宋］王安石著，［宋］李壁笺注，高克勤点校：《王荆文公诗笺注》，上海古籍出版社 2010 年版。

29. ［唐］许浑撰，罗时进笺证：《丁卯集笺证》，中华书局 2012 年版。

30. 徐四海编著：《毛泽东诗词全集》，东方出版社 2016 年版。

# 后　　记

这本书的构想，源于2022年5月10日，习近平总书记在《在庆祝中国共产主义青年团成立100周年大会上的讲话》中说："用青春的能动力和创造力激荡起民族复兴的澎湃春潮，用青春的智慧和汗水打拼出一个更加美好的中国！"

大会消息刚发布，中央党校出版集团有关领导就约我为广大读者特别是青年朋友选编一本励志诗词赏析的书。我立刻答应了，遂邀请褚宝增教授一起"淘宝"，选编诗词作品、拿出编写体例、约请赏析作者、汇总稿件统稿。在此过程中，褚宝增教授做了大量工作。

为了确保本书的权威性，本书撰稿人以大学教授为主体，他们的工作单位及其撰稿情况如下：

星　汉，新疆师范大学教授，中华诗词学会顾问，10篇；

周啸天，四川大学教授，中华诗词学会顾问，10篇；

钟振振，南京师范大学教授，中华诗词学会顾问，10篇；

曹辛华，上海大学教授，中华诗词学会副会长，13篇；

段　维，华中师范大学教授，中华诗词学会乡村诗词工作委员会主任，湖北省中华诗词学会会长，15篇；

褚宝增，中国地质大学（北京）教授，中华诗词学会青年诗词工作委员会主任，北京诗词学会会长，25篇；

刘勇刚，扬州大学教授，扬州市诗词协会副会长，19篇（与博士生梅国春、孙震宇、王毅、栗江漫、邹露、朱雯婷合作）；

江合友，河北师范大学教授，中华诗词学会高校诗词工作委员会副主任，19 篇；

黄全彦，内江师范学院教授，6 篇；

刘兴超，南宁师范大学副教授，中华诗词学会青年诗词工作委员会副主任，9 篇；

此外，撰稿者还有南开大学张静教授（2 篇）、安徽师范大学蒋立甫教授（1 篇，与周啸天教授合作）、上海师范大学朱杰人教授（1 篇，与周啸天教授合作）、中国地质大学（北京）周子健老师（3 篇）、北京交通大学博士生李俊儒（4 篇）。

同时，邀请星汉、周啸天、钟振振三位教授为总审稿。

在此，我向所有参与本书撰稿和审稿的专家学者表示衷心感谢！

在选编诗词和撰稿的过程中，我们利用或参考了已经出版的诗词著述，撰稿人也利用了他们先前在其他出版社出版的著作。这些著作，本书以"参考书目"的名义呈现在后。这里向"参考书目"中所有著作的作者和出版社表示衷心感谢！

本书编辑工作复杂，需要逐一核对的资料面广、体量大。这里向为本书付出辛勤劳动的责任编辑张媛媛女士表示衷心感谢！

对于书中的错漏之处，敬请读者批评指正！

周文彰

2023 年 8 月 22 日